COLLECTION FOLIO

Daniel Boulanger

Fouette, cocher !

Gallimard

© Éditions Gallimard, 1973.

Daniel Boulanger est né à Compiègne en 1922. Poète et romancier, il écrit une centaine de films et remet en honneur la nouvelle.

C'est à lui que les deux Académies, Française et Goncourt, décernent en premier lieu le prix qu'elles fondent sur cet art.

En 1979, le prix Pierre de Monaco couronne son œuvre. En 1983, l'Académie Goncourt l'appelle à siéger parmi les Dix. Ses pièces commencent à paraître.

Pour Marie

FOUETTE, COCHER !

— Aristide ? Les impôts me dessèchent. Je n'ai pas de maison. D'autres vivent dedans. Je vais les regarder. J'en perdrai la raison.

L'avenue bordée de hêtres descendait vers la mer et le cocher chantait à tue-tête, si gai, des paroles si tristes que le cheval allait en zigzag, incommodé par cet inhabituel charivari. A l'ordinaire, Émile Gaudens qui le menait sans lui tirer la bouche gardait le silence et paraissait penser, et il arrivait qu'il pensât. Le ciel dans ces moments-là tenait dans une fleur aperçue à flanc de talus, dans une fenêtre qui lui donnait l'impression qu'il pourrait connaître derrière elle des choses encore plus douces, et sa vie dont il était content lui apparaissait encore plus riche. Tout cela sans se poser de questions, mais en simple constat : l'univers est un assemblage de pièces dont l'une vaut l'autre, et lui, le cocher est l'un des morceaux de la machine. Quand il mangeait, le lard et les œufs tenaient l'avant-scène mais cachaient en eux le reste de la terre et l'en nourrissaient. Quand il emmenait en promenade un client, le fiacre contenait la population du globe, même les passants qu'il croisait et qui lui paraissaient quitter son marchepied bordé de cuivre. Si ses confrères qui avaient abandonné les fiacres pour les voitures à moteur s'étaient moqués de lui qui voulait garder son cheval ce n'est pas parce qu'il leur avait paru attardé — chacun n'osant persévérer dans le vieux jeu se rendait bien compte qu'Émile par le fait d'être le seul à conduire un attelage ferait encore ses affaires — mais parce qu'il leur était incomparable et que l'essentiel pour la plupart des hommes est de ressembler au voisin, de se fondre dans la masse en souvenir de la bête originelle rassurée par le nombre, et de couler vers la mort avec le poids formidable du troupeau. Émile n'avait aucun sens religieux ; la vie et la mort ressemblaient pour lui aux deux tronçons d'un ver que la bêche coupe, l'un reste au-dessus, l'autre rentre sous terre. Il demeurait parfois des heures sur son siège, à la promenade du front de mer, près de la gare où les trains quittent le jour, passent sous une verrière et rentrent dans la nuit des bateaux, au pied des statues, Place des Corsaires, où les pigeons nichent dans les plumes en bronze des tricornes et symbolisent à chaque envol les victoires des marins qui les accueillent bottés, dardant leur sabre, le genou ployé pour l'assaut, verdis par les pluies et montrant dans leur position triangulaire, chacun pointant vers un centre idéal de leur face à face, que la guerre est un jeu fameux, qui peut se continuer à trois amis, concitoyens, rivaux d'égale gloire, sur un étroit terre-plein de pavés, après en avoir décousu au milieu des vagues sans limite. Émile Gaudens regardait sans amertume les voyageurs s'engouffrer dans les taxis, les estivants s'entasser dans leurs automobiles, il y avait toujours quelqu'un pour lui demander une course nonchalante dont il débattait le prix avant d'ôter le sac d'avoine du cou de sa bête et de saisir les rênes. Parfois âpre, parfois large au point de n'accepter que ce que l'on jugeait bon de lui offrir, il n'avait pas de barème, étant sans concurrence, et la visite au contrôleur des Finances pour décider du montant de ses impôts restait pour lui comme un dimanche dans la vie, mais fatal. Il s'habillait pour se rendre auprès du fonctionnaire d'un costume ancien, toujours neuf, mais qu'il ne pouvait fermer, ayant grossi, et couvrait sa tête massive et rouge d'un chapeau melon de la couleur des tourterelles. Sans ruse et sans se plaindre il fraudait avec naturel et ne parlait que de son cheval, sorte de mythe qui avait eu plusieurs noms et deux sexes au cours des âges et qui s'était appelé Face à l'Est, Mandrin, Coquette, aujourd'hui Aristide.

— Et vous ne prenez encore pas de vacances ? disait le contrôleur. Aujourd'hui c'est la fin d'été, mais vous travaillez même au plus dur de l'hiver... On ne voit que vous.

— Je suis issu, reprenait une fois de plus Émile, debout, son melon à la main, de Pyrénéens de haute montagne, fermiers que l'hiver enclosait dans des murailles de neige, et jusqu'à l'âge du régiment j'ai partagé leur vie. L'hiver, là-bas, ma mère vous le dirait, monsieur le Contrôleur, si elle était encore en vie, les fermiers ne pouvaient faire que deux choses : boire et baiser. Moi, j'assistai à cela, sans fille d'étable, sans cousine, sans sœur, avec une voisine de temps à autre que j'allais retrouver le long d'un mur de glace et qui me dépêchait en grelottant. Je ne rêvais déjà que de la mer et d'un cheval. Je ne finirai qu'avec mes jours, sans comptabilité d'aucune sorte. Un peu d'avoine pour Aristide, mon couvert chez la mère Gros-Sel, et le client est roi.

— Enfin, vous gagnez largement votre vie, s'écriait le contrôleur dont le plaisir de mettre le doigt dans la plaie du visiteur se doublait du malaise que l'autre fût si libre. Vous me parlez d'avoine mais jamais de vin, et rien que pour les petits verres, si vous me faisiez les comptes ?

— Il n'y a pas de petits verres, répondait Émile avec innocence, il y a l'usage.

— Que voulez-vous dire par là ? car l'autre si empoussiéré qu'il fût ne pouvait être insensible au pittoresque du cocher et se partageait entre l'ironie et la curiosité.

— L'important, c'est la soif, dit Émile.

— C'est pourquoi l'on vous voit dormir à trois heures du matin dans votre fiacre, sans souci de comment l'appelez-vous ?

— Aristide. Il dort debout et ne manque de rien.

— Le bruit court que les vigiles de nuit vous ramènent de plus en plus souvent chez vous. Sans esclandre, je le reconnais.

— Je ne crie jamais, dit Émile, je parle à peine, je me tiens toujours droit et je paye mes impôts.

— Nous les porterons donc à un demi-tiers en plus, conclut le contrôleur.

Le chapeau melon tomba sur le sol et Émile fut stupéfait de sentir que son pied se levait pour l'écraser, mais il lui commanda juste à temps de redevenir tranquille et ramassa la coiffe qu'il lustra d'un coup de coude. Il regardait maintenant le petit être qui se levait de son fauteuil en bois et le saluait militairement, et l'odeur de la pièce lui fut douloureuse.

— Aristide est mieux logé, dit Émile.

— Je ne comprends pas, fit le contrôleur. Vous avez eu des frais d'écurie ?

— Non, dit Émile dont la simplicité désarmait. Je veux dire à quoi ça sert de ne pas être à sa place ? Ou de rouler pour rien ?

Il avait une gêne de sentir qu'il se plaignait, mais il ne pouvait s'empêcher de poursuivre.

— Moi dans les brancards, lui sur la banquette, ou alors ne plus prendre personne. Jouer au seigneur ! Rouler pour moi !

— Ou vendre tout, dit le gabelou agacé, puisque vous êtes sur la place publique et que vous n'avez aucun contrôle.

— J'ai un compteur.

— Que vous ne faites pas marcher ! Je connais la musique.

— Si vous montiez, dit le cocher, vous verriez les prix que je pratique, mais vous n'avez pas le temps, il faut que vous alliez toujours vite.

— Excusez-moi, dit l'autre, du monde m'attend.

En effet, Émile traversa l'antichambre où des individus lui parurent se tasser encore sur eux-mêmes à la vue du contrôleur et, pour la première fois, il ressentit de la pitié. Comme ils paraissaient mal à l'aise, tous entre leurs petites épaules ! Émile se coiffa de son melon. L'escalier sentait la caserne, mais la vie était au bout de la longue entrée en céramique, là-bas dans le porche éclatant, avec deux roues aux rayons rouges et l'affaissement canaille d'Aristide sur sa cuisse gauche.

— Chez la mère Gros-Sel, dit calmement Émile en grimpant sur son siège.

Aristide fit arrêter un flot d'automobiles et prit en diagonale, au plus court.

Chez la tenancière, un chou nantais plus moelleux qu'un creux de vague attendait le cocher près d'une fillette de gros-plant.

— Apporte-moi la famille, dit Émile qui s'entoura d'autres bouteilles.

— Émile, dit la patronne, il ne faut pas demander d'où tu viens avec ta jaquette. Alors ?

— Ils m'assassinent, murmura le cocher.

— Les bureaucrates ! lança la mère Gros-Sel.

— Parce qu'ils soupçonnent que nous sommes dans la vraie vie, continua Émile. Viens donc boire un coup.

Le basset de la mère Gros-Sel jeta ses pattes sur elle en grognant, fit mine de courir vers la caisse et revint gratter le tablier.

— Roco ? dit la patronne. Qu'est-ce que tu veux me montrer ?

Elle le suivit qui dénonçait son camarade, un fox qui venait de dérober un billet dans le tiroir-caisse et le mettait en pièces.

Le cocher regarda la mère Gros-Sel agenouillée derrière le comptoir pour recoller les morceaux.

— Le monde n'est pas bon comme tu me le serines toujours, lui dit-elle, pour l'homme et la bête. Mon pauvre Émile, du haut de ton siège tu devrais prendre une vue plus large et tu es innocent comme un moutard pour qui le ciel commence à un mètre de haut. (Elle mesurait dans le vide un mètre avec sa paume tournée vers le sol.) Voilà que tu découvres ceux qui veulent notre mort, qui nous remplaceront par des machines. Elle est belle leur progrès ! Encore toi, tu n'as personne à charge, personne à descendance.

— Qu'en sais-tu ? fit Émile.

Les mangeurs envahissaient la salle, mais la mère Gros-Sel restait pantois devant la déclaration du cocher.

— Tu nous aurais caché quelque chose ?

— Et si, à moi, s'écria-t-il soudain à la stupéfaction des habitués qui le connaissaient si calme, d'une sagesse de tonneau en cave, si, à moi, il m'avait plu de faire de la famille, fouette, cocher ! dans une belle maison, des filles, des fils, et la suite ? D'ailleurs, je vais aller les voir.

Il s'essuya le crâne avec un coin de la nappe à carreaux et sortit, à l'ébahissement général. La mère Gros-Sel entretint la conversation de la table d'hôte et chacun avouait qu'on avait changé leur Émile dont le melon avait fait un aller et retour et disparu au-dessus des rideaux de la devanture. Enfin si quelqu'un tenait bien le vin, c'était lui. Si quelqu'un était la placidité même, c'était lui.

L'avenue bordée de hêtres descendait toujours vers la mer. Aristide n'en pouvait plus. On roulait depuis quinze kilomètres et le maître chantait toujours, le faisait tourner dans un chemin creux, avec cette forteresse liquide maintenant sur la droite, la mer dont la muraille se lézardait au-dessus des herbes rases. Devant une grille, Émile arrêta son fiacre, arracha des touffes de marguerites et en bouchonna le cheval dont le ventre battait sous l'écume et ressemblait à une coque dans la tempête. Aristide baissa la tête jusqu'au sol et resta ainsi, tandis qu'Émile longeait une palissade en cannisses et regardait au-delà des pruniers une maison blanche dont le fronton ouvrait un œil-de-bœuf, une bâtisse du Directoire, stricte et aérée, dont la porte se haussait au-dessus d'un perron de six marches. Un enfant jouait sur la pelouse, à quatre pattes, si loin. Une petite fille rentrait avec des fleurs. Un homme d'une quarantaine d'années lisait son journal dans un fauteuil en toile. On entendait de la musique qui moussait à l'intérieur et débordait par les fenêtres ouvertes. Le soleil qui s'inclinait ajoutait à la légère dérive des colonnes, de chaque côté de l'entrée. Émile sentit son cœur le frapper jusqu'à la gorge et ses jambes se vider. Il dut s'asseoir et prolonger son guet en écartant deux joncs de la palissade. C'était peut-être son fils, ses petits-enfants, peut-être, mais la vieille n'était plus là pour le dire, qu'il avait tout un été connue dans les bois d'alentour.

Émile reprit son souffle, se rappela sa puissance d'autrefois, aussi rayonnante que le soleil, et cette fille qu'il avait reconduite depuis la gare maritime, qui s'était donnée à lui, avant de rentrer, qui l'avait retrouvé chaque jour, furtivement, follement, qui ne disait pas un mot et le tenait par la nuque comme pour ne pas le voir et plaquer sur elle le visage de la bête magnifique qui la pénétrait. Trois mois ! et elle n'était plus revenue. Émile l'avait maintes fois aperçue par la suite traversant la ville, descendant d'un bateau, prenant le train, toujours en compagnie d'un homme pâle qui lui tenait le bras et marchait moins vite qu'elle. C'était du temps de Face à l'Est, le beau noir taché de blanc, qui passait par le marché entre les courses du maître pour réclamer des légumes aux marchands, et M. Gaudens gardait pour lui une part des carottes et des navets.

Émile n'observait plus la maison heureuse, mais se taillait un cure-dents dans l'une des cannisses. Il s'en servit avec soin et se leva. Le fils, peut-être le fils lisait toujours les nouvelles et cherchait sans doute à découvrir le secret de la marche du monde. Le fils, à coup sûr ! Émile haussa les épaules et revint vers Aristide qui tenait une pose de danseuse en coulisse, déhanché, la lèvre basse. L'allée de hêtres bientôt se leva vers le ciel. Émile, au long de la montée, marcha au côté du cheval.

LE JARDIN D'AURORE

Colin Delorme évitait depuis une dizaine d'années de passer par le bourg de Verdon. Il y avait connu le plus bel amour de sa vie et il craignait que les lieux fussent changés ou que, restés les mêmes, son cœur à peine apaisé reprît flamme, pour rien, pour de nouvelles cendres de chagrin, car son bonheur d'autrefois s'était toujours doublé de tristesse, et les souvenirs, parfois invincibles, s'ils perdent aussi de la couleur restent souvent plus forts que la présence qui les fit naître. Il écrivait pour le journal de Bourgogne des contes et des articles de politique, parfois des reportages, et il aimait suivre au temps des élections les méandres des candidats, de ville en ville, de promesse en promesse. Dans son appartement de célibataire que tapissait l'odeur du tabac froid, personne n'entrait jamais, pas même une femme de ménage, et Colin nettoyait trois fois par an de fond en comble sa tanière, lui qui sortait toujours tiré à quatre épingles, embaumant la fleur d'oranger. Dans les trois pièces bourrées de livres, dans la cuisine et le corridor trônait la même photographie, celle d'une enfant de cinq ans qui ne lui était rien, qu'il avait trouvée aux archives du journal, perdue dans un groupe scolaire et qu'il avait fait tirer et agrandir.

La petite inconnue ouvrait des yeux étonnés, immenses, aussi noirs que ses cheveux en boucles jusqu'aux épaules, et elle croisait les bras sur un tablier qui la serrait. Elle paraissait attendre, et Colin lui parlait souvent de ses difficultés d'écriture, de ce qu'il avait vu dans la journée, un chien perdu, une personnalité parisienne, de ses déboires même qui finissaient par un clin d'œil, un regard tendre, quelque mot sur la femme qu'il avait aimée, qui lui avait promis un enfant et ne le lui avait pas donné, partie un beau jour sans crier gare avec son mari pour les colonies, laissant Verdon à jamais brûlante et glacée. Pourtant, les amants avaient choisi le prénom de leur fruit. Ce serait une fille et elle s'appellerait Aurore.

De toutes les chambres qu'ils avaient occupées, ils la voyaient déjà fuir au travers du jardin, hésiter à traverser les rues pour danser chez les marchands de bonbons et de jouets, petit bout de bonne femme dont leur désir avait définitivement fixé l'âge et la taille. Si Aurore n'avait jamais vu le jour, elle possédait cependant plus de vie que la plupart des enfants nés d'un soir de relâche. Elle était devenue la compagne de Colin, indispensable et ravageuse, maîtresse de ses repos, de ses pensées, de ses voyages, de ses nuits où Verdon devenait un triptyque, Aurore régnant au centre et tenant dans ses mains les volets de l'enfer et du paradis. Colin n'en voulait plus à sa mère dont le souvenir lui paraissait s'écailler à chaque saison tandis que celui du mari qu'elle disait ne pas aimer prenait plus de consistance, autant qu'il est possible d'en donner à un être replié, qui s'aspirait jusqu'à l'œil blanc et ne faisait pas plus de bruit qu'un livre de comptes, ouvert une fois par jour pour y gratter le doit et avoir. Le portrait d'Aurore ouvrait cinq sources de lumière dans les murs, et parfois dans leur onde nageait la femme que Colin avait adorée, cette Hélène qui devenait la fille de sa propre enfant sans existence. Colin et le colonial s'asseyaient sur la berge et contemplaient la sirène, mettant quelquefois leur main sur le genou de l'autre, par amitié, par une sorte de réconfort taciturne. Puis Hélène sortait dans la lumière son corps laiteux et se sauvait vers la chambre d'ami, celle de Colin qui la rejoignait, la frictionnait au gant de crin, comme elle aimait, et tous deux se jetaient sur le lit, désirant d'un grand désir la belle enfant. Après, quand tous deux se levaient et se tenaient serrés à la fenêtre, ils soulevaient avec des doigts de voleurs le rideau sur le grand jardin clos où le fantôme d'Aurore se mettait à jouer, d'un noir de Bohême dans la lumière fragile. Hélène et Colin tremblaient un instant, avant de courir à la salle d'eau, et il leur semblait que la petite venait de fuir par la porte en bois du fond, dans le mur de lierre.

Colin parlait déjà d'elle comme d'une réalité. Dès qu'Aurore serait là, Hélène partirait avec lui. Avant de se quitter, ils songeaient une fois de plus à la campagne où ils s'installeraient, aux études que ferait l'enfant, tout cela jeté à la vitesse des dépêches, et finissant par un baiser, le choix de l'heure du prochain rendez-vous, et Colin retrouvait les coulisses de la vie, les faits sans importance, les menaces de guerre, les cataclysmes, sa chambre morte et le marbre du journal.

Il s'assit à sa table de cuisine, celle qu'il préférait parce qu'il n'avait qu'à tendre le bras pour allumer le réchaud et se faire un café. Au mur, Aurore regardait l'infini entre un calendrier et le baromètre, maîtresse du temps sous toutes ses formes. Colin dont l'esprit couraillait, ne sachant par quel bout prendre l'article qu'on lui demandait sur l'avenir du Tiers Monde, leva la tête vers le portrait de l'adorable, lui sourit, et retrouva le calme, de la même façon que le croyant reçoit en lui son Dieu et se conforte. Les faiblesses du Tiers Monde n'avaient jamais laissé Colin insensible, mais il savait qu'en écrire ou pérorer ne sert à rien, persuadé que s'il voulait être efficace il n'avait qu'à faire sa valise et se rendre chez les malheureux pour y manier la faucille, la pelle ou le marteau, mais ce matin-là, une fois de plus, Aurore s'était mise à courir dans le couloir, à chantonner la comptine de la cerise et du ver luisant, à faire tomber la tasse qui en perd son anse, et insensible aux douces menaces de son père de profiter du grand vent pour ouvrir la fenêtre. Les feuilles de papier blanc s'envolèrent de la table et Colin referma la croisée, souriant à la petite qui courait maintenant vers un pigeon qui traversait la rue. Colin entendit en lui la voix lointaine d'un professeur qui l'avait puni et il répéta pour Aurore : « Vous me copierez cent fois : " Paresse, mère du vide. " » en ajoutant : « Quand vous serez plus grande » et il ramassa le papier à terre. Hélas, la première phrase de son article ne venait pas. Aurore continuait sa course et badinait avec les chiens, les messieurs, montrait du doigt le fond de la rue, les prenait toutes et se trouvait à chaque fois dans une robe nouvelle pour finir au sommet d'une colline dans un minuscule maillot de bain au crochet, fait de trois fleurs épanouies. Pas plus haute que l'herbe, elle regardait Verdon qui dormait dans le soleil. Elle se tourna vers Colin pour l'inviter à venir, mais l'homme poussa de vieilles plaintes, les mêmes mots qu'autrefois qui faisaient si mal à Hélène.

— Je veux t'aimer au grand jour, cesser d'être un clandestin.

— Tu as la meilleure part, Colin.

— Non, l'Autre a toutes tes nuits.

— Il était là, avant toi, murmurait-elle avec douceur.

— Je ne veux pas des miettes, je ne veux pas des restes !

Hélène pâlissait jusqu'aux larmes, prenait la main de son amant, lui jurait que l'Autre ne lui était plus rien, n'avait rien d'elle. On pouvait compter les jours où leur couple se parlait, et compter les mots.

— D'ailleurs, ajoutait-elle, tu es toujours dans la conversation. Il n'y a que toi.

— Et Aurore ? demandait Colin.

— Elle viendra, disait Hélène. Ne sois pas pressé. C'est comme l'Autre, je ne peux pas le quitter comme ça, de but en blanc, il en mourrait. Soyons gentils jusqu'au bout.

— Tu ne m'aimes pas, concluait Colin. Et j'ai honte de moi.

— Tu es fou, excessif, violent, tu ne veux pas comprendre.

Les grands mots commençaient leur carrousel, et chacun lançait de nouvelles bêtes dans la ronde, puis la fête amère se terminait par un baiser, un amour de porte cochère, une fantaisie de tabouret. Ils culbutèrent même une fois dans un massif d'orties qui les enfiévra pour la semaine. Aurore appelait son père qui descendit au garage et mit en marche sa voiture. La voix de la petite lançait au plus pointu, battant les mains de plaisir :

> *Un petit coquin*
> *Qui va-t-à la chasse*
> *Parle à la bécasse*
> *Pan, bec, passe.*

— Elle t'a aimé, ajouta Aurore, mais tu lui faisais toujours des scènes. L'autre ne disait rien, lui. C'est plus commode à vivre et qu'est-ce qu'on cherche dans la vie ? A vivre. C'est pourtant simple. Je me demande ce que tu peux voir du paysage quand tu pleures.

Les champs montraient leurs faces dorées, puis de la plus haute colline la terre couverte de seins battit au rythme du cœur de Colin. De Verdon montaient d'impalpables lumineuses vapeurs, dérive d'ivresse, après le midi d'été. L'homme descendit de voiture et vit Aurore qui dévalait à travers les vignes, disparaissait, reparaissait, l'appelait à cache-cache. Delorme descendit à pied le penchant peigné. Là-bas, entre la tour et le ruisseau, les six fenêtres de la maison d'Hélène, le jardin des lentes folies, la porte des câlins. Il en voulait à la petite de sa propre faiblesse. Il n'aurait donc connu que des faiblesses ! Il s'arrêta un moment, sachant bien qu'il n'avait pas la force de rebrousser chemin, mais pour renforcer le mal qu'il allait se donner. Avoir tenu tant de temps et lâcher d'un coup ! Un nuage débitait en planches le soleil et les collines, entre deux rayons, posait leurs tonneaux sur un haquet. La conscience de Delorme n'était plus que les huailles d'une foule moqueuse, mais il descendait de nouveau vers l'abîme délicieux, murmurant, mangeant les prénoms d'Hélène et d'Aurore, leur implorant de revenir, d'ouvrir cette porte dans le lierre. Colin en caressait maintenant le bois dont la peinture verte avait disparu et qui ressemblait à une peau de reptile. La serrure ouvrait le petit œil de rouille du dragon. Delorme recula, prit son élan et défonça la bête d'un coup d'épaule, soudain calmé. Aurore avait disparu. Le jardin où elle était née, atteignant d'un coup comme les dieux son âge unique et à jamais égal, le jardin des sagittaires et des roses n'était plus. Entre les hauts murs, jusqu'à la lointaine façade, des rangées de clapiers couraient sur des pistes en ciment soulignées de rigoles brunes et sous la verrière des jours de pluie où tout un pensionnat pouvait prendre le thé, entre des puzzles éparpillés dans les lotus du carrelage, et c'était là le vrai berceau d'Aurore, séchaient des peaux de lapin bourrées de paille, aussi funèbres qu'in-folio dans l'entassement d'un grenier.

— Quelqu'un ? cria une voix.

Colin qui s'était avancé fit demi-tour, à l'abri d'un des longs clapiers, courbé, faillit tomber en glissant sur la porte et courut le plus vite qu'il put, passant le chemin, reprenant un sillon dans les vignes, à bout de souffle, remontant jusqu'à la voiture abandonnée. Le retour à son travail fut rapide et il se sentait bizarrement nu, étrillé, disponible. Aurore dans son cadre était une petite fille comme les autres, aussi secrète, étonnée et peureuse devant le monde qu'elle continuerait à enrichir un jour. Colin la regardait avec un œil nouveau et il lui prit une rage semblable à celle qui le saisissait quand Hélène lui refusait un caprice, mais il n'eut pas la force d'ôter l'image trouble et profonde de l'adorable. Il écrivit d'un trait son discours sur le Tiers Monde, la faim, l'élevage rationnel et mit en honneur celui du lapin, liant la sauce amère de ses idées. Quand il eut terminé, il se relut, trouva son texte quelconque, regarda la rue comme font les voyageurs qui lèvent distraitement le nez sur le paysage qui défile. Il lui sembla pourtant, mais vaguement, que sa vie venait de sortir d'un tunnel. Cette femme qui passait avec un cabas pouvait être Hélène, grossie, déformée. Il l'imagina qui servait des apéritifs sous la véranda de sa case, quelque part en Afrique. L'Autre s'épongeait le front après une dure journée passée dans les chiffres et les palabres, avec des Noirs qui ne sentaient pas la sueur comme lui mais des parfums mous et tenaces qui bougeaient à la façon des serpents. Colin fit le tour de son logis : les portraits d'Aurore n'étaient plus que des ouvertures grises où s'éloignait la belle enfant. Il s'en voulut de cette équipée stupide. Verdon aussi s'enfonçait dans ses vignes et ses blés. Pendant quelques jours Colin Delorme travailla sans désemparer et l'image d'Aurore ne l'effleura qu'une fois. A la fin de la semaine, il reçut un mot qui lui disait qu'on l'avait reconnu et qu'il n'avait pas changé, toujours aussi brutal et imprévisible, mais que l'« affaire » resterait sans suite, il suffisait de régler la facture ci-jointe, montant de la porte du jardin remise en état. On l'avait bien reconnu, Colin. On était déjà revenu deux fois en congé, et on avait aujourd'hui délaissé les colonies. On était rentré depuis deux ans. On faisait l'élevage du lapin. On n'avait pas d'enfant. On pourrait peut-être se revoir, mais gentiment. Colin Delorme arracha la facture et la feuille où l'écriture de l'aimée n'avait pas changé, large et penchée, qui servait jadis à écrire simplement « je t'aime » sur une page blanche, avec le H de la signature, et la Bible elle-même ne pesait rien à côté. Colin Delorme décrocha les portraits d'Aurore et sans trembler les fit brûler, un à un, sur son réchaud à gaz, emplissant la cuisine d'un vol de carbone. Son âme s'agrandissait à la taille d'une cathédrale pour ce service de deuil et il n'avait jamais aussi bien respiré, aussi léger que ces papillons noirs en folie sous les voûtes, mais le soir même Colin reprenait la route de Verdon et sonnait à la porte d'Hélène, sur la rue, assez brutalement à la manière des fournisseurs pressés. Hélène ouvrit, que suivait à trois pas le transparent colonial. Tous deux avaient blanchi. L'odeur fade et pointue de l'élevage les enveloppait d'un maigre cuir, mais Colin dont la voix ne pouvait sortir regardait le pavage de l'entrée. Sur le damier noir et blanc qu'une lampe dans le courant d'air faisait trembler Aurore pas plus haute que ça, silencieuse et pâle avec ses profonds yeux noirs, de nouveau sautait à cloche-pied.

LA PLAINTE

Au cœur de la forêt les lampadaires qui entourent le lac indiquent assez que l'on tombe en un lieu privilégié. De jour et de nuit, quand on débouche au Nord et au Sud sur les hauteurs, on ne voit d'abord rien d'autre que l'ovale d'argent de l'eau, et dans le dénuement de l'hiver l'ancienne maison forestière qui possède un ponton et des barques se fait à peine remarquer, ses murs à la nordique couverts de rondins et son toit de chaume. Seule la fumée poussée vers l'eau se rabat dans les zones laiteuses des lampes. Les fenêtres en sont toujours fermées et les visiteurs qui s'y rendent laissent leurs voitures à distance, au parc que régit un gardien à galons, et empruntent une tonnelle qui les met dès leurs premiers pas dans un monde réservé.

M. Viorne, de la Banque Viorne and Co, y fut le client le plus assidu, mais non pas comme la plupart pour satisfaire aux besoins de ses sens ou de son imagination. Il aimait sa femme, née Bouvrette et ne l'appelait qu'ainsi, délaissant son prénom de Priscilla qu'il jugeait d'une recherche d'épicier. Il avait toujours cru qu'avec l'âge la femme se calme et que vers la cinquantaine si l'homme connaît un regain de feu sa compagne elle, s'enfouit sous la cendre de toutes les ardeurs passées. Hélas, ce jeu de balance ne joua pour eux que dans le sens contraire et Viorne un beau matin, que les matins sont beaux dans la haute saison ! s'aperçut que sa machine se dérobait, tandis que Bouvrette voyait la route qui lui restait s'élargir et descendre en larges courbes propices à l'accroissement de la vitesse, à la roue libre, au vent fou sans fin. Viorne fit tout ce qu'il fallait et consulta les spécialistes, mais l'impuissance a pour signe que l'on ne peut rien pour elle et il se plongea dans d'autres recherches. L'idée qu'un ami pût venir en aide à Bouvrette l'indisposa et il se mit à la surveiller. Il en eut des remords et une sorte de honte : sa femme restait honnête et brûlait sur pied, et Viorne se tourna vers les inconnus. Le mieux était de trouver une maison de rendez-vous. Il n'est pas un plaisir que l'homme ne puisse satisfaire, il suffit d'un peu d'adresse. Il eut celle du lac qui lui convint dès le premier soir. Bouvrette n'avait montré aucune réticence quand il lui avait fait part de ses projets. Au contraire, elle ne l'aima que mieux et tous deux connurent quelques saisons d'enchantement croyant à tort qu'ils s'étaient épuisés l'un l'autre.

En sortant du berceau de lianes, on entre au Lac par une grotte qui sert de vestiaire et l'on est saisi par une chaleur qui ne paraît excessive qu'au début. Là, deux dames d'un certain âge au teint de craie s'affairent à vous déshabiller, sans un mot, sans un sourire et logent vos vêtements dans des placards qu'elles ferment à clé.

Elles en ont un lot à la ceinture dont elles vous prient de retenir un numéro.

— Nous avons beau être physionomistes. A la longue...

Elles répètent cela d'une voix neutre, au long de la nuit, à chaque arrivant, et réclament le forfait de l'équipée. La première fois, M. Viorne, nu, dut réclamer le portefeuille qu'il avait laissé dans sa veste et il s'aperçut que donner de l'argent dans la tenue d'Adam au premier jour jette une lumière nouvelle sur les échanges commerciaux, affaiblit la valeur réelle mais gonfle la fiduciaire. Il en était là de sa remarque lorsqu'un inconnu dont le sexe tombait assez bas le pria de l'excuser, ne lui avait-il pas marché sur les pieds ?

— Non, pas du tout, dit M. Viorne, je vous en prie.

Bouvrette se tenait les seins dans les mains pour avoir l'air de faire quelque chose, mais Viorne lui tendit un doigt, qu'elle prit et ils pénétrèrent par un rideau de perles dans une salle où des lampes tournaient des lumières douces de plusieurs couleurs. Sur les poufs, les divans, les tapis, les tables une trentaine de couples se mêlaient de toutes les façons, jusqu'à trinquer avec des verres que deux grooms boutonnés jusqu'aux dents enlevaient ou remplissaient.

M. Viorne vit tout de suite qu'il était l'ancêtre de la troupe mais Bouvrette se sentit fraîche, subitement. Elle n'avait pas fait deux pas qu'un jeune homme l'aborda et selon la règle elle le suivit sans un mot. Viorne heurta quelques corps pour les suivre et s'assit près de la peau d'ours où Bouvrette se laissait aller à son partenaire. L'affaire fut vite conclue et un homme plus âgé relaya l'inconnu qui s'en allait vers un second rideau de perles, blanches celles-là, qui indiquait la salle des douches. Viorne regardait partout à la fois et revenait à sa femme qui gémissait de plaisir. Il eût voulu lui dire : « Moins fort, Bouvrette ! » mais d'autres exhalaient un peu partout des plaintes plus serrées et jusqu'à des cris qui relevaient soudain, comme par miracle, le niveau de la musique de cordes répandue dans la salle. D'une loggia descendaient des formes enlacées, échevelées, rieuses et soupirantes. Bouvrette en était à son cinquième compagnon et Viorne n'avait pas bougé quand elle lui tendit la main pour l'attirer et tous deux restèrent allongés sans un geste.

— Merci, lui murmura-t-elle à l'oreille.

Viorne, cependant, restait triste bien qu'il lui sourît. Son corps ne s'était à aucun moment ému et il contemplait en objet une jeune fille accoudée au balcon qui semblait rêver, les yeux fixes, loin du tohu-bohu qui fleurait l'odeur des fauves et le parfum doux amer des éponges au fond des grandes épiceries. Quand Bouvrette se fut reposée, Viorne l'accompagna dans la traversée vers les douches et il en prit une, lui aussi. C'était dans des cases de caserne où l'on voyait son vis-à-vis, où chacun redevenait rapidement une personne de la vie courante, déjà sortie du Paradis, obligée de retraverser l'Enfer pour gagner le vestiaire et les pierreuses porte-clés. En effet, Bouvrette restait frappée que sa chair satisfaite, à chaque séance s'empressât de fuir, non que le spectacle à nouveau chevauché, contourné, où l'on prenait comme adieu une dernière caresse au hasard, lui parût monstrueux mais parce qu'elle avait hâte du tête-à-tête avec Viorne et qu'elle voulait poser sur lui, qui conduisait, une main de merci.

— Ai-je été bien ? demanda humblement Viorne et il prit l'habitude de poser cette question à laquelle Bouvrette répondait invariablement oui.

— Surtout au troisième. Au troisième, tu as été parfait.

Petit à petit, Viorne s'enrichissait de tous les corps que sa femme recevait et non loin d'elle qui souffrait tous les bonheurs, que ce fût sur une table ou sur une marche, il en surveillait l'ardeur et parfois même la fouettait de petits mots gentils, de phrases ordurières, du simple prénom : « ma Bouvrette ». Certains mâles lui laissaient tenir la main de sa femme, parfois même l'injuriaient à voix basse, par jeu, ou lui disaient qu'il avait bien de la chance, détaché comme un Dieu.

— C'est au quatrième que je ne me suis pas plu, aujourd'hui, disait-il. J'avais quelque chose de prétentieux, et cette façon de ne pas te regarder !

— Chéri, répondait Bouvrette en lui caressant un doigt, tu t'es rattrapé au sixième. Je n'en pouvais plus. Comment fais-tu ? Quelle chance j'ai eue de te rencontrer ! Je souhaite à tous d'avoir notre fidélité.

De retour, Bouvrette dormait jusqu'au lendemain dans l'après-midi et Viorne la laissait reposer. Un médianoche l'attendait chez lui, de cinq ou six œufs battus avec du sucre. Le sommeil n'était pas pour lui, et les lunes qu'il apercevait au-dessus du parc Monceau pouvaient avoir les douceurs du lac aux lampadaires, il

La plainte   33

se rappelait avec dédain les prouesses de la soirée, tourné vers les nuits à venir où il songeait à se surpasser. Il lui arriva d'offrir sept hommes, et une fois onze à Bouvrette, mais l'insatisfaction restait en lui et il rêvait qu'une cohorte enfin le calmerait, en comblant l'épouse. Une nuit de feu ! Le feu garde les portes du premier et du dernier jardin. Ce fut le drame du lac et la fermeture de la maison galante. On ne put ranimer, un soir, la femme du banquier, vaincue par la troupe, et Viorne incertain que Bouvrette fût partie dans l'embrasement qu'il espérait osa porter plainte.

LE GRAND FERRÉ [1]

Il naquit à Rivecourt, en Beauvaisis, au milieu d'un bois qui tombait dans l'Oise et la joie fut telle chez ses parents les bûcherons que le père sauta d'arbre en arbre toute la journée et que la mère qui l'aurait mangé de plaisir lui croqua le lobe de l'oreille droite. Elle ne parvint pas à le recoller et la beauté du petit Ferré se teinta désormais d'une canaillerie guerrière. Il grandit en force au milieu des feuilles, nourri de gibiers à la maraude, rôtis à l'huile de faîne. A sept ans, il toucha sa première hachette. A douze, la hache. A vingt, il alla lui-même se forger un outil à sa taille, au village de Longueil. Il mesurait deux mètres et ne cessait de croître. Il dépassait maintenant le Braquet de Saintines, le plus haut gaillard de la région qui était né le

---

1. SOURCES :
Les Chroniqueurs — en vieux français et latin :
1) Jean de Noyal, originaire de Noyal, canton de Guise (Aisne), abbé de Saint-Vincent-de-Laon. B.N. 10138 (1 page).
2) Le carme Jean Fillon, dit Jean de Venette (3 pages).
D'après les chroniqueurs :
Michelet, Moyen Age, IV, 1885, Lemerre (pages 250 à 252).

même jour que lui et ne faisait que six pieds deux pouces. Vers ses trente ans, au moment des États généraux de Compiègne le vendredi 4 mai 1358, lorsque le régent Charles, duc de Normandie, fils du bon roi Jean prisonnier à Londres, exposa ses griefs contre Étienne Marcel et fit naître en trois semaines la Jacquerie, le Grand Ferré dominait de ses sept pieds le pays dont il allait être la gloire, terre occupée, ravagée par l'Anglais, et sa suite de Navarrais et de pillards. Une barbe en sabot, des yeux noirs, la candeur de l'agneau dans le courage du sanglier, sa force se tourna vers la plus douce des créatures, Jeanneton l'orpheline. Ils se marièrent dans une galimafrée d'oignons, au branle de tambourins improvisés, dans un grand concours de peuple qui fumait de l'armoise dans des pipes en terre. Les cloches de Longueil ne cessèrent pas de sonner, ce jour-là, d'une gaieté qu'on ne leur connaissait plus depuis la déroute de Poitiers. Cette fête fut le dernier oubli. La nuit de noces n'entendit pas les contes, ainsi qu'on en avait coutume, mais chacun de se terrer, après cette flambée, comme après un vol. Les mariés firent un tour dans la campagne où les charrues ne s'aventuraient plus.

— Quelle drôle d'image ! dit Jeanneton en montrant la lune du doigt.

En effet, on y voyait une tache de sang.

*

Comme il allait crier : « Mort aux Anglais ! » le Braquet de Saintines ouvrit la bouche et reçut le fer

d'une lance qui lui donna une mort instantanée.
— Garde à gauche ! lui hurla le Grand Ferré.

En même temps, de sa hache il fendit en deux une sorte de nabot qui portait un plumet sur son heaume. Il se pencha pour prendre l'une des rémiges et la glisser dans la boutonnière de sa veste en lapin. Les Anglais fuyaient vers l'Ouest sur le chemin de terre caché par la poussière que levaient leurs chevaux.

— Encore un de nos ramiers vengés ! dit le Grand Ferré en se tournant vers Braquet, mais l'autre avec son pieu entre les lèvres ne répondait plus qu'au Souverain de toutes choses, les yeux sortis.

Le Grand Ferré s'agenouilla près de son compagnon et tenta de retirer la lance, un beau bois, un peu féminin certes et qui glissait entre ses paumes calleuses. Le fer à croc résistait et le géant dut redresser Braquet et faire passer la lance sur toute la longueur à travers le cou. Elle gisait maintenant dans l'herbe, enrubannée de sang, pareille aux bâtons fleuris qui marquent les limites dans les concours d'archers. Le Grand Ferré s'essuya les mains à ses fesses, sans dégoût, et reprit sa hache. Autour de lui Chambure du bout du pays, le petit Oscar, le fils à Rieul de la forge, Cocu du bord de l'eau et Marissel qu'on surnommait Fleur de Bouc achevaient leur vie d'un même soupir, le regard tourné vers leur village de Longueil. Trente-deux Anglais mis en pièces les entouraient. Ferré sentait déjà l'odeur de cochon qui s'élèverait de leur tas quand on y mettrait le feu, avec du bois nourri d'huile. Il se tourna vers les murs du village dont la porte s'ouvrit. Un chariot apparut suivi de femmes et d'enfants. Ferré resta droit et immobile pendant la levée des corps et pendant l'office du lendemain il resta toujours droit et immobile. Mouchy le chantre qui le distrayait souvent par sa voix qui dérapait et ne se plaisait qu'aux basses où elle faisait merveille dans la lamentation, s'aggravant, se recouvrant, d'un mouvement de marée, la profonde houle de Mouchy aujourd'hui n'avait pas plus d'effet sur lui qu'une écume au pied d'un phare. Droit et immobile, il songeait cependant à la courbe qu'il venait de donner au nouveau manche de sa hache, le matin même. A cette heure où tout le pays ne pensait qu'à ses morts, ces cinq-là dans leurs inégaux fourreaux de toile, car on n'avait plus le loisir, par ces temps frénétiques, de fabriquer des boîtes, lui pensait aux morts futurs, anglais ceux-là, ou navarrais, et ça ne saurait tarder. Le vent rabattait par-dessous le portail l'âcre et tenace odeur du bûcher qui poursuivait la purification au bout de la haie de Benoît Petit Œil, et le chant funèbre dans l'air tourné se poissait d'une sève amère. Il y avait dans l'église comme le balancement d'un arbre de justice.

*

Ils étaient trois cents dans le pré communal, autour d'une barrique de cervoise, compagne idéale du gros soleil. Guillaume l'Alouette qui n'avait pas son pareil pour abattre d'un trait le premier oiseau à grisoller dans l'aube et qui offrait au curé des chapelets de ces volatiles se moucha d'un doigt et prit la parole :

— C'est très bien de m'avoir pris pour chef. Je m'en montrerai digne. Dans les siècles mourait Jésus le fils du charpentier, à cause des nobles de son coin en cheville avec l'occupant. Rien n'a changé. Regardez ces tours.

Il montra du doigt les poivrières du château et poursuivit :

— Nous aurions là une forteresse si ces messieurs pouvaient souffrir, mais c'est toujours nous qui trinquons. Pourtant qui fait le pays sinon le paysan ?

Un rire entrecoupé d'une litanie de jurons secoua l'assemblée.

— Ce n'est pas en criant « Vains dieux » que nous arriverons à nos fins, dit calmement l'Alouette. Tire-moi une pinte, Auguste.

Auguste tira une pinte et l'Alouette la but sans un rot, comme il avait coutume de faire au mi-temps du pichet, mais les événements plaçaient chacun hors de ses habitudes et il reprit :

— Des faux, des fourches, les arcs et ta hache, Ferré, je ne veux plus rien connaître d'autre.

Son bras désormais l'accompagna dans son discours indiquant les directions.

— De Compiègne à Crépy, de Beauvais à Senlis, de Villeron à Creil, l'Anglais pète dans la soie de nos forteresses, baise les catins, offre les cerfs à nos grandes dames qui vendent les bois à leurs époux. Et Jacques Bonhomme irait encore tirer le sillon pour un blé dont il ne voit que la paille ? Je sais. Je sais. Notre seigneur duc, Messire le Jaune, n'est pas tout à fait comme les autres. Il a toléré cette réunion, mais quoi ! Peut-être est-il moins sot.

— Vive not' duc ! crièrent les hommes et l'Alouette reprit, posant sa main sur la tête du Grand Ferré qui, assis à ses pieds, l'égalait encore en hauteur, sans arrogance.

— Minet le fils, celui qui n'a qu'un œil mais à qui rien n'échappe, pas même l'avenir, est allé dire la bonne aventure par les chemins. Il s'est introduit chez l'Anglais, à Creil. Il a surpris des bruits. Il a même vu un capitaine qui pêchait dans l'Oise depuis le haut du donjon et se faisait frire le poisson dans l'huile de défense, celle qu'un jour ils verseront bouillante dans les créneaux, car nous les attaquerons !

— Oui ! hurla la foule.

— Mais pour l'instant c'est eux qui vont nous attaquer. Leurs dernières escarmouches ont surpris nos préparatifs. Nous les attendrons de pied ferme. Il y a plus fort que leurs arbalètes, que leurs bombardes, que leurs épées, et plus fort que nos murs et nos fossés... à propos il faudra en creuser un second, en triangle, devant le portail... plus fort même que la hache du Grand !

Il fit se lever Ferré qui le dépassa de trois têtes et qu'un immense cri d'allégresse ne fit pas sourire.

— Il y a la détermination. Nous en finirons avec l'Anglais, avec le roi de Navarre, avec le dauphin Charles s'il le faut, Dieu nous en garde !

Un silence où l'on sentit le ciel peser s'établit soudain.

— Il y a nous, et rien que nous. Ce n'est pas Robert

Canolle, ce n'est pas Philippe de Navarre qui ont pris Auxerre. Ce sont les bourgeois qui l'ont livré par trahison. Laissons la cruauté à l'ennemi du dehors et du dedans, car nous avons la force.

Le tumulte reprit et quelqu'un demanda de la boisson, mais le fût était vide et Bayart qui venait d'au-delà de Tracy le battait à deux mains, d'un roulement gai et guerrier, car la guerre à ses débuts, pour qui la décide, est fraîche et joyeuse.

Guillaume l'Alouette avait fini par faire enfermer dans les granges les femmes et les enfants, tant la peur les poignait et les faisait gicler en cris de toutes pointes. Les trois cents hommes massés sur deux rangs derrière le mur d'enceinte du village entendaient toujours ce concert qui ébréchait leur âme, mais sur le faîte où l'on avait fiché des éclats de verre les guetteurs annonçaient l'apparition des assaillants, un vol de poudre à la sortie des bois, au-delà de la lèpre des champs dont le vent rebroussait les traînées de vert tendre.

Ils seront là dans dix *Pater* et cinq *Ave,* annonça le plus jeune des gardes.

— Disons-les, fit une voix blanche.

— Dieu préfère nos bras ! s'écria le Grand Ferré, mais l'autre s'était jeté à genoux et commençait la prière.

Ferré souleva sa hache, la mit sur l'épaule et se dirigea vers sa chaumière, au-delà du fumier où coqs et poules continuaient à vivre dans leur monde sans souci que l'amour seul ponctue d'effarouchements passagers. Il eut dans sa tête une sorte de désir pour cet univers où la notion d'avenir n'entre pas parce que l'éternité semble être une mécanique remontée une fois pour toutes. Il poussa la partie supérieure de la porte et vit sa femme à genoux devant une croix qu'elle avait dessinée de deux traînées de farine sur la terre battue.

— Jeanneton, dit-il simplement, donne-moi une écuelle d'eau. Je vais en perdre des litres dans un instant. Il me faut garder l'équilibre.

La femme se releva, lui donna ce qu'il demandait et posa longuement les yeux sur le géant bien-aimé. Elle ne voyait de lui que le manche de la hache et la poitrine, car il buvait et se tenait dans sa gloire... Le haut de la porte qu'il ne franchissait qu'en se baissant comme un enfant qui joue à « fils de Dieu porte sa croix » masquait sa tête d'empereur du Haut Empire et son cou de taureau, le bas sa taille de tonnelier et ses jambes de galérien. Elle posa la main sur le poil dans le ravin des seins.

— Tout ira bien, dit le Grand Ferré en s'inclinant pour lui sourire, mais ce n'était qu'un plissement imperceptible des paupières, car les héros dans leurs moments de tendresse ne peuvent quitter le marbre dont ils sont faits.

Jeanneton regarda s'éloigner son homme. Peu de femmes peuvent en dire autant, mais elle oui, car il tenait du dieu, de la bête, du travailleur et du banni. Cependant la rumeur des Anglais était celle de la mer démontée, quand se heurtent les nefs et que les armées dont les lances vagabondent implorent le ciel de ranger sa foudre et ses grêles.

— Ils sont dix mille ! s'écria le dernier guetteur en se rejetant à bas du mur.

En fait, ils étaient mille sept cent cinquante-quatre dont huit cents chevauchaient des bêtes bardées de fer. Des oriflammes dansaient dans la poussière sous le ciel éventré d'où s'échappaient, tendus à se rompre, les nerfs des cornemuses.

*

— *Halt !*

Les sergents relancèrent l'ordre de leur capitaine Edward Morose, qu'ils appelaient familièrement Ed ou Big Mor, selon qu'ils étaient en garnison ou en campagne.

— *Halt !*

Il parut à ceux de Longueil-Sainte-Marie que la tempête soudain tombait et chacun dans son cœur espéra que l'ennemi allait faire demi-tour. C'était le trouble même que l'habile Big Mor comptait jeter dans le cœur des assiégés. Or, ce n'était point Big Mor qui parlait, mais Ed et Ed avait faim. Des soudards lui dressèrent une broche où l'on empala une brebis. Le reste de l'armée eut droit à quelques barils de harengs qui avaient touché les quais de Creil après trois mois de navigation. Certains avaient été gâtés dès l'embarquement et la saumure en avait fui. Ce fut l'origine d'une rébellion de l'arrière-garde que Big Mor mata en chef. Il fit saisir deux braillards que l'on pendit au hêtre qui marquait la limite de l'Ile-de-France et de la Picardie, endroit où l'on planta depuis d'autres hêtres qui se transmettent le nom. On admire encore de nos jours l'Arbre Morose.

L'homme de guerre savait ce qu'il faisait. En deçà du mépris qu'il ressentait pour un tas de gueux, armés de pieux et de pioches, il ne laissait pas de se méfier. Ces sauvages lui avaient mis plusieurs fois en déroute ses estafettes et ses corps francs et s'il voulait bien perdre de ses hommes c'était par sa propre épée et non par les piqueries d'un ramassis de bouseux.

— Nous n'en ferons qu'une bouchée! s'écria Ed.

— La bête est grosse, dit le lieutenant Bourthmalone.

Or, l'un parlait du retranchement de Longueil et l'autre de la brebis que deux hommes tournaient sur la braise. Le mieux était d'en rire. Ils rirent et le rire gagnant de proche en proche toute l'armée s'enflamma. Derrière le portail que l'on avait renforcé d'un chariot de pierres, Guillaume l'Alouette sentit son cœur se glacer.

— Ils nous narguent, dit-il.

— Et ça? coupa le Grand Ferré en montrant sa hache.

Alors les trois cents eurent aussi leur moment de joie et bien qu'ils fussent six fois moins que ceux d'en face leur éclat rejeta l'autre dans la ténèbre et confirma leur bloc. Ils n'étaient plus qu'une âme, un corps, une idée, expulsant du plus profond d'eux-mêmes une unique image : la hache du Grand. Elle était devenue, au feu de ce cri nombreux et fondu, l'arme par excellence, le symbole, la certitude de la victoire. Cet outil qui avait tant coupé de bons arbres d'où sortent les toits, les huches, les vaisseaux, allait abattre l'arbre du mal, le forcer à servir lui aussi et l'on en ferait un feu qui éclairerait les siècles. La joie, l'amour, la peur, les grands moments de l'âme ont tous un peu d'enfance avant de s'élancer et de remplir le temps. Ils gaminent. Dix paysans s'élancèrent sur la hache du Grand Ferré pour la soulever, mais aucun ne le put. Il fallait qu'ils s'y missent à deux pour la tenir à hauteur d'épaules, à trois pour l'élever par-dessus leurs têtes. Quelle fête, mes amis !

— Elle est pour moi plus que ma femme, disait le plaisant Ferré aux nouveaux venus des hameaux voisins qui ne le connaissaient que de renom. J'offre Jeanneton à qui d'un bras fait tournoyer ma cognée. Allez, les Jacques !

Ils furent plus d'un cent à tenter l'impossible, le reste ayant déjà succombé dans l'épreuve au cours des veillées, quand las de se conter des histoires on passait aux plaisirs : lutte, jeux de la bouteille, du sac et du tonneau, lance-bourin, concours de pets, et toujours, toujours la hache du Grand.

— Ne vous essoufflez plus ! lança Guillaume l'Alouette. Gardez vie pour l'Anglais !

— Ou alors, dit calmement Ferré, prenez-la comme ceci.

Il s'avança vers la hache posée au centre des trois cents, en essuya le manche que les sueurs avaient bruni et la leva sans qu'un muscle de son visage trahît quelque effort. La hache tournoyait avec lenteur dans l'air, tel qu'on voit les montagnes danser au fond des rêves. C'était très doux et magnifique, comme l'est dans notre chair le souvenir de l'Éden. Mais la vie revient, avec la mort.

Les cornemuses venaient de ressortir leurs griffes.

*

Jeanneton n'avait pas encore eu l'occasion de désobéir à Ferré, mais cette fois elle sortit et elle vit les chevaux que des Anglais en jupe faisaient sortir des écuries à grands coups de pique, les envoyant au revers des assiégés qui formaient deux groupes en furie dans la mer des casaques, au pied des murs que franchissaient comme des filles sautent une corde les troupes de Big Morose. Hennissements et cris s'enivraient jusqu'à l'étranglement. Des volailles volaient avec des têtes brunes, des chevelures blondes, des mains, des jets de sang, des flèches et des pierres. Cela ne ressemblait à aucune des escarmouches qu'elle avait pu voir. Le spectacle était si dense que la femme en restait clouée. Soudain elle vit un reflux, une chute de rangées, deux rangées. Appels, ordres, conseils, encouragements, tout se mêlait, le pourpre et le noir, le fumier, la chair, des ferrailles.

— A moi Ferré! par Dieu, ma vie s'en va!

Le Grand se détourna et s'agenouilla. Autour de lui l'air siffle de rage. Les compagnons sautent en chats, brisent les lances, égorgent.

— Guillaume, murmure Ferré, ta vie est dans les petits que tu as faits. Elle est en moi qui les protégerai. Elle est dans la suite des amis des amis.

Il se redresse et le démon est en lui.

— Suivez le Grand ! gémit l'Alouette et Dieu fait qu'au milieu du vacarme un silence d'un instant permet que tous l'entendent.

Les pauvres reprennent force. L'Anglais vacille. L'Alouette voit la porte du ciel. Elle est du bleu de l'ombre des lis. Un cri d'enfant part d'un grenier. Le Grand Ferré bat le blé le plus malin poussé dans le monde. L'homme tombe de toutes parts, fendu, giclant. La houle désordonnée reprend ses drapés, les déchire jusqu'à l'évanouissement. Dans le magma qui couvre le sol et coule jusqu'aux rigoles à purin, Jeanneton seule est immobile. Elle voit son homme virevolter, dans un fracas d'enfer, prenant et reprenant sa cognée sanglante, abattant dans les chairs la masse fabuleuse, coin de l'autre monde. Un cri plus strident s'éleva, et le bruit d'une trompette au-delà du mur qui s'éboulait sous des grappes de fuyards. Jeanneton sentit ses cuisses, ses jambes se glacer qu'elle avait mouillées dans un excès d'oubli. Presque plus rien ne bougeait maintenant, mais par le portail défoncé des villageois rentraient, les uns sur les genoux, d'autres à dos d'amis. Ferré se tenait pensif, en repos sur sa hache, et l'eau coulait de sa face. Mouron le bossu qui tenait le registre de la paroisse vint prendre la main de Jeanneton et la lui baisa.

— Le Grand en a fendu quatre-vingt-sept à lui tout seul, dit-il. Je ne l'ai pas perdu de vue. Nous avons douze deuils à porter. Avec toutes ces chairs de mangeurs de harengs nos champs pourraient donner belle récolte, l'an prochain.

— Sans nous la terre n'est rien, dit Salomon Delahutte, le plus vieux des villageois. Regardez la pauvre !

Jusqu'à l'horizon retenu par les bois indifférents, le plat pays non labouré depuis deux ans, brûlé par les bandes, jetait au milieu d'immenses plaques noires et de buissons d'épines l'appel de l'herbe folle. Et chacun saisissait pourquoi l'espérance s'est teinte de vert et garde au fond d'elle un arrière-goût de pitié. A cette distance sous le hêtre aux feuilles demi-cuites le dernier pendu n'avait pas plus d'épaisseur qu'une loque quand le vent tombe. Les gars de Longueil disaient que c'était le seul drapeau que connussent les Grandes Compagnies.

— Et l'Alouette, fit une voix, qui va le remplacer ?
— Ferré ! hurla le plus grand nombre.
— Celui qui commande doit toujours être en retrait pour saisir et guider les mouvements du combat. Je ne suis pas la tête, mais le cœur, dit-il, et nous devons écouter l'ordre de saint Corneille.

Le pays était en effet une manse de cette abbaye de Compiègne où l'an 840 on avait tondu le roi Charles surnommé le Chauve à cause de cela, sur sa demande, en signe d'humilité.

— Et là-haut ? dit la Dent, un malingre qui avait toujours des doutes sur toutes choses hormis la pose des pièges à loups (il vous en rapportait parfois quatre en un jour dont il tannait la peau).

— Là-haut ? — Il indiquait d'un revers de pouce à l'épaule les tours du château. — On ne l'a pas vu beaucoup pendant l'assaut !

Cet « on », désignait parfaitement le seigneur du lieu, Messire le Jaune, personnage indéfini qui gouvernait à peine et se faisait supporter, couvert de médailles comme un arbre de feuilles et dans la dépendance que le sort imposait, aujourd'hui celle de son maître abbé, le Cornélien. Il avait femme et page, usait des deux, mais ne connaissait l'éblouissement que dans la solitude. C'était un de ces hommes qui ne trouvent pas leur place et se laissent porter par l'événement, deçà delà, vers la mort qu'ils craignent et souhaitent, glissant d'un plateau l'autre, de balance à balance, jusqu'à ce que les plaques de cuivre se frappent, coup de cymbale de la fin, écrasant l'éphémère.

— Que t'inquiètes-tu ? dit Salomon. Les loups s'occupent-ils des poissons ? Ces gens ne sont pas de notre race. Même leur sang n'a pas la couleur du nôtre. Rassure-toi : Not' duc recevra le remplaçant de l'Alouette en lui posant la main sur l'épaule, comme nous le ferons.

Deux jours après, le nouveau capitaine arrivait de Compiègne à cheval après un crochet par Rivecourt où l'on traverse l'Oise à gué. Trempé jusqu'aux reins, il fumait autant que sa monture. On eût dit de l'ensemble qu'il sortait d'un vitrail d'Apocalypse où les créatures tiennent de l'ange et de la bête, façonnés pour les quatre éléments.

C'était le capitaine Colard Sade, moustache de Celte, œil de bœuf.

★

Les derniers paysans à se cacher dans des trous, à se « mucher », quittèrent leurs souterrains, car la moindre brise portait sur la campagne désolée les ahans du

Grand Ferré. Une telle peine invitait à l'aider, un tel effort ! On attendait à Longueil un nouvel assaut des troupes que le château fort de Creil vomissait avec régularité. On avait beau en tuer. Il en venait toujours. Mouron le Bossu recomptait par plaisir les bâtons sur son registre, un cimetière d'Anglais. Ah, Londres retient prisonnier notre bon roi Jean ! Ah, le pauvre dauphin Charles ne sait où poser le pied sur le sol qu'il régente vaille que vaille ! Chausse-trapes, et crocs-en-jambe, l'occupant frappe de plaisir sa panse pleine de harengs ! Vous paierez, messieurs les Anglais ! De plus en plus cher. Même s'il faut nous battre un siècle ! Nous les vilains, les sans-terre ! C'était une prémonition : il faudrait attendre un siècle en effet pour que naisse la bergère de Domrémy. Mouron le Bossu assis dans la chapelle de l'Apocalypse nota l'arrivée de deux nouveaux Jacques, si faibles qu'ils auraient pu rester dans leurs caches à grignoter des racines. Colard Sade allait les renvoyer, si le Grand Ferré n'avait fait remarquer que deux bouches de plus à nourrir pouvaient aussi crier et qu'il avait besoin de leur encouragement dans sa boucherie. Oui, il l'avouait, lui que chacun pensait d'un roc sans faille. Toute rencontre avec un corps de Navarrais, une escouade de godons, lui faisait perdre un poids que chacun se plaisait à contrôler par le nombre de litres d'eau que le géant entonnait pour se rétablir.

« A boire, Jeanneton ! » était devenu le signe d'un triomphe que chacun respectait d'autant plus que l'eau seule en faisait les frais. Messire le Jaune laissait parfois son page offrir une pinte de vin, un tonnelet de cervoise, que le Grand Ferré donnait au premier venu, se réservant pour l'eau qui dormait à glacer dans des cruches en terre, près de sa couche de paille. Mouron gardait bien d'autres détails pour son ami Jean de Venette, un carme plébéien, qui passait son temps à écrire ce qu'il entendait, faute de mémoire et par goût de durer. Or, Jean ne retenait que les grandes lignes, ne jurant que par Tacite dont il oubliait qu'il avait aimé les détails et laissant tomber les fioritures qui sont la source de l'Histoire, ce grand brochet froid, sorti du court-bouillon.

Mouron nota cependant qu'après l'ensevelissement de Guillaume l'Alouette on vit une buse planer haut sur la tombe et que Jeanneton servit au Grand Ferré son plat favori, la tourte aux poireaux. Hélas, une poignée d'avoine et deux poireaux. Suivit la confidence du borgne au retour de Creil : au plus frais du château, dans l'août en feu, Big Morose avait succombé au pari de boire d'un trait trente pintes de stout, à l'effroi des trois mégères qui jusqu'alors battaient des mains, assises en ribaudes sur son tapis de lin, volé à l'évêque de Beauvais. Son successeur était un homme à l'œil de caille dans la broussaille des sourcils, Jehan de Fourdrigay, la taille ornée de poignards courbes rapportés de Gaza par l'un de ses ancêtres après la défaite de la Sixième Croisade.

Fourdrigay était résolu à effacer de la carte ce qu'il appelait la place forte de Longueil et à mettre en girouette sur les lions de fer du donjon de Creil la tête du Grand Ferré.

Quand ce dernier apprit cela, il partit d'un rire qui

ne lui était pas familier, où peut-être perçait une appréhension. Il se contenta de serrer d'une main le bras de sa femme.

— Jeanneton, le 17 juin, à la fontaine Saint-Sulpice, nous avons attaché aux trois marronniers rubans et harts pour lier la fièvre qui pourrait nous surprendre au cours de l'an. Ainsi l'ont fait ton père et le mien, et leurs pères depuis la nuit des temps. Veux-tu, pour ce Fourdrigay, aller nouer encore ce lacet ? Je crains qu'il en ait grand besoin.

Le Grand Ferré tira le morceau de cuir de sa casaque et le tendit d'un doigt moqueur.

*

Entre le 21 août et le 12 novembre 1358, le Grand Ferré ne connut qu'une défaillance, si l'on excepte sa mort. Ce fut un dimanche chauffé à blanc, tandis qu'il se reposait auprès de Jeanneton dans sa chaumière dont il avait calé la porte avec sa hache. Ils parlaient peu comme tout bon ménage de bûcherons et comme il arrive un jour dans la vie des époux où le lever d'un sourcil, le plissement d'une lèvre, un signe de la main, un doux bruit de gorge en disent plus long et plus net qu'un flot de paroles, et jusqu'aux subtilités.

Au dehors le jour n'était qu'une flamme, et telle une dérision dans le suspens dominical, une insanité dans le dénuement, on entendit le braillement du paon de Messire le Jaune. On crevait à petit feu, on n'avait du nécessaire que le souvenir, et le maître s'occupait d'un paon !

— J'en ferai de la soupe, grogna Ferré.
— Une si belle bête ! reprit Jeanneton.
— Un oiseau ridicule, bon pour la montre, l'image du Jaune ! hurla l'homme. Même son œuf est immangeable !
— Calme-toi, dit-elle. J'aime son cri : Léon, Léon ! C'était le nom de ton père. Écoute.

Le paon criaillait à intervalles réguliers, tandis que toutes les bêtes reposaient dans la haute chaleur.

— Il ne dit pas Léon, remarqua Le Grand Ferré, mais Léa.
— Léon !
— Léa !

Ils écoutèrent encore et n'arrivèrent pas à s'entendre. Leur siège était fait. Le Grand se leva et vida une cruche.

— Ne bois pas glacé, quand tu es en sueur ! soupira Jeanneton.
— Léa ! fit-il.
— Léon ! dit-elle en écho.

Puis ils s'allongèrent de nouveau l'un près de l'autre et décidèrent que s'il leur naissait un fils ce serait Léon, une fille, Léa.

Le Grand Ferré ignorait que les héros de légende n'ont jamais de descendance, ou d'un court terme tragique qui n'a pour rôle que d'ombrer leur profil de lumière. Le bûcheron s'endormit et Jeanneton essuya le front, l'oreille croquée, le torse fabuleux, les cuisses de chêne. Elle se leva pour le contempler. Mort, il serait ainsi. Il faudrait six vigoureux pour le soulever. Le bras droit était plus énorme que le gauche et il y avait une boule de muscles sur la hanche qui donne le dernier effort pour la chute de la cognée. Jeanneton était heureuse, sans ressembler aux femelles qui satisfaites rejettent le mâle aux enfers. Non certes, rien de funèbre dans sa vision, rien que d'évident. Le magnifique ferait le plus beau mort du Royaume, quand il plairait à Dieu. Elle hésita un instant à s'agenouiller pour lui imposer les mains, de bonheur et de remerciement, mais par crainte de l'éveiller, lui qui ne dormait plus que deux heures le jour et veillait au portail chaque nuit, elle alla vers la hache et longuement de sa main rude en caressa le manche.

*

— Dans ce doux pays d'Oise dont les deux fromages ont la forme d'un coeur !

— Merci, dit le Grand Ferré, merci à toi ! Jean de Noyal. Voilà bien longtemps que je n'ai mangé le crème et le rollot. Avec ces merveilles quelles nouvelles apportes-tu ?

— Misères, misères partout, le feu, les pendus, les viols, les déportés. J'ai quitté Laon voici trois jours. On parle de tes hauts faits, là-bas. Les Anglais surtout, qui disent sans se signer, à moi homme d'Église, abbé de Saint-Vincent, que Dieu s'est fait Diable et qu'il est ici. Ta hache serait du bois de la sainte Croix, dans son fer un clou du Christ. Je vais à Saint-Denis où mon frère est portier, puis à Paris au tombeau de Geneviève. Veux-tu me confier l'objet qui te tient le plus à cœur ? Je lui ferai toucher la pierre sainte.

— Je ne peux te prêter ma hache, tu ne saurais la porter !

Au milieu de leurs rires arriva Jean de Venette et les deux scribes se donnèrent le baiser de paix, avant de gémir sur le sort du pays, de remonter au Déluge, à l'an passé quand ils avaient assisté en qualité de greffiers aux états généraux de Compiègne, puis noté trois semaines après l'écrasement des Jacques au marché de Meaux. L'histoire passait entre leurs lèvres avec la facilité d'un fleuve sous un pont. Le Grand Ferré acheva le fromage et suça la pointe de son couteau. En les écoutant, tout lui paraissait trop facile, trop clair. Tout s'enchaînait si merveilleusement qu'on aurait pu s'endormir à ces beaux parleurs et se faire surprendre par l'Anglais. Un seul homme lui plaisait dans ce salmigondis, Jean Maillard, le meurtrier du prévôt des marchands. Au moins Paris, grâce à lui, ne tombait pas aux mains du roi de Navarre, le Mauvais. Maillard travaillait des mains, comme lui Ferré, dans le vif. Il tenta plusieurs fois de faire taire les deux hommes.

— Je ne vois qu'une chose, dit Ferré. L'Anglais est là et il n'a pas à y être, encore moins à y rester. D'ailleurs on n'est bien que chez soi, c'est ce que les gens devraient comprendre. Nous le bouterons hors d'ici, pour son bien. De même je voudrais retourner à mon vrai logis, à Rivecourt.

— C'est à deux portées d'arc, s'esclaffa Jean de Venette, plains-toi ! Certes, il m'est venu aussi à l'idée de retourner dans la boulangerie de mon père, mais à chacun sa farine !

— Dès que les harengs seront venus se faire vider ici, répondit calmement le Grand, je retournerai à Rivecourt. C'est là que je suis né.

Il n'y avait rien à ajouter et cependant il bougonna :

— Les marchands, les notables, ça va ça vient, ça suit l'or qui roule. Il n'y a que nous qui ne bougeons pas, comme les arbres.

— Tu les abats ! dirent les autres en riant. Et nous le serons tous !

— J'allais dire que le Roi aussi ne bouge pas, reprit le Ferré, mais il bougeait de temps en temps avec ses hommes d'armes. Non, il n'y a que nous.

— Il est vrai, dit Jean de Venette d'un ton de prêche, que les nobles et tout ce qui compte, compte je dis bien, oublient la captivité du roi Jean, s'en moquent, oppriment et dépouillent les campagnards au lieu de les défendre contre l'ennemi.

— Assez ! ma tête éclate ! hurla le Ferré, et se radoucissant : merci pour les fromages. C'est bien la première fois qu'un clerc apporte son manger.

— Et l'offre ! fit remarquer Noyal.

— Votre cheval est prêt, vint annoncer un gamin.

Noyal promit de repasser. Le Grand Ferré, Venette l'accompagnèrent jusqu'au portail. Le cavalier se pencha vers eux et heurta la barbe en sabot.

— Ce sont vos prisonniers qu'on entend là ?

— Dans l'enclos des gorets, oui, en attendant qu'on les escorte à Compiègne. Un peu d'oubliettes leur passera le goût de pousser la rengaine.

— Big Morose n'avait donc pas offert de les racheter ?

— Pas de rançon tant que ma hache cassera les pots ! Si l'Alouette les avait vendus, crois-tu que ces bâtards ne nous seraient plus nuisibles ? J'ai ligoté deux officiers, à leur dernier coup de main. Ils m'ont offert de l'argent. J'ai craché dessus.

— Quelles voix, Sainte Mère ! dit Jean de Noyal. On jurerait leurs cornemuses. Adieu ! Mais... mais j'aurais pris l'argent pour notre bon roi captif !

Venette et le Grand Ferré le regardèrent disparaître dans le soleil à longue traîne.

— Il aurait pris l'argent pour faire brûler des cierges ! dit Venette.

— Un saint homme, que veux-tu !

— Brûler des cierges pour éclairer ses copies, oui ! reprit l'autre.

— Comment passe-t-il au travers de tous ces brigands ? grogna le bûcheron.

— Dieu ! murmura Jean de Venette en levant un doigt de respect.

Le Grand Ferré sans un mot regarda la masse de fer, à ses pieds. Le fil en était si redoutable qu'un peu de vent courbant un coquelicot lui fit trancher la tige.

*

A chacune de ses renaissances surgit une ville, un champ où la guerre trouve sa gloire et son versant. Le Hameau de Longueil commençait à inquiéter tous les partis. Résisterait-il, et quand, à l'assaut final ? On s'y préparait au pied des tours de Messire le Jaune, dans l'enceinte qui avait fini par devenir un camp retranché avec deux fossés où le ru se jetait depuis qu'on en avait détourné le cours. A trois pas d'un mur de pierre, et parallèle, le Grand Ferré avait installé une enceinte en bois, travail de charpente bourré de fascines que l'on pourrait enflammer, au besoin, pour y jeter comme hannetons l'Anglais.

A Creil, Fourdrigay donnait ses derniers ordres. Il décida de frapper en pleine nuit, comptant sur le sommeil de ceux d'en face. Il oubliait que le Grand Ferré ne dormait plus, mais passait les heures noires à entretenir ses compagnons de récits qu'il tenait de son père et qui n'avaient rien de guerrier. Les jours étaient d'ailleurs si brûlants que la nuit réveillait les amis. On croquait les quelques lardons que le rationnement permettait, et des parts de galettes d'avoine prélevée sur la réserve des chevaux. Le Grand Ferré parlait des champignons, disait qu'il serait bon d'arrêter l'assaillant en lui ouvrant les bras, de l'inviter à la fraternité autour d'une énorme omelette et de lui laisser l'honneur de manger en premier. Les champignons vénéneux achèveraient les méchants, sans que Longueil perdît un bon travailleur. Sans même que l'on eût à regretter le bris d'une fourche. Les manants se tapaient sur les cuisses, de contentement, et poussaient le charivari jusqu'à porter en triomphe le Ferré. De ce rempart d'épaules, le Grand apostrophait par-delà l'horizon les mangeurs de harengs :

— N'enfilez pas vos caleçons ! Avancez à reculons ! A moi, l'Anglais ! Que je t'empale ! Et vous, les amis, rentrez les femmes, nous allons les remplacer !

Dans les cris de joie le Grand Ferré retouchait terre et saisissait Jeanneton.

— Ne sois pas jalouse, commère !

Ainsi passaient les heures et les jours, en anathèmes puis en caresses, mais un soir le guetteur qui se tenait dans les champs à l'abri d'un fagot courut annoncer qu'il venait d'entendre un long cliquetis et le pas de chevaux, très loin encore, une lieue, s'il en croyait son oreille à terre. On éteignit les foyers dans la cour. Ferré suggéra l'ordre de bataille au capitaine : deux troupes en carré, lui seul au milieu, face au portail à peine fermé, qui devait céder au coup de bélier. Colard Sade leva la main sur l'épaule du géant, en signe d'acquiescement et de reconnaissance.

— J'ai prêté serment de fidélité au dauphin, dit Colard, et tu es son meilleur sujet ! Nous vaincrons.

— Que la mort s'approche, hurla le Grand Ferré, nous allons lui faire l'amour !

Une pluie d'étoiles filantes coupa le ciel et trois heures après l'avant-garde navarraise, car les Anglais se tenaient prudemment dans le gros des forces, défonça les vantaux. Ferré abattit sa première douzaine. Aux ailes les deux carrés restaient admiratifs. Alors les Anglais poussant des cris sauvages se ruèrent, Ferré en fit tomber huit, puis seize et, se voyant encerclé, il lança l'ordre :

— Colard !

Le capitaine lâcha les villageois et le combat fit rage. L'Anglais submergeait une nouvelle fois les murs, tombait, s'ouvrait sur la hache, se noyait en fuyant. Le Grand Ferré aperçut leur drapeau dans le second fossé et se précipita pour le prendre, en arracher l'étoffe, s'essuyer le front trempé et le mettre en poche avant de reprendre ses moulinets d'enfer.

— Vise à la tête ! hurlait Ferré à ses troupes qui ne formaient plus qu'une personne singulière.

Il en tua encore une centaine et soudain se trouva las, le cœur défait par la besogne que l'ennemi lui refusait. Colard Sade avait perdu un bras, Mouchy une oreille, Baudry du Meux la jambe qui lui restait et Mouron la vie. Ferré se pencha vers l'écrivain et pleura.

— Ami, dit-il, tiens désormais les comptes de Dieu. Fais-nous place dans ses registres le plus tard possible, et garde pour nous un peu de la poudre d'or dont tu ornes le nom des saints. Tu étais un gentil compagnon, un bon Gaulois.

Les pleurs et la sueur du Ferré inondaient le bedeau.

— Jeanneton ? cria le Géant. A boire ! A boire !

Quelques Anglais découpés se tordaient encore dans l'ombre, mais personne ne s'en occupait, tous captivés par la douleur du Grand.

L'un des ennemis cependant réussit à se traîner dans la grange qui jouxtait la chaumière de Jeanneton. Il s'appelait Douglas Battle. Par un nœud qui avait sauté dans l'une des planches, l'espion vit entrer Ferré auprès de sa femme.

— Ne bois pas glacé ! Tu es en nage ! criait-elle.

Mais le géant vida coup sur coup trois cruches sur quatre et s'allongea. Une chandelle de suif éclairait la terre constellée de fientes de poule. Douglas Battle s'était fait un garrot avec une tresse de paille. Ne gardant qu'une chemise et rejetant ses houseaux, il n'avait plus rien d'un étranger. Le jour allait paraître et il trouva préférable de s'enfouir dans le foin, lui et ses hardes, et d'attendre la prochaine nuit pour fuir. Quand il s'éveilla, coupé en deux par la jambe qui lui battait, il entendit une toux formidable et colla l'œil au judas de fortune. Battle en oublia sa douleur : le Grand Ferré secoué par des quintes paraissait rendre l'âme. Un prêtre lui passait un chapelet au cou dont le malade suçait les grains. Une troupe de loqueteux se tenait immobile dans la pièce, les yeux sur le géant. Jeanneton s'arrachait les cheveux et répétait : je l'avais bien dit, je l'avais bien dit !

— Mon amie, soupira le Grand Ferré, entre deux accès caverneux, je ne le ferai plus.

— Tu ne m'as jamais écoutée ! Tu n'écoutes que toi ! Toi seul !

— Ainsi est l'homme véritable, dit le chapelain de Messire le Jaune pour calmer les époux. Mais quoi, Ferré, ne sauras-tu jamais te garder de tes appétits ? Cette indiscrétion t'a donné la fièvre !

La foule des villageois cernait la chaumière dans l'espoir d'une nouvelle, sinon de voir en son envers l'homme à la hache.

Douglas Battle sortit de la grange, se soutenant d'un bâton et sautillant jusqu'à l'écurie.

Jeanneton qui haranguait la foule des amis et demandait à chacun de rentrer chez soi aperçut un cavalier qui s'enfuyait par une brèche et jeta un cri. Tous se détournèrent et le virent disparaître. Le Grand Ferré toussait de plus belle et si fort qu'un pot de terre tomba du manteau de la cheminée et se brisa en deux parties miraculeusement égales. Le Grand sentit remonter en lui les terreurs de l'enfance et, si peu superstitieux, se signa. Il leva les yeux vers le chapelain, un homme si affligé de l'époque que toujours en prière il ne quittait point le carreau de sa chambre, voisine de celle du paon.

— Il est écrit, dit le saint homme, que celui qui aime le feu périra par le feu. Vous, c'est l'eau. La Providence vous offrira sûrement une douce navigation sans fin.

Alors le Grand Ferré se dressa. La fièvre l'agitait aussi fort qu'un feuillage la tempête. Il regarda la cruche qu'il n'avait pas vidée. Le jour y faisait du col d'eau une hostie.

— Gentil saint Sulpice, gémit-il, qu'as-tu fait de mes rubans ?

Il brûlait tant qu'il demanda d'un geste la cruche pendant que Jeanneton qui annonçait son état par la porte avait le dos tourné. Le chapelain la lui tendit sans malice bien qu'il remuât déjà dans son cœur les paroles de consolation qu'il répandrait sur la dépouille. Il attaqua la prière de pénitence et le curé qui surgissait sortit de sa manche le flacon d'huile pour l'extrême-onction.

*

L'eau que buvait le Grand Ferré charriait villes et forêts, remparts de Compiègne et de Creil, les oiseaux de l'enfance et les corps qu'il avait aimés, bergères et filles qui s'aventuraient dans les coupes pour voir tomber les arbres sous sa hache, puis vinrent ceux de ses parents et celui de Jeanneton en fin de cruche, dans l'odeur de la terre à Pâques quand lèvent les morilles, une eau pure que ne descendait aucun cadavre d'Anglais.

Quand il eut bu il se leva, à l'effroi de tous, prit sa hache avec un peu de difficulté et dit qu'il allait reposer à Rivecourt. L'assistance s'ouvrit à son passage et tous les défenseurs le suivirent à distance, derrière le chapelain et le curé qui se disputaient à qui rendrait le dernier honneur, derrière Jeanneton, dans l'ordre du convoi suprême, mais le mort était sur pied et il franchit sans pause les portées d'arc qui le séparaient du bois natal. Les nues s'étaient obscurcies, drapées d'un vent froid. A peine se fut-il recouché qu'il demanda qu'on le laissât tranquille. Jeanneton lui prit la main tandis que la foule rentrait au camp. L'eau de plus belle tombait au fond de la caverne, accumulant dans un dernier bric-à-brac les objets et les visages qui avaient peuplé les jours du Grand. L'odeur de la mousse au temps que tombent les faînes rivalisait avec celle des copeaux neufs et de la sciure quand l'arbre ne tient plus que par un chicot en sifflet. Chaque battement de cœur de l'enfiévré se confondait avec le craquement du tronc qu'un frémissement de fouet suivait jusqu'au broiement sourd de la chute. La forêt s'éclaircissait avec régularité, ormes et hêtres les plus aimés, chênes au cœur plus sombre. De rideau en rideau la futaie reculait, délivrant un ciel de plus en plus pâle qui devint d'argent sur la plaine, quand les dernières branches se brisèrent en touchant le sol. Alors le temps se bloqua, tel qu'il arrive dans l'enfance : la main n'a plus à se tendre, le pied à courir, les fées, les dieux, les palais, tout est là, immobile pour notre triomphe. Le Grand Ferré poussa un cri de joie, mais Jeanneton se méprit, n'entendit que détresse et courut vers le village pour rappeler les prêtres. Son homme allait passer ! Qu'il ne s'en aille pas sans le corps de Dieu ! Or, le Grand souriait, voyant sur l'horizon défiler les choses essentielles, sa mère aux grandes dents, son père, un mulet, une vieille et son fagot, une hache énorme entourée de hachettes, un bouquet de rubans, une pomme et le premier sac d'où roulent les billes, l'osselet, la cage à mouches, les pattes de lapin. La vie se vidait jusqu'aux minous de la doublure. De sa paume énorme, Ferré rafla tous ces trésors et les porta à sa bouche.

Jeanneton arriva pour retarder l'engloutissement.

— Ferré, dit-elle, j'allais chercher l'hostie quand j'ai vu déboucher, du côté de la carrière, une compagnie d'Anglais. Oui, ce sont eux, ils se cachent, couleur du sol. Ils ont contourné le village, ils arrivent et tu es seul ! Le ciel se gâte. Je veux mourir avec toi !

— Pas question ! hurle le Grand Ferré en se dressant, à la fois lamentable dans sa chemise de chanvre à pans inégaux et grandiose à travers la suée qui l'inonde.

Il saisit sa hache, mais le poids l'entraîne dos au mur. Un éclair l'aveugle, une crampe l'immobilise. Un cliquetis d'étriers lui serre les mâchoires. Les douze lascars expédiés par Jehan de Fourdrigay aiguillonné par Battle (et Douglas n'a que le temps de dire l'état du géant, puis meurt) font irruption dans la pièce. Ferré s'écrie :

— Tas de brigands ! Vous venez en lâches me saisir au lit. Vous ne me tenez pas encore !

Il donne un coup de reins au mur et d'un arc plein d'éclairs abat de malemort cinq des meurtriers. Les sept autres s'enfuient. Il reste titubant, demande à boire, laisse le manche de sa hache à Jeanneton qui rit à travers ses larmes, il réclame encore une boisson, tombe sur la paillasse, s'étire. Une eau très pure passe ses lèvres qu'un sourire écarte. Jamais eau ne fut plus douce. Elle vient du Paradis.

Jeanneton voit la main du bien-aimé se porter à l'oreille. L'index et le pouce se joignent à la place du lobe absent, le bras retombe. Le Grand Ferré sort du siècle.

Au dernier souffle de l'homme, la neige qui s'était mise à tomber fit plusieurs tourbillons à la porte.

La tristesse de Jeanneton devint celle du peuple. Angleterre et Navarre saccagèrent le pays par le feu. La rage soufflait sur l'incendie. Fourdrigay chercha en vain la sépulture de l'homme qu'il n'avait pu saisir vivant. Le mort aussi lui échappait dont le cri de vengeance s'élevait de chaque ruine calcinée. L'odeur des charniers se mariait à l'ennemi. Qu'une cloche tintât ce n'était que tocsin. Fuyez ou cachez-vous ! Il fallait que l'espoir, comme le grain, disparût un long temps dans la terre éventrée, mais le souvenir de Ferré levait, fourchait, se ramifiait et dispensait au Royaume un feuillage chaque jour plus vif et multiplié, impé-

Le Grand Ferré

tueux et frondeur à l'image de la race. Sur le sol brûlé, celui qui avait tant fait de coupes se muait en arbre, le plus haut, le plus généreux sous lequel les gueux venaient se refaire le poumon, et la hache, aux pieds de l'irréductible, dans l'ombre vivante, loin de se rouiller restait le noyau de la lumière.

LA SIGNATURE

Mᵉ Julin avait succédé au notaire son père, bien qu'il n'eût qu'une capacité en droit et que son rêve d'être artiste et le goût d'être seul lui fissent détester les lectures d'actes, les entrevues de conseil, les ventes, la gestion des portefeuilles et les visites de clients. Il se remettait au premier clerc de ces devoirs, soutenu par un bataillon d'employées canoniques pour qui les archives de près d'un siècle dans les rayonnages de l'étude n'avaient aucun secret, et ne se livrait qu'aux nécessités de la signature. Il passait le plus clair de son temps dans l'atelier du fond du jardin, vaste pièce à verrière que traversait le tuyau d'un poêle en faïence, plein de septembre à mai d'un feu serré. On l'appelait au besoin depuis les bureaux par une sonnette dont le fil de fer attirait l'hirondelle et le pinson, parfois courbé sous leur brochette. Mᵉ Julin poursuivait là son œuvre, dans la jalousie, s'enfermant à clé, apportant lui-même son bois de chauffage et puisant dans la baie qui donnait vers l'extérieur un motif immobile et sans cesse renouvelé, fait d'un tohu-bohu de prairies, d'un pont de pierre jeté en jouet sur un ruisseau et d'un fond de montagne où des pans de calcaire levaient des murailles pâles dans une végétation de précipice. Les toiles s'empilaient le long des murs jusqu'au jour où le peintre les descendait à la cave, profitant de ses dimanches de célibataire. C'était après la voûte des vins un réduit au sol couvert de claies dont lui seul possédait la clé. Il allait de temps à autre regarder ces paysages que l'humidité vieillissait selon son désir et dont il ôtait d'un chiffon léger les moisissures. Jaloux de sa création, il ne lui venait pas à l'idée de la montrer aux autres et il profitait en avare de ses dons. Peut-être y a-t-il de ce sentiment dans tout regard qui se pose avec amour sur une œuvre, on la voudrait emporter et qu'elle reste dans notre secret, à l'abri de toute critique, n'en vînt-il qu'une dans un concert de louanges. Mᵉ Julin allait fêter ses soixante ans et son centième paysage à l'arche lorsqu'il dut lire le testament de Mᵐᵉ Béliard, une amie de son père dont le château s'élevait de l'autre côté de la ville. Cette veuve vivait avec une armée de chats et l'été tolérait chez elle pendant huit jours, dans l'espérance de mériter par là le Paradis, sa quinzaine de petits-enfants, louant une femme de supplément pour la cuisine. Ses deux fils de l'âge de Mᵉ Julin étaient assis en compagnie de leurs épouses dans le bureau du notaire pris dans un silence que renforçait le mobilier napoléonien, avec des griffons en cuivre sur le pied des sièges, aux angles de la table, au fronton des deux armoires à grillage doublé de soie verte. Les yeux finissaient par aller se rencontrer dans le miroir retenu par une tresse fanée perché derrière le fauteuil à chimère du notaire qui tardait à paraître. Enfin la double porte de cuir s'ouvrit et le scribe solennel vit les héritiers se lever sans bruit.

— Asseyez-vous, dit Me Julin en aplatissant d'un coup de main sa crinière blanche.

Il n'eut pas un mot pour la défunte et dépêcha la lecture des dernières volontés. Mme Béliard laissait aux bonnes œuvres animalières la plupart de ses biens. L'étonnement, la pâleur, le serrement des mâchoires des patients contrastaient avec l'insipide débit de l'officiant. A peine eut-il achevé la lecture qu'un des fils se leva et donna un coup de poing sur le bureau, d'une telle violence que le miroir tomba. Le second fils présenta des excuses. Me Julin se rendit compte alors de ce qu'il avait lu et remercia le ciel qui l'aidait d'un bris de verre à clore l'entrevue. Les Béliard mirent au compte d'une colère rentrée la longue figure du notaire, mais celui-ci regardait l'emplacement du miroir dont le cadre gisait contre son fauteuil et imaginait pour la première fois sur le rectangle de papier peint dont les bouquets à l'abri avaient gardé la soie de leurs faveurs l'une de ses œuvres.

— Ce n'est rien, dit Me Julin, ne me parlez pas de remboursement. Remplace-t-on des souvenirs ?

Il voulait être gentil, mais il aurait accablé les visiteurs s'ils avaient pu l'être davantage, car les couples ne se souciaient pas plus du miroir brisé que lui-même et, ne comprenant pas encore la fantaisie de la testatrice, restaient assommés sous la nouvelle.

— Avait-elle toute sa tête ? demanda le fils au poing redoutable.

— Qui ça ? dit Me Julin dont le regard était ailleurs,

sur le petit pont de pierre tant de fois peint, et la dernière avec un cerf qui le franchissait, poursuivant une fille à fanchon.

— Mme Béliard mère, dit froidement l'autre fils.
— Elle adorait les bêtes.
— Et que peut-on faire ?
— Mon principal vous dira tout.

Me Julin inclina la tête et les dames ne lui serrèrent pas la main. Il ôta son veston, fit tomber ce qui restait de verre dans le cadre, s'agenouilla pour ramasser les morceaux et s'en fut à l'atelier. Le soir même, il avait réduit une de ses toiles aux dimensions du miroir et solidement fixé son œuvre au mur. Assis dans l'un des fauteuils destinés aux visiteurs il regardait le ciel s'emplir de nuit au-dessus de la falaise, le ruisseau s'immobiliser sans bruit et le pont se deviner encore sur le linge éblouissant qui coiffait la paysanne. Il n'y eut bientôt plus dans l'ombre que cette lumière et Me Julin se leva dès que le menton lui fut tombé sur la poitrine. Il approcha de la peinture et se demanda si elle était bien de lui. Mais oui, de lui, plein comme elle de grandes masses claires et nocturnes, avec cette fille qu'il ne connaîtrait jamais qu'au bout de sa brosse, traquée par le cerf à jarrets grêles. Il dormit sans rêve et, le jour à peine levé, il descendit à son bureau. La toile lui parut être là depuis toujours et il n'y pensa plus, tout à celle qu'il allait commencer, ou peut-être remonter de la cave pour la reprendre, enfin il verrait, affaire d'humeur. Un peintre est toujours en harem. Il voudrait sans cesse et en même temps toutes ses femmes, les faire jouer l'une près de l'autre et jouir dans une couronne sans fin, fil et lumière des mille perles de son lustre.

C'est par un mouvement sincère de fidélité à son secret et à l'humilité que Mᵉ Julin fit dans son livre de comptes le premier faux à la pensée d'un contrôleur possible ou du comptable de l'étude. Il nota : achat d'une montre. Il s'agissait en fait d'un vieux cadre ouvragé en plein chêne qu'il s'adjugea dans une vente publique. Pouvait-il dire cependant qu'il avait l'intention d'habiller une nouvelle toile ? Comme on dit, les choses sont dans l'air, et certains de nos actes s'expliquent par l'achèvement du puzzle proposé par les forces du monde. Le meneur de jeu fut pour Mᵉ Julin un Parisien qui cherchait dans la région une résidence pour pêcher la truite. L'homme rendait visite aux agents immobiliers, aux notaires. Il arriva chez Mᵉ Julin et s'assit devant le tableau.

— Courbet ? dit-il. Admirable. Combien ?

— Il n'est pas à vendre, dit Mᵉ Julin étonné de sa réponse trop prompte.

— Toile de famille ? reprit l'autre.

— Mon père le tenait de son père, dit Mᵉ Julin à qui les mots venaient malgré lui.

— Courbet était sans doute un ami, un pays ?

— Oui, dit Mᵉ Julin qui avait honte et ressemblait aux enfants que l'on pousse à dire un compliment et qui n'en ont pas envie. Pourtant, la comédie finit par se donner, même dans le rouge de la honte de soi, sa propre volonté écrasée.

— J'en donnerais cent mille francs. J'ai vingt acheteurs !

— Vous êtes dans la peinture ? dit Mᵉ Julin, provincial.

— Sur la rive droite, avoua l'autre, galerie Lévy.

— Lévy ? fit Julin d'une voix qui se tache.

— Mais je m'appelle Charrette et ma spécialité la magie au XIXᵉ. Permettez ?

Il se leva et passa de l'autre côté du bureau. Mᵉ Julin quitta son fauteuil.

— Elle n'est pas signée, dit Charrette.

— J'en ai qui le sont, reprit Mᵉ Julin en pâlissant.

— Ah ! mon cher maître, en partant de Paris ce matin j'avais un pressentiment. J'ai écrasé une poule blanche à la sortie de Dijon, le vieil haruspice en moi s'est réveillé. Le ciel est favorable ! Peut-on les voir ?

— Elles ne sont pas ici, dit calmement Mᵉ Julin en regardant le coupe-papier qu'il triturait à deux mains, mais chez une cousine germaine. A votre prochain passage vous pourrez les admirer.

— Prenons date ! dit Charrette.

— A la fin de l'été, voulez-vous ?

Ils notèrent et Charrette décrivit en codicille la maison de ses rêves de pêcheur.

— Si je vois quelque chose, dit le notaire en reconduisant le marchand à la porte, nous en reparlerons bientôt.

— Beau de qualité, dit encore le marchand en se retournant vers le petit pont, quelle pâte ! Ah, le cerf !

— L'angoisse, murmura Mᵉ Julin.

Mais en cet instant il se sentait en roue libre, sur une pente délicieuse. Sa conscience exigeait même qu'il allât au plus vite à la découverte de la signature de

Courbet. Deux paysages s'en parèrent à la fin de la semaine, légèrement, qu'il fit sécher près du poêle.

Il avait choisi des œuvres où le pont n'était qu'indiqué et qui laissaient la gloire à la terre, comme la rend succulente le tranchant d'une bêche, avec des traînées grasses sous une herbe lisse où trois touches de céruse font se vriller une eau rapide. Une idée malséante alors le traversa : les rouler dans le tapis de sa chambre qui n'avait pas été secoué depuis plusieurs semaines, mais par chance Me Julin rencontra son reflet dans la glace de la cheminée et il se vit tel qu'il ne s'était jamais soupçonné, avec une tête de maquilleur. Il n'y avait aucun doute. Le doute restait à la qualité de l'entreprise. Un marchand ne se tromperait guère à la signature récente, à la poussière neuve ! Quand il prendra l'une de ces toiles pour l'examiner, quand il verra la relative jeunesse de la toile, quelle tête ferai-je ? Me Julin s'immobilisa, se regarda dans les yeux, se serra les tempes dans les mains et fut un long temps à se demander pardon.

Quand Charrette revint avec les jours descendants, Me Julin le reçut à sa façon, un mot glacial tombant dans les silences qui l'emportaient ailleurs : la cousine ne voulait pas se séparer de ses Courbet.

— Mais celui-là ? demandait Charrette.

— Le double de ce que vous m'avez proposé. A prendre ou à laisser.

Le marchand décrocha le tableau, l'examina, le retourna, regardait au travers devant la fenêtre, se vissait une loupe dans l'œil, sortait une sorte de cure-ongles en ivoire et deux petits flacons qui rappelèrent

La signature

au notaire les sels qu'utilisait jadis sa mère à la fin de trop longues stations de lecture près du feu. Le marchand est maintenant à genoux, le paysage sur le tapis. Mᵉ Julin détourne la tête. Il conquiert un Paris de fiacres, sac au dos, gourdin à la main, semblable à M. Courbet. Demain, toutes ces femmes dont on aperçoit les yeux au fond des voitures et qui font autant d'étincelles que le sabot des chevaux sur le pavé, les femmes viendront poser pour lui, en cachette.

— C'était à votre grand-père ? demande M. Charrette.

— Tout ce que j'ai, dit mystérieusement le notaire.

— Belle chose, dit l'autre évasivement en remettant ses petits objets dans ses poches. Belle marchandise pour Argentin. Je me laisse toujours aller à l'enthousiasme, c'est la base de notre commerce, mais je reviens à la moitié de ma première offre.

Le notaire baissa les yeux.

— Et vous faites une affaire ! ajouta Charrette. Elle peut rester plusieurs années en vitrine.

A ce mot, l'angoisse quitta le notaire qui ne répondait rien mais voyait les passants s'arrêter devant sa toile, rêver un instant, passer le petit pont et de là lui faire signe à travers la baie de l'atelier.

— Comme vous voudrez, lâcha-t-il.

L'autre mit les billets sur le bureau et Mᵉ Julin n'osa les prendre. Il posa dessus le coupe-papier et fit sortir l'acquéreur par la porte qui donne sur la rue, sans passer par l'étude. La montagne, le ciel et le ruisseau s'engouffrèrent dans la voiture et Mᵉ Julin resta sur le seuil, bien après la disparition du marchand. La rue s'éternisait dans la tristesse. Aucun génie ne l'avait suivie, aucun prince du bien ou du mal, aucun amour qui laisse à tant d'autres passages une sorte de poudre de riz, nul malfaiteur aussi terrible que le saint qui porte sa tête à bout de bras, après le sacrifice. Une rue quelconque où les rêves n'ont pas laissé de nids. Une rue qu'au dernier moment le cortège des grands subitement abandonne, par superstition.

— Bonjour, maître, lança un passant dont le notaire ne se rappela pas le nom.

La nuit tombait depuis quand ? Me Julin rentra et regarda les billets sur son bureau. Il y avait bien dix ans qu'il n'avait pas vu la capitale. Cet argent-là devait servir à une fête. La fête est ailleurs, toujours. Effacer la rue par où cette toile s'était enfuie comme une fille ! Il regarda son carnet de rendez-vous et consulta le premier clerc.

— Il faut que j'aille à Paris, dit Me Julin, la semaine prochaine.

— Nous avons la dispersion de l'hôtel des Douves qui nous demandera trois jours. Ce serait préférable que vous vous y rendiez le mois prochain. Vous serez absent longtemps ?

Le premier clerc n'était pas plus étonné que son patron qui ne trouvait rien à répondre, selon son habitude.

— Oh !

Cet Oh ! contenait des fastes qu'il était difficile d'avouer, et même de s'énumérer. Il y avait dans cette interjection autant de timidité que de surprise, d'envie que d'appréhension.

Mᵉ Julin déserta son atelier pendant cette période et ne fit que remplacer la toile, derrière son bureau. L'hôtel des Douves et deux contrats de mariage l'occupèrent à peine. Il vivait ses théâtres. Sa chair si paisible le tracassait de nouveau comme autrefois. Les billets sur son cœur lui promettaient des tables et des lits et il se surprenait à parler à voix haute, répondant par un sourire à son maître de cérémonie intérieur.

Quand il descendit du wagon-lit sur le quai de Paris, son premier soin fut de se laisser aller au petit bonheur. On était dans la demi-saison de tendresse. Sa marche était simple, innocente, avec les détours qu'imposent les silhouettes qui vous croisent, un boulevard s'effaçant sous les arbres, une devanture de pâtissier, la musique d'un café. Il arriva cependant au point que son âme souhaitait, sous l'enseigne de Lévy. Entre deux plantes vertes, le petit pont sautait sous la montagne. Mᵉ Julin se pencha sur la vitre pour effacer son reflet et contempler son œuvre, mais dans le coin de droite il ne vit que la signature de Courbet, en fourmis rouges dans le brun du sol. Les jambes lui manquèrent. Qui avait osé ? Allait-il entrer, tout saccager, rendre les billets honteux, briser la vitre, clamer qu'il n'était pas un faussaire, et que le ciel en feuilles sur la montagne de plomb était à lui, rien qu'à lui ?

Des gens s'arrêtaient une seconde pour jeter un œil à la toile exposée sur un velours bleu de nuit. Mᵉ Julin ne pouvait plus bouger. Un jeune couple vint contempler la toile. Les bois du cerf étaient la cendre de la lumière.

— C'est triste, dit la fille.

— Ça vaut des millions ! dit le garçon. J'aurais un truc pareil, on ne vivrait plus qu'en safari.

Ils s'éloignèrent et M⁰ Julin fit un pas dans leur direction, un autre encore, mais les jeunes gens disparurent dans la foule du carrefour. M⁰ Julin regarda l'heure, héla un taxi, oublia les promesses qu'il s'était faites et l'idée d'offrir l'argent de la vente aux deux jeunes gens.

— Gare de l'Est !

— Oui, mon prince, dit le chauffeur.

Un train partait au début de la nuit qui le ramènerait à deux pas du petit pont. Il l'attendit tout l'après-midi, sur une banquette où dormait un ivrogne dont l'odeur d'urine loin de l'incommoder finit par lui plaire, fine, de bête en sous-bois.

L'AMI

Montal, dit le Petit, avait perdu ses jambes du côté de Sedan pendant la « drôle de guerre ». Sa pension d'invalide ne lui permettait pas de poursuivre comme il l'aurait voulu sa collection de timbres-poste et de sa rue du quinzième au carré Marigny l'expédition mensuelle en quête de vignettes ou d'échanges tournait vite au chemin de douleur. Le moral alourdissait de plus en plus la carcasse à rouler. Il avait beau faire sauter les repas, certains achats restaient impossibles et de son rez-de-chaussée, dont il relevait le rideau pour voir la vie passer, les fenêtres de l'immeuble d'en face se dentelaient, prenaient des couleurs, des visages, des fleurs, des oiseaux, devenaient des timbres aussi précieux que ceux dont il rêvait. Les premiers temps de son installation il avait eu un petit emploi à la Mairie au service de l'État civil. On l'aimait bien. Il n'attendait jamais longtemps au bas des marches les bras qui allaient le porter jusqu'au couloir du premier étage, agents de garde, huissiers, femmes de ménage, collègues dont l'une empestait le chypre et lui disait qu'elle se sentait seule, mais Montal ne souhaitait personne dans son deux-pièces où la concierge qui vivait dans les palmiers nains, de l'autre côté de l'entrée, venait donner une fois par semaine un coup de balai. Puis il y eut un jour, qui ressemblait aux autres pourtant, avec la lumière poussiéreuse sur le guichet taché d'encre, les porte-tampons, les corbeilles de dossiers, le plancher couleur de vieux velours à côtes, la tête amère des clients (même ceux qui déclarent la naissance d'un fils ne sourient pas), il y eut donc ce jour où parut au déclin de l'après-midi, après trois messieurs qui venaient annoncer le décès d'un être cher, l'élégant Vachemin.

Il n'avait pas changé, l'œil bleu sous une cicatrice qui lui barrait le front, mais Montal se sentait, lui, tout à fait un autre, avec une sorte de honte. La preuve en était que Vachemin ne le reconnut pas tout de suite et lui demanda les yeux dans les yeux à qui l'on devait s'adresser pour un renouvellement de carte d'identité.

— A moi, dit Montal.

Alors Vachemin se toucha le nez de l'index qu'il pointa sur l'infirme.

— Montal ! dit-il.

— Vachemin ! s'écria l'autre. Je t'ai reconnu dès l'entrée. Tu n'as pas changé, mais moi oui, n'est-ce pas ?

— Oui, dit l'autre, maigri.

— De plus de moitié, lança Montal en reculant brutalement de deux coups de main sur ses roues jusqu'au fond du bureau.

Ses collègues femmes n'avaient pas détourné la tête, habituées à ses tristesses, à ses ironies. Avant l'ouverture des bureaux ne se laissait-il pas glisser à terre parfois, silencieux pour aboyer soudain sous leurs jupes ? Quelles peurs ne leur avait-il pas faites ! Les demandeurs de papiers, au guichet, trop occupés par les renseignements à fournir ne voyaient pas la scène. Montal se tapa sur le ventre en riant et d'une roue rapide revint à sa place. Vachemin, les yeux fixes, revoyait un soir dont l'éventail à bandes d'or remuait une forte odeur de cuir et de graisse. La guerre n'avait été ce jour-là que des coups de gueule au jeu de cartes, après une patrouille sous un tir où l'on avait vu très haut dans le ciel deux petits avions de reconnaissance, beaucoup plus haut qu'ils ne volaient à l'ordinaire. Oui, un beau soir, où les avant-postes ont cette sorte d'orgueil des péninsules dans une mer calme, la patte de lion sur un tapis. Une nuit dont plus tard, trop tard, on se rappelle la trop fine fabrique. L'artillerie ennemie fit tout voler pendant trois heures. Ce qui n'était pas mort se retrouva prisonnier. Ce qui n'est pas mort se rencontre des années après, dans une petite voiture nickelée.

— Toi, tu es le même, reprit Montal d'une voix triste. Quelle nuit, tu te rappelles ? Ce sont des chleuhs qui m'ont ramassé, coupé. J'ai été deux semaines sous une tente, avec des ventilateurs, des poulies, un matériel je ne te dis que ça et le plus fort...

— Je vous demande pardon, dit une femme qui attendait, j'ai laissé des enfants à la maison, vous pourriez vous raconter vos histoires une autre fois.

— C'est un ami de régiment, dit Montal en souriant pour la calmer, un souvenir de guerre, un revenant !

— Ça vous amuse toujours la guerre, avant, pendant, après, mais je suis pressée.

— Sers-la, dit Vachemin.

— Sers-la, s'écria la femme, sers-la ! Madame vous ébrécherait les dents ?

— Sers madame, reprit Vachemin devenu pâle.

— Madame, madame ! J'entends votre ton, vous savez.

— Je vous en prie, lança à la mégère l'une des employées.

— Je suis dans mon droit, cria l'autre de nouveau. J'ai des enfants en bas âge et pas de bonne, moi. Si on nous donnait moins de papiers pour ceci, pour ça et le reste, on ne serait pas obligé de venir perdre son temps dans les bureaux, et qu'est-ce qui se passe à la maison en ce moment ?

— Tout peut arriver, coupa Vachemin d'une voix tranquille, avec les gosses. Ouvrir le gaz, brûler, se planter une fourchette dans l'œil.

Montal gêné, demanda à la femme :

— C'est pourquoi ?

— Un changement d'adresse.

— Ce n'est pas ici, répondit l'employé. Voyez le commissariat, en sortant.

— On m'a dit de venir ici, reprit la rageuse.

— On a trompé madame, dit Vachemin en lui ouvrant la porte, et revenant à Montal :

— C'est comme ça du matin au soir ?

— Et jusque dans mes rêves, dit Montal à voix basse, ils me remontent avec leurs haleines.

— Enfin, lança une voix dans la file d'attente, c'est

un salon ou un café ? Prenez votre temps, mais laissez le nôtre !

— Et tu restes là-dedans ?

Il y eut un silence parce que Vachemin s'était retourné vers ceux qui attendaient et son regard était d'un bleu transparent et mortel.

— Ce soir, dit-il en remettant les coudes sur le guichet, je t'attendrai à la sortie.

*

— Sans les timbres, je pourrais m'arranger. Je ne fume pas, je ne bois pas, je ne joue pas et je mange à peine.

Vachemin regardait par-dessus l'épaule de Montal un timbre triangulaire où croisaient leurs ombrelles deux palmiers.

— Ça vaut cher ?

— Deux soirs au Concert Mayol, dit Montal, je dis ça pour dire. Mes seuls déplacements étaient pour le carré Marigny, mais je ne roule plus, j'ai vieilli, la route n'est plus sûre dans ce tohu-bohu. J'étais déjà comme une puce entre deux ongles et comment veux-tu que j'entre dans un taxi ? On fait des voitures pliantes, ajouta-t-il en frappant les tubes brillants qui lui servaient d'accoudoir, j'aurais pu m'en offrir une. La voilà, d'ailleurs, mais je n'ai pas hésité.

Il tourna les pages de l'album et montra un timbre quelconque avec une tête de muse effacée.

— La voilà.

Vachemin tendit le doigt et caressa le petit rectangle

d'un jaune pâle et Montal remarqua la propreté des ongles de l'ami qu'il venait de retrouver. Vachemin l'impeccable ! Il regarda ses propres mains et en eut honte. Dans son souvenir, Vachemin avait toujours été tiré à quatre épingles et refusait de boire à la régalade ou dans un quart qui n'était pas le sien.

— Et toi ? dit Montal.

— Il y a des hauts et des bas, comme partout.

— Les fourrages, dit Montal, à l'heure d'aujourd'hui évidemment !

— Le cheval reprend du poil, expliqua Vachemin. J'ai mes fournisseurs en Mayenne et je livre paille et foin dans les manèges de banlieue.

— Tes bureaux sont à Paris ?

— Un téléphone suffit. J'ai mon deux-pièces dans le quinzième et un camion-remorque à Dourdan.

— Marié ?

— Non, dit Vachemin sans prêter attention à ce détail. Tu aurais le téléphone, tu ferais aussi bien que moi. D'ailleurs un associé me devient indispensable. Combien gagnes-tu ?

— Sept cents par mois, plus ma pension.

— Avec ta position, tu peux avoir le téléphone ? poursuivit Vachemin.

— Je connais un type, dit Montal, mais il demande cent mille francs, anciens bien entendu. Il me l'aurait dans les deux mois.

Vachemin mit la main dans sa poche revolver, sortit une liasse et compta la somme.

— Autant chaque mois pour le courant, ça te va ? Et je t'intéresse aux affaires.

Montal s'aperçut alors que Vachemin était habillé d'une étoffe moelleuse et que ses souliers brillaient, un vrai mannequin.

— Dans six mois j'aurai une demi-retraite, dit Montal. Peut-être qu'à ce moment-là...

— Si tu veux, dit Vachemin. Je suis heureux de t'avoir retrouvé. Il n'y a plus que toi de ce temps-là.

— Tu n'as revu personne ?

— Personne.

Montal fit un demi-tour de voiture et ouvrit le bas du buffet en bois blanc. Il restait un fond de madère.

— Non, dit Vachemin, je ne suis pas bien avec le sucré. Et l'on m'attend.

— Marié ? redemanda Montal.

— Non, dit Vachemin. Parfois des copines. Pas souvent. C'est toujours la même chose et je n'aime pas parler. Elles aiment qu'on parle. Et toi ?

— Il y a toujours des curieuses, dit Montal. Ça a commencé à l'hôpital. En effet, elles aiment qu'on parle.

Ils se turent et Vachemin regarda le cadre qui pendait au-dessus du lit.

— Mon père, expliqua Montal, un bel homme. Il faisait son service à Nîmes. Il est mort l'an dernier.

— On dirait qu'il était poudré, remarqua Vachemin.

— Tous les soldats, avant 14, dit Montal. Poudrés et cirés. Comme toi.

— Et la rue est calme ? demanda l'autre en soulevant le rideau.

— Trop.

— Jamais trop, dit Vachemin.

Vachemin s'était assis, la tête dans les mains.

— Je rêve d'un monde vide, dit-il. Des chevaux seulement.

— Tu joues aux courses ?

— Non, pourquoi ? Des chevaux, de l'herbe.

— La boucherie chevaline, dit Montal en roulant vers la fenêtre, je la vois d'ici.

— L'homme est dégueulasse, dit Vachemin.

Il y eut de nouveau un temps mort. Vachemin avait l'air de s'ennuyer.

— Et le soir, tu ne sors jamais ?

— Parfois jusqu'au boulevard. Ça a l'air d'une loterie. Ça tourne. Et je rentre. Je n'ai pas à me plaindre : je dors.

— Dans six mois, dit Vachemin en allant décrocher le calendrier des Postes, ça nous met au printemps. Salut, je repasserai la semaine de Pâques.

— Compte sur moi, dit Montal. C'est drôle, regarde, je l'ai encadré au crayon bleu.

Il sortit d'une pile de journaux à la tête du lit un horoscope de la semaine et le tendit à l'ami qui le lut.

— La chance ! soupira Vachemin. Tu es verseau comme Mozart ?

— Et Sam Belloch, l'idole de l'Olympia. J'aime bien Sam Belloch. Tu vois, je devais rencontrer la chance, cette semaine.

— Adieu, dit Vachemin, je suis content de la journée.

*

Le lundi suivant, en rentrant dans son rez-de-chaussée, Montal trouva une lettre et son cœur se serra : il n'avait jamais de courrier.

Sans nom d'expéditeur, elle venait du quartier de l'Opéra. Dedans, il trouva un timbre dans une enveloppe de papier cristal : deux palmiers qui se croisaient, d'un bleu passé, sans surcharge. Une bouffée de tendresse lui rendit un instant ses jambes, le fit courir à travers Paris dont chaque rue s'ornait d'une boutique de philatélie, aussi légère qu'une cage de bambou où sautent des oiseaux bariolés. Vachemin se tenait derrière tous les comptoirs, avec son gilet croisé, ses mains fines, souriant et l'œil plein d'un on ne sait quoi propre aux divinités d'une religion étrangère. En un éclair, Montal revint au timbre bleu posé sur la toile cirée de la table, entre la cafetière qu'il remplissait dès son lever et la boîte de pâté entamée à midi. Ce petit triangle contenait plus de viatique et d'hommages que n'avait jamais enfermés aucune pyramide. Montal se sentit léger et songea pour la première fois sans regret à l'aube qui l'avait laissé pour mort et à la nuit de canonnade qui l'avait précédée. Le long roulement redoutable annonçait non point l'acharnement du monde contre lui, mais la naissance d'un ami qui est comme une main toujours forte à votre aisselle quand arrive un faux pas. Son émoi fut tel qu'il n'en dormit pas et que ses moignons jamais ne lui donnèrent une telle sensation de pousse, jusqu'à croire que ses jambes à coups de pied débordaient le lit, passaient à travers les barreaux de cuivre, balayaient le sol et tentaient de forcer le mur de la fenêtre.

Il arriva une heure avant l'ouverture des bureaux, roulant et revenant devant les marches de la mairie. Un gardien de la paix, il les connaissait tous, l'aborda.

— On fait du zèle, Montal ? Cigarette ?

— Ça ne vous est jamais arrivé de vous lever, de vouloir courir passer votre uniforme et de ne plus le quitter ni nuit ni jour pour que ça finisse plus vite et qu'on puisse enfin élever des lapins, des lapins et des lapins et lâcher ces lapins dans les rues ? Paris plein de lapins, on bute, on glisse, on écrase, on se tue sur des lapins, on claque tous sur une immense peau à perte de vue, du poil entre les lèvres, du poil dans les yeux. La mort sent le lapin. Excusez-moi, l'ami. Avez-vous du feu ?

Le gardien fit flamber son briquet et tendit la flamme à distance.

— Je disais ça...

— ... Sans voir mal, reprit Montal, mais je suis nerveux.

Un balayeur sénégalais trempait son bouleau dans le ruisseau et dessinait des arabesques molles sur le trottoir.

— Pardon, dit-il en touchant du balai les roues du fauteuil roulant.

Montal se véhicula d'un mètre et le gardien se recula.

— On te dérange ? dit le flic.

— Oui, dit le Noir.

— Vous n'avez pas remarqué, dit Montal, qu'il est en train de dormir ? La nuit, ça bamboule et le jour ça dort. On croit qu'ils travaillent, erreur : vous le poussez et il tombe. Laissez-le dormir. Chacun ses façons.

L'agent haussa les épaules et s'éloigna. On ne peut pas en vouloir aux infirmes, leurs idées sont estropiées. Montal pivota sur place et roula vers le Sénégalais.

— Tu fais combien de kilomètres par jour ?
— Dix mille à peu près.
— Je ne me moque pas, dit Montal soudain agressif.
— Moi non plus, répondit le Noir, Paris Kaolack, Kaolack Paris.
— Kaolack ?
— Mon pays, dit le balayeur en se suspendant au manche du balai.
— En somme, tu restes là-bas et le temps ici compte pour du beurre.

Montal tira sur sa cigarette et ne vit plus rien qu'une maison avec des plans inclinés que des systèmes de poulies inversaient selon son passage. Pour être franc, lui non plus ne la quittait jamais. Avec des lapins en faïence dans le jardin, bien imités et personne autre que lui ne sait que ce sont des tirelires. Du perron, de temps en temps, il en vise un au fusil et va ramasser de quoi vivre pour l'année. Maintenant il y a des visites. Vachemin vient le voir et il parle de la nuit merveilleuse. Le balayeur n'avait pas bougé. Montal lui sourit.

— Tu es nouveau, je ne t'ai jamais vu, c'est comment Kaolack ?

— Il y a des maisons sur pilotis, dit le Sénégalais. On remplit des bateaux d'huile.

— Alors combien de kilomètres par jour ?

— Je n'ai jamais fait attention. Il y a des camarades. On parle. On ne pense pas. Accident ? dit-il en montrant le fauteuil roulant d'un coup de menton.

— Hitler, dit simplement Montal et ces deux syllabes traversèrent la place d'un coup mortel, avec leur bruit de balle jaillie d'un silencieux.

— Ha ha ! s'écria l'homme de Kaolack.

— Tu rirais moins si tu l'avais connu, dit Montal, bien que parfois ça me fasse rire aussi. Il en faut un de temps en temps pour vous remettre du plomb dans la cervelle.

— Ha ha ha ! s'époumonait l'autre en s'éloignant.

Il riait encore à l'autre bout de la place quand une main se posa sur l'épaule de Montal, une main qui sentait le chypre, bien qu'un peu rouge et ridée.

— Coucou ? on attend sa petite aide ? On a quand même passé une bonne nuit ?

La collègue se campa devant lui et Montal se dit pour la centième fois qu'elle ressemblait à une éponge. Ça sert à tout l'éponge. C'est bien meilleur que son apparence. Cette femme a de l'eau en réserve et sans eau on ne traverse pas le désert. Toutefois, dans la maison aux plans inclinés, elle resterait sur le bord de la baignoire. Je reviendrais la presser de temps en temps, m'en frotter, l'essorer à fond jusqu'à ce qu'il n'en reste à peu près rien. Et tout de suite elle reprend sa forme, comme si de rien n'était. L'éponge reste dans son coin, mais on la sent dans toute la maison, même si l'on ferme les portes. Au fond du jardin, entre les lapins pleins de billets de banque on devine l'éponge, qui fut une bête aussi.

— On ne dit rien ? On se réserve pour la clientèle ? continuait l'employée en minaudant. Mais un jour ils viendront demander des paraphes, des tampons et nous ne serons plus là, ni vous, ni moi ! Et où serons-nous ? Loin d'eux ! A la retraite. On n'y pense pas ? On oserait mentir à son amie ? Je sais que vous ne mentez pas. Et vous ne me dites pas oui ? Attention, voilà la Blanchet qui arrive, cette mauvaise langue. Nous ne pourrons donc jamais être seuls ! Si vous vouliez que je vous reconduise un jour ? Quand je pense à tous les trottoirs qu'il vous faut descendre et remonter, les carrefours, mon Dieu ! Ah, Blanchet, ça va ?

Les deux femmes s'embrassèrent et déposèrent des baisers dans le vide, sous leurs oreilles respectives.

— J'attends, dit Montal d'une voix sèche en regardant les marches qui portaient aux trois voûtes de la mairie.

— Blanchet n'a pas la force, murmura la dame au chypre. Prenez patience, mon petit. J'appelle un agent. Nous payons assez d'impôts. S'il vous plaît ? lança-t-elle à la cantonade.

Elle souriait comme si les trois gardiens qui accouraient depuis la porte du commissariat venaient pour elle et l'emporter vers le couloir aux vitres dépolies, vers le jour triste du bureau. Et ils resteraient là, pour la plaisanter après le vestiaire, et faire honte à Montal qui n'a pas plus de cœur que de jambes.

— Son petit ! grommelait Montal en voyant danser

les marches et se rapprocher la façade dont le concierge ouvrait les portes en chantonnant Frou-Frou, m'appeler son petit!

Mais la voix de Vachemin s'éleva en lui et couvrit celle de la soupirante. Le gris des pierres eut soudain des reflets de chapeau de soie. Six mois, qu'est-ce que c'est?

*

L'odeur des poireaux que faisait cuire la concierge amollissait tout l'immeuble.

— Allô? dit Montal. Oui, ici les Établissements Vachemin. Quinze tonnes à livrer la semaine prochaine, le matin de préférence. Comptez sur nous.

Il avait noté, raccrocha et reprit sa loupe. Une dent manquait au dix centavos orange marquant le cinquantenaire de la victoire d'Ayacucho. Il irait le reporter dans l'après-midi. Son regard glissa amoureusement vers son second fauteuil roulant, plié, si léger qu'il le soulevait d'un doigt, à bout de bras. Vachemin le lui avait offert en l'intronisant dans ce qu'il avait baptisé la succursale, en fait le siège social. C'est du rez-de-chaussée de Montal que tout partait désormais pour les Établissements Vachemin. Avec un simple appareil téléphonique, l'infirme comprenait que l'on peut soulever la terre sans quitter son siège. Il lui arrivait même de penser que les grosses fortunes ne se font qu'ainsi, sans bouger, avec un fil.

Un taxi venait le chercher sur appel et le conduisait dorénavant chaque semaine à la foire aux timbres.

C'était la grande vie. Il avait changé son mobilier, introduit du fer forgé, du néon et, il n'aurait su dire pourquoi, un portrait en couleur du général de Gaulle qui faisait dire à la concierge :

— Vous fréquentez la haute à présent ?

Elle n'arrivait pas à comprendre le changement de son locataire, tournoyant d'une nouvelle jeunesse. Qu'est-ce que ce serait s'il était complet ? Il possédait maintenant un revers de placard plein de cravates sur trois étages d'élastique, une glacière et des bouteilles, un fume-cigarette en os qui ne l'empêchait pas de chanter. Elle lui faisait ses courses, il l'invitait à partager des plats tout faits, rien qu'à réchauffer, qui venaient de chez le traiteur de l'avenue. Il lui prêtait son aspirateur. Pour un oui, pour un non : le cœur sur la main. Il y en a qui ont de la chance d'avoir des amis de régiment, des amis qui tournent bien et ne vous oublient pas.

— Votre ami l'élégant, dit-elle, on ne le voit guère. Que devient-il ?

Montal ne pouvait répondre, n'en sachant pas plus qu'elle et souffrant des rares passages de Vachemin. Il ne lui manquait que cela, qui devenait le principal. Dans les premiers temps, Vachemin lui avait laissé des agendas, l'avait mis en relation avec les fournisseurs et les clients, lui avait fait imprimer du papier à en-tête, ouvert un compte en banque. Vachemin avait même passé plusieurs nuits derrière le paravent, sur un canapé qu'il avait fait livrer, pour meubler, pour causer et en effet ils avaient tous deux parlé longuement certains soirs jusqu'à tomber de sommeil sans s'en apercevoir. Les visites s'étaient espacées et Montal commençait à souffrir de l'absence de son ami, bien qu'il reçût sans cesse des coups de fil, des lettres qui venaient de province, ici et là, et de nouvelles avantageuses positions de son compte bancaire.

Une nuit, Montal se retourna dans son lit et vit Vachemin. Il crut qu'il rêvait, mais non.

— Comment es-tu entré ?
— J'ai le double des clés, voyons.
— Je ne savais pas, dit Montal, tu as l'air fatigué ?
— Aussi je vais dormir.
— Un peu plus, tu me faisais peur, dit Montal, mais je suis content. On le disait encore avec la concierge, pas plus tard que ce matin...
— Disait quoi ?
— Que devient-il ?
— Toujours le même, dit Vachemin et il sortit de son portefeuille une petite enveloppe qui préservait un timbre du Second Empire, très rare.
— A se mettre à genoux, murmura Montal.
— N'en fais rien, dit Vachemin en se déchaussant.

Montal avait sorti sa loupe et songeait au fort de Ham, à Eugénie, à Compiègne, à Bazaine, à Biarritz, se laissait aller aux liaisons de la mémoire, un peu comme un mot vous fait sauter à un autre dès qu'on ouvre un dictionnaire. Vachemin s'était allongé déjà.

— As-tu soif ? demanda Montal. Quand tu m'as téléphoné, hier, tu aurais dû me dire que tu venais, j'aurais préparé la table.
— Et depuis hier, rien de neuf ?
— Rien, dit Montal.

— Le Petit, dit Vachemin, tu vas venir t'installer chez moi.

— Tu m'en as déjà parlé, mais j'aime ici. Je me suis fait à la rue. Il faudrait pouvoir l'emporter.

— Je parle sérieusement, dit Vachemin.

Montal coupa la lumière et souhaita la bonne nuit. Vachemin ne répondit pas. La pendule boitait dans le noir. Elle vous entraînait dans sa course en rond, impossible de lui échapper. Plus Montal voulait l'oublier, plus elle se faisait pressante. Il finit par mettre sa tête sous l'oreiller, mais la voix de Vachemin s'éleva.

— J'ai une fille, dit-il. Elle voudrait te connaître.

— Je savais bien que tu ne pouvais pas vivre seul, dit l'infirme.

— Il s'agit de ma fille! reprit Vachemin. Elle a huit ans, je suis allé la voir à sa pension et je lui ai raconté nos retrouvailles.

— Enfin tu parles! Tu es marié?
— Non.
— Elle a bien une mère?
— Oui, dit Vachemin, partie depuis quatre ans.
— Avec qui? dit Montal.

Vachemin suivait la découpe du paravent souligné par la clarté de la rue dans les lames de la jalousie.

— L'amour est une boutique d'accessoires. De gentils objets qu'on triture dans sa poche, qu'on oublie ou la poche se troue...

Il se tut tandis qu'un chat miaulait dans la rue.

— Un jour il y aura les hommes d'un côté, les femmes de l'autre, dans des communautés. Après la destruction, évidemment. Le peu qui survivra. Ils s'enverront des messages de fenêtre à fenêtre, par feux, par pigeons, pour annoncer que l'un ou l'une vient de mourir. Le silence s'affinera à chaque disparition jusqu'à toucher le bonheur que les derniers soupçonneront, mais que personne ne vivra.

— Où vas-tu pêcher des idées pareilles ? dit Montal. Je te croyais heureux.

— Je le suis, dit Vachemin. Elle s'appelle Hélène.

Il se leva, alluma la lampe en fer forgé et prit la photo de la petite dans son portefeuille.

— Elle est grande, dit Montal, elle a tes yeux. Qu'est-ce qu'elle veut faire plus tard ?

— Vétérinaire, dit Vachemin. J'ai tout prévu pour elle en Suisse. Aujourd'hui, ce n'est qu'une demi-orpheline chez les Sœurs, mais tous les renseignements sont là, adresse, numéro de compte, au dos de ce timbre, j'ai pris le plus banal, mais ce sera le plus beau de ta collection.

Il sourit et Montal lut au dos de la petite image que son ami lui offrait : H B G, 1027.

— Sa banque, dit Vachemin. A Berne, comme marque le tampon.

*

Dans les allées du marché aux timbres, Montal se trouvait aussi loin que dans un port chinois balayé de longues enseignes verticales multicolores ondoyantes. Dans chaque temple le servant le connaissait, l'accueillait avec de courts gestes délicats, lui tendait la loupe et les pinces, lui parlait de la naissance d'une nouvelle divinité, et sa gravité contrastait avec les riantes constellations qui frissonnaient sur les parois de toile. Après un achat, Montal remettait ses gants pour faire tourner les doubles roues de son fauteuil roulant et traverser la foule. Souvent l'abordait un jeune homme affable qui lui proposait des échanges. Montal jetait un œil sur certaines pièces, en discutait, mais ne concluait jamais d'affaire, par superstition, parce qu'il ne pouvait supporter la taie que le jeune homme avait sur un œil. Il regagnait son taxi dont le chauffeur avait pris le sans-gêne d'un vieux domestique. Bien qu'il ne fût à son service que le jeudi matin l'homme semblait ne l'avoir pas quitté de la semaine. Plusieurs fois Montal avait eu la surprise de rencontrer Vachemin dans le village féerique. Ils échangeaient une poignée de main, contemplaient quelques vignettes et Vachemin lui tapait sur l'épaule avant de disparaître, mais son air sur le qui-vive laissait insatisfait Montal qui aurait préféré ne pas le voir, pour si peu. Était-il jaloux de ses sorties ? Venait-il l'espionner ? Au milieu de ses pensées, Montal se faisait déposer au Cochon Digne où l'on vendait des plats chauds entre trois murs de bouteilles. Il en dormait tout l'après-midi. C'est en revenant d'une de ces fêtes solitaires qu'il entendit sonner. Dans la rue, un filet de jour coulait à marée basse. Montal sauta dans sa voiture d'une traction de bras, en lutteur forain, et ouvrit la porte. Le jeune homme à la taie se tenait dans l'entrée.

— Police, dit-il simplement.

Montal fit marche arrière et l'autre referma doucement la porte.

— Vous collectionnez donc les timbres ? demanda le jeune homme d'une voix calme, on peut voir ?

— Oui, dit Montal qui pensa à la petite Hélène et se rassura : qui pourrait jamais savoir ce que signifiait le timbre de Berne, et pourquoi celui-là ?

Il ouvrit le buffet de bois blanc où s'empilaient six épais volumes verts.

— Votre ami Vachemin ne vient plus ces temps-ci ? demanda l'autre.

— Non, dit Montal.

L'homme avait ouvert un album sur la table.

— Nous le savons, dit-il. Voici plus d'un an que vous êtes surveillé. Avant de vous rencontrer, Vachemin avait déjà dix ans de Centrale. Vous êtes sa bonne action, son acte gratuit, au choix. J'ai failli attendre demain matin et vous apporter le journal, puisque les dernières éditions sont tombées sans la nouvelle. Nous ne lâchions plus votre ami depuis quelque temps et nous l'attendions à la sortie du Comptoir d'Escompte, sur les Grands Boulevards. Malheureusement, il a tiré le premier et nous ne l'avons pas raté.

— Il est mort ? demanda Montal en s'étouffant.

— Sa fille ne sera pas plus malheureuse qu'avant. Le patron a déjà prévenu la Supérieure. Quant à vous, avec quelques démarches, vous pourrez continuer l'affaire de fourrages.

On sonnait, le policier ouvrit et fit les présentations.

— Le commissaire Baillon, dit-il.

— Restez assis, dit le nouveau venu sans vergogne. Je voulais simplement savoir si Vachemin n'a rien laissé de personnel chez vous. Nous les remettrions à sa fille, évidemment.

— Rien, dit Montal, rien.

— Vous l'avez connu sur le front, n'est-ce pas ?

— Oui, dit Montal. — Il fit une pause et parut rajeunir, les yeux lointains, la voix chantante. — En ce temps-là, il ne pouvait pas me voir. Je faisais exprès d'être sale. C'était ma façon de dire ce que je pensais. La veille de l'attaque, il nous avait demandé nos chaussures, à ceux de la compagnie, et pendant que la terre dansait, une nuit d'obus, monsieur, il les avait cirées, sauf les miennes.

VICTORINE PARROQUIN

Sur un trottoir, au beau milieu d'une rue, elle avait un tic qui lui révulsait les yeux et lui faisait soulever les bras, mais avec une certaine satisfaction. On mettait cela au compte de l'âge et de la solitude qu'elle paraissait repousser tout à coup, comme un infirme rejetterait ses mauvaises béquilles en apercevant un ami qui lui tend les bras, et désormais la route ne sera plus qu'une patiente douceur. Mauve en Semaine Sainte, de vert au printemps, Victorine Parroquin qui se confondait si bien à la saison restait la citoyenne la plus voyante et la plus secrète. Dans ce qu'elle appelait son écrin, trois fois plus vaste que sa chambre, vêtements, coiffes et chaussures de toutes couleurs auraient fait pâlir les accessoires du Grand Théâtre, mais il n'est pas possible de décrire son visage et son regard : ils étaient la banalité même et donnaient peut-être la clé des toilettes excentriques. A peine connaissait-on le son de sa voix et l'on doutait qu'elle se parlât dans son particulier, comme font les timides qui se réservent les avanies qu'ils ne peuvent faire essuyer aux autres. Il fallait remonter avant la disparition de son mari et de son fils qui se prénommaient tous deux Lucien pour trouver l'abîme et la nuance qui la firent tanguer toute sa vie.

— Comment va Lucien ? lui demandait-on.

— Lequel, disait Victorine, Lucien mon amour ou Lucien mon chéri ?

Bien malin qui pouvait deviner à quel visage s'appliquait ce jour-là la plus tendre appellation. Mon amour ou mon chéri allait de l'un à l'autre mâle, selon le hasard, sourire que le père ou le fils avait ce matin-là le premier donné, sourire ou farce, car Victorine trouvait dans sa tasse de café un minuscule bébé libéré par le sucre qui fondait, un couteau à la lame molle qui se pliait dans le beurre, une fausse mouche sur le lait, enfin toutes les sortes d'attrapes que ses hommes rapportaient, sachant qu'elle éprouvait à ces amusements des petites colères qui tournaient à de très longs plaisirs. Il y avait de cela si longtemps ! Mais la mémoire est la plus forte farceuse et Victorine, au hasard d'un geste ou par un frémissement de la robe qu'elle avait enfilée, par tel emballement de carillon que le vent lui apportait, des églises ou du beffroi, ou bloquée par un parfum, Victorine revivait un instant d'autrefois, une heure, un matin et s'essayait à prolonger tout un jour la reviviscence. Alors, elle ne sortait pas, oubliait le marché qu'elle avait à faire, l'office à suivre, et prenait dans le fauteuil qui l'enchâssait l'immobilité d'une icône. En face, le monde, ses forces et ses chimies, se concentrait, s'épuisait pour lui offrir une volute d'encens. La vie n'était qu'un fil prêt à se rompre. La mort chez quelques privilégiés doit prendre la forme de l'oubli.

En tout cas, un matin de janvier si froid qu'on surprenait dans les murs des craquements d'os le facteur Chevillard qui fêtait son départ à la retraite accomplissait son ultime tournée pour dire adieu à ceux qu'il avait servis de son mieux. Certains l'embrassaient, d'autres lui remettaient un peu d'argent et chacun s'émouvait à l'idée que Chevillard ressemblerait aux morts dans les jours à venir, ni plus ni moins. On est là et on n'est plus là. On n'est plus là et on revient dans les songes. Il serait regretté à coup sûr, le luron! Bref, Chevillard allait sonner chez Victorine Parroquin lorsqu'il vit que la porte était entrebâillée, la clé à l'intérieur, le filet à provisions sur le carrelage, et la chaleur du poêle au bas de l'escalier coupée en deux par le vent glacé. Il repoussa doucement la porte et saisi par un pressentiment se retint de lancer de sa voix rieuse le « coucou! bonjour quel temps! » dont il usait, qu'il fît beau qu'il fît laid. Il s'immobilisa. Le poêle geignait, mais le silence, dans l'odeur de bouc des tapis qui venait du salon à mi-hauteur, avait un étirement bizarre, une sorte de bruit d'élytres. Chevillard pensa faire demi-tour. Aucune trace de la neige qui tenait depuis l'an, et le filet était vide. Victorine au moment de sortir avait donc eu un malaise, elle n'avait pas eu la force de refermer la porte dont le bourrelet cloué adhérait au sol, elle avait dû se traîner dans le salon et s'effondrer, se fendre le front à la table où le facteur quand il venait lui remettre l'argent de la retraite et la pension des victimes de guerre, dégustait le verre de brou de noix soutenu d'un biscuit. Il aurait poursuivi son roman si ses jambes n'étaient parties d'elles-mêmes vers l'intérieur, ses jambes qui faisaient parfois bande à part et le poussaient, les jours de relâche ou de congé, à parcourir sans qu'il s'en rendît compte pour leur plaisir, une bonne quinzaine de kilomètres. Chevillard eut encore le temps de se dire qu'il allait trouver Victorine en blanc, des pieds à la tête, puisque la neige recouvrait tout et déjà il se posait la question de deuil, clair de l'autre côté de la terre mais si noir chez nous, quand son cœur s'arrêta : Victorine était pendue. Chevillard ferma les yeux et reprit son souffle. En regardant de nouveau il vit qu'elle tremblait encore et avança la main comme on fait dans le rêve et cette fois il eut peur : Victorine était en lévitation à trois pouces du sol, semblable à une vierge en assomption, les yeux fixes, les mains exsangues, dans ses atours immaculés, raide depuis les bottillons de caoutchouc blanc jusqu'à la toque de mouton, et laissant vibrer la laine de ses bas, de sa robe et du châle.

— Madame Parroquin, laissa filtrer dans un souffle le facteur, ne faites pas ça !

Il voulait dire je vous aurais préférée morte, quittez le Diable ! mais rien ne pouvait s'entendre. C'était en lui. Le visage de Victorine cependant ne marquait ni crainte ni extase, mais à son habitude l'impassibilité d'un galet soulignée par le blanc des yeux. Chevillard la vit bouger les lèvres comme sous une pression intérieure. Qui priait-elle ? Qui voyait-elle ? Vers quel aimant groupait-elle cette grenaille, car maintenant elle tremblait dans un bruit d'insecte, les coudes légèrement soulevés.

— De grâce ! cria le facteur.

Alors Victorine baissa la tête, interdite, et du même mouvement ses pieds retombèrent sur le parquet, à côté des patins de feutre, tel un ivoire que l'on ne repose pas sur son socle.

— Oui, dit-elle comme si rien ne la dérangeait, quoiqu'elle montrât de l'étonnement, vous m'appelez ?

— C'est moi, Chevillard ! J'entre et je vous trouve en l'air. Madame Parroquin, permettez que je m'asseye.

Il s'affaissa sur l'une des chaises en bambou.

— Bonjour, facteur, dit Victorine, je vous apporte une curieuse nouvelle, devinez de qui ?

— De Lucien, dit Chevillard sans ironie vous m'en parlez si souvent, mais duquel : mon amour ou mon chéri ?

— Les deux ! les deux ! !

Elle se rendit compte alors de la situation et de ce qu'elle venait de vivre, trottina jusqu'au couloir et ramassa son filet :

— J'allais sortir, voici la preuve, vous n'allez pas me croire, et comme tous les jours je leur demandais, à mes amours chéris, ce qu'ils aimeraient que je me rapporte, quand ils m'ont hurlé de ne pas sortir, par ce temps à ne pas mettre un chien dehors, et ils m'appelaient, m'appelaient du salon, encore une farce pour sûr ! J'y vais et je les vois au moment de reprendre leur chemin, là-haut, là-haut mon amour, mon chéri. J'ai serré les mains, j'ai appelé de toutes mes forces, et ils m'ont tirée par les épaules, j'étais bien, j'avais chaud. Vous avez déjà vu ces papiers brûlés qui dansent sur le feu ?

— J'ai vu, dit Chevillard qui s'épongeait le front.

— Ils m'ont dit des choses si vite que j'ai l'impression d'avoir lu un gros livre. Vous me croyez, n'est-ce pas ? Vous prendrez bien un petit brou ?

Chevillard se demandait s'il n'avait pas rêvé, car la carafe de liqueur était posée à l'instant sur le napperon brodé, d'une main qui ne tremblait pas, et il attendit de voir s'ouvrir la boîte de biscuits, ce qui fut fait comme s'il en avait donné l'ordre.

— Vous êtes pâle, dit Victorine. Je vous plains d'être obligé d'aller par tous les temps.

— Je n'irai plus, dit le facteur. C'est mon tour d'adieu.

— Fait comme vous l'êtes, dit Victorine, vous allez sous peu reprendre la tournée pour le plaisir, de temps en temps. Vous serez le bien reçu partout.

— Hélas, dit Chevillard, je quitte la fonction et le pays.

— Pour le Midi, bien sûr, vous m'en avez si souvent parlé ! C'est une chose qui m'a toujours intriguée : les postiers ont tous l'accent de là-bas.

Chevillard aurait aimé qu'elle ne dît plus un mot, mais elle l'entraînait comme il n'en avait pas le souvenir, et il finissait par se demander si son mutisme de toujours n'était pas une façon de se protéger, une comédie, ou si depuis cet instant qu'il l'avait surprise en l'air tout son être n'était pas bouleversé, mais la malheureuse ne pouvait pas retenir le silence, revenir à la vision qui l'avait étonnée, essayer de la revivre. Victorine racontait les tours de ses Luciens, et les mêlait comme la terre les avait confondus, l'un capitaine et l'autre aspirant, au soir d'une même bataille.

— Je m'en vais, dit Chevillard.

L'alcool pour la première fois de sa vie ne descendait pas, faisait bouchon dans la gorge.

— Vous avez été ma meilleure cliente, dit-il en gagnant la sortie à reculons. Je ne vous oublierai pas, madame Parroquin.

Et, en même temps, il pensait : le théâtre ! Quel théâtre me joue-t-elle ? Qui tire les fils de la marionnette ?

Elle avança vers lui, soudain telle qu'auparavant, les traits éteints, les lèvres en fil, pour la seconde fois il eut peur, et puisqu'elle se taisait et semblait regarder à travers lui, au-delà des murs, dans une région qui n'était qu'à elle et peuplée de deux ombres qui ne se distinguaient pas l'une de l'autre sinon par une densité à peine sensible, Chevillard se glissa au-dehors et reclaqua la porte.

Il voulait se débarrasser au plus vite du secret qu'il avait surpris et qui le déséquilibrait, mais lorsqu'il conta l'affaire au café Nègre, les rires et les tapes dans le dos accueillirent le joyeux drille.

— C'est comme si j'avais ouvert une lettre, criait-il, une lettre qui ne m'était pas adressée. Je n'en ai jamais ouvert ! Jamais !

Et tous de se tenir les côtes ! Mais je savais qu'il avait dit la vérité car la tristesse l'envahit soudain, et totalement, lui qui l'ignorait. Je le pris à part et lui soufflai, voulant en savoir plus :

— Victorine ne touchait plus le sol ?

Il haussa les épaules, croyant que je me moquais, sortit, quitta la ville sans achever son tour d'adieu. Quelques-uns oublièrent qu'il avait été serviable, et je n'appris plus rien de Victorine qui recevait le remplaçant de Chevillard sur le pas de sa porte, sans jamais lui offrir de liqueur.

DÉPOSITION

Bientôt, quand les enfants seront des hommes que l'on ne regarde plus, je fermerai la porte de la maison et je jetterai la clé derrière l'armoire où dorment les vaisselles pleines de fleurs. Bientôt. La grosse armoire bête où dix générations ont rangé les confitures, et l'on se signe avant de les goûter. Mais j'ai lu dans un carnet caché dans le double tiroir, secret à scandale pour un fils du futur, qu'une femme qui porta mon nom s'est accoudée au bois lisse devant les portes à dessins de cuivre et qu'un homme l'a pénétrée tandis qu'elle vidait un pot de groseilles trop cuites, proches du confit, et qu'elle n'a rien répondu quand le satisfait lui demanda ce qu'elle venait d'éprouver. Rien sans doute que le vague charme semblable à l'image de ce fils qui viendrait après les fils, dans le déboîtement des années. Voilà ce que j'ai lu, et d'autres perversions. Où vole aujourd'hui cette âme gourmande? Dans ma tête à l'image de l'hirondelle qui s'affole au grenier parce que j'ai fermé les fenêtres et que j'essaie de la saisir, jetant et jetant vers elle, orages d'un Dieu sans patience, ma cape de collégien. Les toiles d'araignée impriment des cervelles sur la bure. L'oiseau s'est tout de même envolé par un trou du toit, l'orage d'octobre a jeté bas des tuiles, et je déchiffre ce que disent les cervelles. Je m'en gave. Le ventre plein, je regarde par une fente de la porte, l'escalier qui descend et mon père qui monte. Pieds et marches me donnent la nausée. La terre n'est qu'un bruit de crécelle. J'ai la lèpre. Tous le sauront.

— Ouvre, dit mon père en grattant timidement. Moi aussi j'ai voulu mourir autrefois.

De part et d'autre, chacun retient son souffle. Qui ouvrira ? Sauront-ils se regarder les yeux dans les yeux ? Je n'ai rien à dire. J'achève un livre et cherche en vain le mot : fin. La voix du père a l'air de commencer un roman et le rire me sauve, que je retiens mal. Des sanglots se mêlent aux secousses idiotes. Volière que mille ailes désertent. Les ongles du père s'accrochent au bois. Il parle dans le désert.

— Parce que la mort m'apparaissait un seuil. Ma main reposa l'arme et je tardais à frapper. Je vis alors avec netteté que ce que je prenais pour ma porte était un trompe-l'œil. Je me suis détourné. Des passants traversaient les rues sans se soucier de moi, sans soupçonner que je venais de les trahir, et je courus vers eux, leur demandant l'heure, quel jour nous étions, la direction de la gare, d'autres renseignements dont je n'avais pas besoin, mais ils se mettaient en quatre pour me plaire. Les femmes étaient sur leurs gardes et je tâchais d'adoucir mes yeux en feu. Inutile de te parler de ta mère que je rencontrai à quelque temps de là. Nous étions dans le rapport d'un phare et d'un bateau en détresse. Elle portait la lumière. Inutile de te conter le reste, les repas, le lit, la guerre, et le jour où j'aperçus qu'il existait d'autres femmes, nouvelles, interdites, voyages, les mêmes mots dans d'autres décors, victoires, défaites, sommeils, retours, odeur de la maison, prière à je ne sais qui. Prière, parfum de l'homme.

Mon père continuait son discours, me lançait des dates, me rappelait des courses en forêt, mon premier cheval à bascule, un vol de lilas dans le jardin d'une maison à vendre, et toujours une femme au détour d'une rue, la lenteur d'un train qui s'éloigne, le ciel en pivoine quand le soleil sort d'un sexe de jument. Il commençait à me taper sur les nerfs et je l'injuriai à travers la porte. J'étais sauvé. De ce soir-là je puis encore dire le menu, à la table familiale, et le silence de mes frères et sœurs qui me regardaient, semblait-il, pour la première fois. Il m'arrive d'avoir faim et de me calmer au seul rappel du potage à l'oseille, des œufs à la tripe, du caillé troublé par la cassonade et du bouquet de menthe dans le grès qui ressemblait à un tonneau. J'ai commis la faute de vouloir m'entourer d'autre chose que des paravents du souvenir. J'aurais pu rester avec ce jeu d'enfant, à chaque coup gagnant, mais le démon de faire l'homme parce que l'on vous fait honte de ne pas être engagé, les imbéciles ! Non, moi, moi seul imbécile, moi seul clopinant, sans bâton, prêt à tomber. J'ai donc pris femme, engendré, fait la guerre, armé ma maison. De temps en temps je me mets à la fenêtre et je regarde la rue. Le jour fait le coq. La nuit se gonfle. Dans ma tête les désirs font la fête, mais la vertu ne se met plus à table. Je repasse en mon cœur les moments où j'ai cru que j'allais quitter le monde, sans émoi, comme si je replaçais des livres dans une bibliothèque, des livres à belle reliure mais que l'on ne relit plus, une caresse au dos, c'est tout. La voix d'un fils emplit l'escalier. Il faut que j'enfile un pantalon correct, que je sourie.

— Raconte-nous une histoire, dit le plus petit. Encore le chant du coq.

— Il était une fois un homme, ai-je commencé, mais personne ne m'a demandé la suite et nous avons traversé en éventail, de plus en plus loin les uns des autres, le silence. J'allais, j'allais et soudain je me suis arrêté, comme il arrive à une remarque du démon intérieur, mais ce n'était pas une parole et je n'avais rien à répliquer. La détonation sèche marquait me semblait-il de l'étonnement. Si je me tuais d'un coup de feu, pensai-je, il y aurait cette sorte d'enrouement et de surprise, peut-être ce rêche du regret, la peau d'une pêche sous la dent, puis il y eut un cri et quelqu'un qui ressemblait à ma femme me parla d'un fils que nous avions et qui n'était plus. La porte s'ouvrit sans que j'eusse bougé, et la forme si semblable à celle qui m'avait appelé, autrefois, se jeta dans la rue. C'était l'aube, avec qui nous nous levions chaque jour, et j'entends le chant du coq et il n'y avait aucune douleur en moi, mais je pensais à la femelle aux confitures dont j'étais issu, incroyablement vivante, qui ne mourrait pas, qui voletait dans une tête, affolée par le bruit du revolver, et je n'osais rentrer dans le grenier où la chair de ma chair commençait à se décomposer. Il y a de cela si longtemps, monsieur, ce matin. Que voulez-vous savoir encore ? Oui, c'est mon revolver d'ordonnance. Oui, dans le tiroir de l'armoire, dans le secret du fond, oui, j'y pensais quelquefois. Les hommes rêvent que leurs fils accomplissent les grandes choses qu'ils ont pressenties, mais pas ça, pas ça ! !

Le commissaire restait dans le couloir et répétait que certains vont plus vite que d'autres à faire le tour de la vie. Puis une femme reparut derrière lui, et je la vois toujours dans le couloir de la maison que j'ai vendue. Elle ressemble aux statues de pierre tendre rongée. Les siècles.

UN DUR RÉVEIL

Cela faisait onze ans que Moïse Amiral, de son vrai nom Paul Roquet, jouait chaque soir le séducteur dans une comédie de boulevard qui tournait à l'institution. Grisonnant, au sommet de sa vie, l'œil couché, n'énervant jamais rien de sa force et laissant en suspens ses phrases de désir pour que la femme qu'il convoitait pût les achever à son gré, il faisait courir Paris, banlieues et provinces. La fiction qu'il truffait d'œillades et de soupirs devenait réalité dans le cœur des écouteuses et plus d'une l'attendait à la sortie des artistes dans l'espoir de le toucher, d'entendre sa voix au singulier, courante et déshabillée, d'obtenir un autographe, qui sait, de marcher un instant en sa compagnie, dans la nuit qui ferme les yeux sur nos faiblesses, oui sait-on jamais, de se pendre à son bras, de commencer une nouvelle vie, de l'arracher aux autres, de tenir enfin l'enchanteur à merci, mais Mme Roquet qui n'était pas un personnage mais une réalité de chair et d'os, beaucoup plus d'os que de chair, attendait depuis onze ans Don Juan dans sa loge, en tricotant, toujours aussi pincée, jalouse de l'habilleuse qui touchait pourtant à la retraite, impatientée par les applaudissements qui montaient de la salle dans l'appel d'air des coulisses et du monte-charge. Elle accueillit son homme comme de coutume par un :

— A quoi penses-tu ?

auquel Moïse ne pouvait répondre, elle le savait pourtant, mis en lambeaux par toutes ces mains qui l'avaient applaudi. L'acteur se dévêtait et s'effondrait devant le miroir. Sa pensée n'était que sa propre contemplation.

— A te donner comme ça, tu finiras par y rester !
— C'est ma vie, disait Moïse d'une voix profonde.
— Et la mienne ? la mienne ? ?

Mme Roquet le regardait en hochant la tête, voyait tomber un à un dans la corbeille les cotons chargés de fard et se détendre sur le marbre de la coiffeuse, pitoyables et chargés de la tristesse de l'autre monde, la perruque et les faux cils.

— Comment font tes confrères ? clamait-elle. Ils sont dans leurs rôles comme une main dans la marionnette, bien cachés. Pas de danger qu'ils s'usent !

— Aucun n'a tenu près de cinq mille représentations, faisait remarquer Moïse.

— Tu ne comptes pas continuer, tout de même ?

— Germaine, reprit-il de la voix même dont il jouait devant la rampe, pourrais-tu te passer de me faire indéfiniment cette scène ?

Mme Roquet rentrait soudain dans sa coquille, « mouchée » comme pensait l'habilleuse qui tout aussi régulièrement haussait les épaules en achevant de brosser le costume du dernier acte, un fil à fil qui recevait un nuage de fumée quand le séducteur s'éloignait, avant la chute du rideau, seul et sans remords sur le pont d'un cargo. Or, Germaine remarquait une nouvelle ramure dans la couperose de son homme ou l'aggravation d'un sillon dans la patte d'oie des rides. De son côté, Moïse observait le reflet de l'épouse sec et mécanique, un fil de fer, et il lui semblait par le jeu du miroir qui doublait la porte qu'elle se démultipliait à l'infini et qu'il devenait le prisonnier d'un grillage.

Mme Roquet qu'il appelait maman bien qu'elle ne lui eût jamais donné d'enfant disposait sur la table de la loge un médianoche, chaud-froid de volaille en général, qui reculait encore la sortie du théâtre et décourageait les dernières admiratrices en attente dans la nuit. Il arrivait que maman descendît sur la place ou dans le couloir de sortie pour s'assurer que la route était libre, mais certains soirs elle insistait pour que Moïse restât sur le divan de la loge, et tous deux s'endormaient comme au premier temps de leur rencontre, en sandwich, elle le pain dur, lui la tendre farce beurrée. Elle s'éveillait toujours la première et calmait l'endormi qui se dépêtrait mal de ses rêves et faisait des bonds que sa nonchalance naturelle n'aurait pu faire soupçonner, car dans la veille il était la vraie séduction qui ne fait pas un geste et se contente d'attirer, d'endormir à distance, de laisser s'échapper les nœuds coulants de son parfum. Mme Roquet restait la seule à ne pas se laisser distraire par cet arôme vénéneux. Elle posait la main sur le front de Moïse, lui prenait le pouls, le découvrait ou le cachait sous des couvertures et finissait par le retrouver sur la plage déserte du matin. Le monde était à marée basse, sa rumeur aussi plate qu'une lettre dans le guichet de l'horizon. Il serait toujours temps de l'ouvrir, pour y trouver les mêmes mots d'admiration, les mêmes demandes d'amour ou de bonnes œuvres ! Alors dans cette heure où Mme Roquet possédait seule son homme, elle se mettait réellement à souffrir.

— Quand prendrons-nous des vacances ? demandait-elle. Toi, tu t'envoles à chaque séance, tu te quittes.

— Pas toujours, dit Moïse.

— Mais moi, tu m'oublies, tu prends le bras d'une autre.

— Oh, dit Moïse, le bras d'une comédienne !

— Justement, avec qui es-tu ? Je ne suis pas jalouse de Marion Rebelle, de Luce Mirail, de toutes tes têtes d'affiches ! Mais de ces rêveuses qu'elles suscitent et poussent vers toi à la sortie. Non, je ne te fais pas une scène !

— La jalousie ne s'aiguise que sur des formes absentes ! dit Moïse. Je ne sais plus quel auteur a dit : la meule de l'absence. Alors que crains-tu des jeunes filles qui sont là, et en groupe, à m'attendre ? — Il ajouta d'une voix suave : — Si tu les vois, tu es rassurée. Tu savais bien d'ailleurs en m'épousant que tu trouverais dans notre lit toutes les amoureuses du répertoire.

— Ne joue pas au plus fin. Tu crois que je ne te vois pas, quand tu pars sur ton cargo, l'œil sur une de ces folles qui s'écarquillent dans la salle ?

— Je ne les vois pas !

Un dur réveil

— Tu en repères une chaque soir, en t'avançant jusqu'à tomber dans la fosse d'orchestre !

— C'est ridicule, dit Moïse.

— Tu me l'as dit, ça t'aide !

— Ne crie pas !

— Et quand as-tu souffert sous Hermine, sous Agnès, sous Juliette ? Tu es l'homme d'une seule et unique pièce, ridicule !

— Germaine, mon ange, es-tu soulagée ? demanda Moïse en posant la main sur le cœur de sa femme.

— Je te demande pardon, dit Mme Roquet.

— Je te pardonne d'autant plus volontiers, dit Moïse, que si tu t'observes un instant, tu vas t'apercevoir que tout ce que tu viens de dire ressemble à ma valise du premier acte. Je la pose et je l'oublie. L'auteur a tenu à cette valise qui ne joue aucun rôle puisqu'elle est vide. J'achète une brosse à dents et un pyjama au dénouement, avant de quitter l'Europe. Voilà onze ans que nous posons chaque soir une valise vide, toi tes craintes qui n'en sont pas, moi mes conquêtes qui sont du vent. Je vais t'avouer une chose : je ne saurai plus rentrer dans un autre rôle.

— Allons donc !

— Qu'importe ! le succès que je tiens peut durer encore une quinzaine d'années. Après...

Leurs regards parallèles traversèrent le papier peint du mur. Germaine voyait sa maison d'enfance en Touraine, Moïse un bateau, tous deux des fleurs qu'animait un vent doux.

— C'est étrange, dit Moïse, que tu me prêtes tant d'aventures. Je rêvais de jouer tous les rôles comme un jeune homme se promet une collection de femmes et j'ai vécu le plus fidèlement du monde, avec un seul texte. Casanova fonctionnaire, de la maison au bureau, trottoir de gauche à l'aller, de droite au retour. Lycée. Conservatoire. Prix de tragédie, tours de France de compagnie en compagnie, des années de petits rôles et puis un soir ce propret de monsieur chauve qui me propose de jouer sa première œuvre. Et toi que je trouve à la sortie.

— C'est bien ce que je dis !

— Et que j'épouse ! reprit Moïse d'une voix vibrante.

— Que devient-il, ton auteur ? dit en grinçant Mme Roquet. Il est venu nous voir pendant deux ans, et plus rien : une carte postale tous les six mois ! La même carte qui représente sa maison dans le Bordelais. Les mêmes mots : votre fidèle Morillon !

— Il n'écrit plus, dit Moïse, c'est l'homme d'une seule pièce. Un sage, et il cultive son jardin.

Les regards s'éloignaient de nouveau.

— Au vrai, reprit Mme Roquet, je préfère ne plus rien savoir de lui. Cette condescendance ! Il te prenait pour sa créature. Et tu te laissais faire ! Or, sans toi, que serait-il ? Sa maison, c'est toi qui l'as bâtie ! Sa gloire est de t'avoir rencontré ! Sais-tu que lorsqu'il m'arrive de descendre jusque dans les coulisses pour regarder si la salle est bonne ou froide, un peu comme on met la main dans l'eau d'une baignoire, je ne puis plus supporter que tu t'y plonges, que toutes ces femmes te caressent. J'ai mal à remonter ici, à t'attendre en faisant semblant de m'occuper, tricot, nappe au crochet, cette tapisserie dont je ne nouerai pas le dernier point !

Moïse reposa dans le plat la cuillerée de compote qu'il allait porter à ses lèvres et qui embaumait la cannelle :

— Tu ne le noueras pas, dit-il d'un ton romain.

L'éloignement qu'il ressentait à l'ordinaire dans la loge silencieuse, au fond du théâtre vide, au cœur d'un quartier mort, se détendit soudain, le frappa en élastique, comme il arrive que l'on craque au sortir d'un rêve, quand la masse retombe, os et chair, dans l'enveloppe oubliée.

— Et puis, dit-elle, en levant son verre, tu peux toutes les séduire et les coucher ici. A ta santé !

— Santé ! dit Moïse sans boire. Maman, c'est toi qui nous fais déserter notre appartement, aménages cette loge, apportes ce poêle charmant.

— Arrête de parler comme Morillon ! Un poêle n'est pas charmant, n'a jamais été, ne sera jamais charmant !

— Il faut que j'aille téléphoner, reprit Moïse. Non seulement le poêle mais le feu dans lequel tu jettes les lettres, un feu charmant. Lettres d'amour que je n'aurai jamais pu lire. Mon ange, où vas-tu ? dit-il en tendant les bras, mais Mme Roquet avait reclaqué la porte et il l'entendit descendre l'escalier, un bruit d'enfer, fer sur fer.

Il haussa doucement les épaules et comme dans les grands moments il s'assit devant son miroir. C'est là qu'il prenait conseil, qu'il réfléchissait, à tous les sens du terme, qu'il comparaissait avant de paraître, qu'il ajustait son double et lestait plus ou moins le pantin qu'il décidait de pousser vers les autres. La dernière scène de Germaine légitimait le plan qu'il avait si longuement mûri, mais il n'arrivait pas à s'applaudir et se découvrait seul. Personne ne venait à son côté dans la glace éblouissante, ni Morillon, ni l'épouse d'autrefois, ni la bête fabuleuse de la salle avec ses grappes d'yeux, ni son double qui souvent lui soufflait au hasard une réplique, un monologue ou la pose qu'il pourrait prendre au milieu du silence, quand les femmes qu'il a séduites l'entourent et attendent son choix. Certes, le chef-d'œuvre de l'auteur bordelais ne lui ménageait pas les occasions de se faire valoir, avant de s'éloigner dans une philosophique solitude. Non, rien ne venait au secours de Moïse et il attendait que le rideau tombât, angoissé, comme si la machinerie échappait aux machinistes. Il entendit un bruit, un cri dans les profondeurs et quelque chose de doux le traversa. Il était encore en suspens quand il entendit un appel au bas de l'escalier, le bruit du monte-charge et sa porte heurtée, ouverte. Arsène le concierge, en chemise et savates, le regardait, interdit.

— Qu'est-ce qui s'est passé ? dit-il. Elle est en bas. Elle ne bouge plus.

Il fixait le reflet de Moïse dans la glace, une tête lointaine, impavide, et il trembla : les criminels ont, paraît-il, de ces séparations d'avec eux-mêmes.

— Monsieur Amiral, reprit le concierge, qu'avez-vous fait ?

Quel comédien ! pensait-il en ne sachant plus s'il allait pouvoir faire un pas en arrière et se sauver, il n'a jamais été aussi bon. Prends garde, Arsène, tu aurais dû te méfier de ce salaud. Un anormal qui s'installe hors de la vie, qui entraîne sa femme dans un décor. Ils ont mangé des crêpes à la cannelle, vidé combien de bouteilles, ivrognes !

A ce moment, Moïse se leva, frôla Arsène saisi par la peur et descendit. Le concierge gagna le palier et se pencha sur les marches ferrées bordées par le grillage du monte-charge. Moïse s'arrêta et lança, du bas :

— Ne touchez ni aux verres ni à la compote. Je pense qu'elle n'a pas souffert. Cependant je n'avais pas prévu son départ par l'escalier, et je croyais le poison plus rapide. Je ne voudrais pas déranger votre femme, Arsène, mais il faut qu'elle prévienne la police. Vous brûlerez le courrier qui m'arrivera. Mme Roquet ne peut plus lire, désormais. Eh bien, descendez ! Elle vous fait encore peur ?

Le concierge obéit, en somnambule. Il ferma les yeux en enjambant le cadavre que Moïse recouvrit de sa robe de chambre. L'acteur se redressa, ôta sa cravate, déboutonna son col. La voix de la pipelette répétait au téléphone : « Oui, au théâtre, au théâtre ! » Son mari avait ouvert le robinet sur l'évier et s'inondait la tête. Quand il la releva, il vit Moïse qui s'encadrait dans la porte, la chemise échancrée, préparé pour l'échafaud.

— Pourquoi, monsieur Moïse, commença-t-il, pourquoi, mais pourquoi ? Vous ne pouviez donc pas quitter Mme Roquet comme dans la pièce toutes ces femmes qui voulaient vous retenir ? Vous vous sauviez par la mer et le tour était joué. Elle se serait lamentée, elle aussi, bien sûr, mais le temps aurait fini par devenir son meilleur époux.

— Le temps meurt aussi, dit Moïse Amiral d'une voix d'outre-tombe.

La femme d'Arsène avait raccroché le téléphone et se demandait comment son mari pouvait parler à un assassin tout en reconnaissant que Moïse, un peu plus tôt dans la soirée, était un homme comme vous et moi.

— Et on va voir partout nos noms! gémissait la concierge, et témoins de quoi, je vous le demande?

— D'un dur réveil, dit Moïse. Il me semble que je suis nu comme au premier jour.

LE MATIN DES NOCES

— Raymond, jure-le-moi.
— C'est ridicule, Colette ! Nous nous sommes aimés depuis cinq ans...
— Six... Six ans et trois mois. Je comprends que tu épouses cette femme, mais réserve-moi ce dernier matin.
— Le matin des noces, tu es folle ?
— Jure-le-moi. Après, je te laisserai tranquille. J'accourrai quand tu m'appelleras, pas avant.

Colette se jeta au cou de son amant et le fit chanceler une fois de plus. Il avait beau être fort, et la plus belle carrure de la ville, elle le couchait à son gré, d'une caresse. La cérémonie du mariage était dans trois jours et Colette pensa qu'elle ferait bien de partir tout de suite, à ce moment qu'il était là sous elle, pataud et barbouillé de plaisir, pour qu'il tienne mieux sa promesse, dans trois jours.

— Au petit matin ?
— Au petit matin.

Elle s'échappa. Il resta à terre, tournant sa pensée vers sa future femme et Raymond, déjà propriétaire de

L'Homme Chic devint la longue façade de L'Habit Moderne, une dot au mètre inépuisable. Il allait fondre les deux maisons, habiller la totalité des campagnes, circuler entre les plus longs comptoirs du département, au long des vitres qui donnent sur la Grand-Place, appeler les coupeurs, contrôler la caissière, trousser le madrigal aux clientes, les aiguiller de la cretonne au reps, et, le soir, après le contrôle de la fermeture, dîner en tête à tête avec l'épouse, servi par une bonne à bonnet. Raymond reniflait déjà le fumet de la soupière et des plats, regardait de côté l'écran de la télévision et sentait monter en lui un bon gros sommeil à double oreiller, veillé par une opaline discrète. Il avançait la main vers sa compagne et Colette, non, Marie-Madeleine de L'Habit Moderne, la lèvre supérieure brûlée par une pâte épilatoire, lui souriait niaisement.

Le matin des noces, une haie de curieux sous le falbalas des cloches attendait les futurs époux. Déjà dans l'allée centrale de l'église les familles regardaient avec joie la lumière du portail et les marches au bas desquelles les voitures fleuries déposaient deux à deux les invités. On parlait à mi-voix, mais l'attente faisait hausser le ton et bientôt tout le monde jacassa ferme. Que se passait-il ? Dans la sacristie l'officiant dépêchait aux nouvelles enfants de chœur, chaisière et bedeau. Au Croûton Royal le chef mettait la dernière main, montrant aux gâte-sauces comment disposer sur les poissons dressés un suprême persil. Sur le parvis qu'assombrissaient des troènes en cuvier le marié n'arrivait pas, ni la mariée. Les pères et mères reliés par fil téléphonique savaient seuls la nouvelle depuis une demi-heure : Raymond dormait, ronflant à déplisser l'escalier. Sa mère venait d'appeler le médecin.

— Il dort, madame.

— Je le vois bien.

— Je pense qu'il a dû, qu'on a dû, enfin qu'il a bu quelque narcotique. Son pouls est normal.

— Un jour pareil... la honte... le scandale... Comment pourrais-je encore me montrer... Mais qu'est-ce qui lui a pris, lui, la santé même ?

— Madame, dit le médecin, il faut attendre.

— Mais les cloches, les parents qui sont arrivés ? Raymond, mon petit Raymond ! Pense à nous !

— Ne le secouez pas, dit l'autre. Il n'entend rien. Il faut qu'il élimine...

— ... Ça sera long ?

Le visage de la mère grimaçait sous les larmes. Elle dut déboutonner son corsage et le docteur en la voyant s'effondrer sur un pouf sortit une seringue et un remontant.

Colette, les traits tirés, dans un petit tailleur strict, regardait croître de derrière un pilier l'agitation des invités. Les voix maintenant s'élevaient dans la maison de Dieu aussi haut que dans la salle du Café du Commerce où elle était serveuse. Les quatre enfants à bouquets, les huit demoiselles d'honneur en tulle mimosa, les décolletés et les nœuds, les citadins et les parents de ferme, le cousin du régiment et les neveux de Paris sortaient un à un, pleins d'inquiétude et de questions. A l'autel, le bedeau coiffa les chandelles, les enfants de chœur juraient à voix basse en voyant filer de quoi s'acheter un sac de calots de verre. A midi quarante, Raymond ronflait encore. Soixante personnes s'entassaient dans l'appartement au-dessus du magasin, regardaient par les fenêtres les boutiques d'en face dont les vitres s'emplissaient du reflet des mannequins de L'Homme Chic, qui s'ouvraient sous leurs pieds et leur tendaient les bras. Vers une heure Raymond ouvrit un œil. On le doucha, on le mit sur pied et l'entraîna vers le Croûton Royal où gémissait le maître queux. Ce fut quand même une belle chère, mais la mariée n'était pas là. Elle avait dû s'aliter.

Un mois plus tard, on carillonna la nouvelle cérémonie. La moitié de la ville emplissait l'église et la place, dans l'attente d'un autre scandale. Il eut lieu, mais secret, mais blanc, mais béni. Raymond épousait L'Habit Moderne et se demandait pourquoi Colette avait quitté le pays. Il lui pardonnait tout, sauf ça.

JALOUSIES

Ses tableaux donnaient la réplique à ceux qu'il obtenait en s'écrasant les yeux avec les poings, mais Nicolas Blaye n'avait satisfaction que de ces derniers, bien que les autres se vendissent comme des petits pains. Il avait déclaré sa préférence à un journaliste qui n'avait cru faire mieux que de conseiller à ses lecteurs de créer eux-mêmes leurs compositions : « Mettez les coudes sur la table, posez chaque œil fermé sur le gras de vos paumes, appuyez, contemplez, variez la pression, tout s'anime, coulisse, change, irradie, se fixe et de nouveau se métamorphose. Vous êtes tout ensemble l'auteur, le metteur en scène, le spectateur et le critique. C'est pour rien, et sans limites. »

Nicolas Blaye entendit la sonnerie dans un rêve et posa son pinceau pour répondre au téléphone.

— J'écoute, dit-il. Ah, c'est toi, Francine ?

— Tu n'es pas seul ? J'entends du bruit, dit-elle.

— C'est le chat. Il a changé de couleur, hier, après ton passage.

— Comment, dans le tuyau de suie ? reprit la voix douce. Mais il doit être affreux ! Pauvre Blanchet !

J'arrive. Je vais lui faire la toilette. Pourquoi non ? Tu pars ? Quelles courses ? Je les ferai. Un nouveau client ? Un marchand ? Il fallait le dire. Non, ne m'appelle pas. Je ne serai pas à la maison.

Blaye reposa le récepteur dans la boîte à sel, une idée de décoration de Francine.

— C'est ta poule ? demanda le modèle. Rien qu'à ta tête je vois le programme.

— Reprends la pose, dit Blaye d'une voix neutre. Non, tu étais sur ton coude droit, la jambe gauche reclaquée. Voilà.

— J'aurai les fourmis dans deux minutes, certain ! D'ailleurs que je sois allongée, à quatre pattes ou pendue, j'aimerais que tu me dises où est la différence, puisque tu ne peins que des carrés et des étoiles, toujours les mêmes.

— C'est fini, dit Blaye excédé.

Morille enfila sa culotte, son soutien-gorge, sa robe transparente, tira de son sac à bandoulière un papier et un crayon et nota en marmonnant.

— Avec les deux heures d'hier, ça fait quatre, plus douze de la semaine dernière, tu me dois 8 000, sans compter les primes, une ce matin, plus les trois de vendredi samedi. Par 5 ça fait 20, 20 et 8, 28.

Blaye tira une liasse du pot à tabac qui lui servait de coffre et compta ce qu'il devait.

— On arrondit ? demanda Morille dont la robe glissa de nouveau par enchantement.

— Suffit, dit le peintre, il faut que je travaille.

Il avait repris brosse et chiffon. Morille s'approcha de la toile.

Jalousies

— Toujours tes ronds et tes pâtés. Vraiment ! Non mais j'y pense...

Elle tira Blaye par la manche et le fit pivoter vers elle.

— Prétexte, je veux bien, mais tu me prendrais pas pour une putain, par hasard ? Parce que c'est pas le même tarif, vois-tu ?

— File, dit Nicolas.

— Qui m'a demandée ? Qui m'a fait miroiter... Je te parle. On se connaît déjà depuis une quinzaine : je veux savoir.

Blaye posa un soupçon de cobalt au centre de sa toile, dans une indifférence divine. Morille, les jambes écartées, les mains dans le dos, semblait subitement intéressée. Blaye écrasa du pouce une touche orange et en fit un croissant.

— Et ça se vend ? demanda Morille.

— Je te croyais partie.

— Comment t'appelles ça ?

— Ça n'a pas de nom, dit Blaye. Ce sont des études, des variations.

— T'as trouvé le filon, quoi.

Le téléphone sonna.

— Je le prends, dit Morille, reste inspiré.

Blaye n'eut pas le temps de s'élancer que Morille répondait déjà.

— S'il est là ? Je vais voir. De la part de qui ? Je sais bien que c'est pas grand, mais je vais voir quand même. Qu'est-ce que ça peut vous foutre qui je suis ? Je n'entends plus quand vous criez.

Elle mit la main sur l'appareil et le tendit à Blaye :

— Elle gueule ! J'aurais dû te laisser faire.

Blaye prit le relais.

— Allô, Francine ? Pardon ? Mais qui êtes-vous ? Ah, Marie-Claude ? Mais tu as changé de voix ! Comment ça, la colère ? C'est mon modèle, mon dernier modèle, une perle. Si tu veux, mais je travaille. Viens plutôt cet après-midi.

Morille bondit, silencieuse, en étouffant l'écouteur.

— Non, non !

— Quoi non ?

— Tu en as déjà une, cet après-midi.

Blaye ferma les yeux pour la remercier et reprit Marie-Claude.

— Tu ne m'entends plus ? Je t'entends très bien, moi. Et comme ça ? Quoi, quelles courses ? Mais non, je n'ai besoin de rien. Allô ? Elle a raccroché.

Alors Blaye entra en rage.

— Elle débarque aussi cet après-midi : une amie de Francine.

— Vous pourrez faire des figures, dit Morille. Allez, salut !

— Écoute, dit Blaye, rends-moi service. Viens aussi cet après-midi, puisque tu es la cause de ce désordre.

— Cause ou pas, tu connais le tarif.

— Soit.

— Et qu'est-ce que je ferai ?

— Tu poseras, tu ne diras rien. Ça les occupera. Il n'y aura pas de jalouses. En tout cas, pas de scène.

— Je ne pose pas en public, et surtout devant mon sexe. Tu les a mises à l'essai ? Tu as une préférée ? Elles se croient seules dans ta vie, l'une et l'autre ? Parce qu'évidemment tu leur as menti ? Avec les mêmes mots. Dans la même sincérité.

— A moins que je ne file ? dit Blaye en fronçant le sourcil.

— Le lâche ! Tu vois le tableau sur le palier, si elles arrivent à la même heure ?

Morille secouait la tête. Blaye dévissa une lampe à pétrole, en sortit une praline et l'offrit à la fille.

— Et les allumettes, tu les mets dans une bouteille ? demanda-t-elle.

— Non, dans la boîte à dominos. Ce sont des idées de Francine.

— Ta préférée ?

— Je n'en sais rien.

— Mais qu'est-ce qu'elles te trouvent toutes ?

Il la poussa gentiment vers la porte dont le panneau supérieur était garni de ces petites cages dans lesquelles les oiseleurs vendent les serins. Elles étaient bourrées de cartes postales, de télégrammes, mais Morille avait déjà fait des remarques à leur sujet, le premier jour qu'elle avait franchi le seuil. Quand elle fut partie, Blaye ouvrit le corps de la comtoise qui servait de resserre aux balais et fit un peu de ménage.

Sur les sept pendules de l'atelier deux marquaient midi, les cinq autres minuit. Ainsi en avait décidé Francine, un jour de mise en scène, mais il était quinze heures. Morille beaucoup plus nue que le péché se tenait sur le sofa dans la pose dite du petit moulin, qui est la croix de Saint-André, tant la chaleur était grande. Blaye avait tiré le voilage de la verrière, un drap taché de rouille, aussi bombé que s'il se fût trouvé sous le vent, mais qui prenait un peu de l'ardeur du ciel et que masquaient les fientes de pigeon sur les panneaux de verre. Un violon, une trompette et des flûtes suspendus à des fils restaient en l'air comme les témoins d'un rêve. Blaye, assis sur un tabouret devant le chevalet, raclait sa palette.

— Elles ne viendront pas, dit Morille, et tu es plus ennuyé que ce matin. Au fond, ça t'amuse de nous faire marcher. Les femmes sont des pommes.

— Je plais, dit Nicolas avec simplicité. Tu renverses les rôles, pauvre gourde. Je suis comme un objet à la devanture. On vient le voir. On en discute le prix. On suppute...

— Quoi ?

— On se demande l'usage qu'il fera, et crac, ces dames veulent l'emporter. Merveille quand le sac est plein de monnaie et d'amusettes !

— Si tu es plein de sous, tu les lâches avec un lance-pierre, permets-moi de te dire.

— Je veux bien passer un moment avec l'une ou l'autre, rien de plus, poursuivit Nicolas, mais de grâce pas de corde au cou !

— Si tu ne sais pas laquelle choisir, je vais t'aider ! reprit la fille. J'ai des trucs infaillibles. Va ouvrir, on frappe !

Il alla ouvrir.

— Tu n'es pas seul ? demanda Marie-Claude.

— Je travaille. Voici Morille, le plus sage des modèles.

Il tendait le doigt vers le sofa où Morille venait de se dresser, drapée dans un drap, l'œil ingénu.

— Première nouvelle, dit Marie-Claude. Tu deviens figuratif ?

— Ah, vous aussi ? dit Morille. On se demande à quoi il pense, pas vrai ? L'autre jour, j'ai posé en Salomé, faut voir la toile. Des grains de tabac comme s'il avait éternué !

— Tu parles de la variation 12 ? demanda tranquillement Blaye.

— Salomé, je veux bien, dit Morille en descendant du sofa, mais tenir un plateau pendant des heures.

— Eh bien, je vous laisse, dit Marie-Claude en regagnant la sortie.

— Pourquoi ? fit Morille.

Marie-Claude ouvrit la porte. Francine parut, le doigt levé sur la sonnette. Son nez se pinça.

— Francine ! s'écria le peintre comme s'il retrouvait une amie d'enfance après un demi-siècle.

— Tu devrais toujours laisser la porte ouverte, dit Morille, il y a un petit courant d'air bien agréable. Généralement les escaliers ça pue, mais celui-là sent le jardin.

— Entre, dit Blaye, et toi, Marie-Claude, reste un moment.

Il poussa son monde à l'intérieur.

— Tu as tort de refermer, dit Morille, au cas d'une autre visite.

— Voici Morille, dit Blaye à Francine.

— Son modèle, reprit Marie-Claude. Vous connaissez Nicolas depuis longtemps ?

— Personne, coupa Blaye, ne soupçonne que mon art a des bases réelles. En fait, je n'invente rien.

— Asseyez-vous, dit Morille, j'enfile une robe. Prendrez-vous du thé ?

Les deux visiteuses parurent subitement en attente chez le dentiste, leur sac posé sur leurs genoux serrés. La voix de Morille monta de derrière le paravent.

— Nicolas, sors les tasses.

Il regarda ses deux amies en haussant les épaules, comme s'il les prenait à témoin de la peine qu'il avait à vivre sous la coupe d'une telle mégère. Ce n'était pas ce qu'il voulait laisser entendre, mais c'est ce que les autres comprenaient. Morille réapparut les cheveux défaits, fit deux pas de danse vers Nicolas, fourragea dans sa poche de veste, en sortit un slip qu'elle venait d'y faire entrer et l'enfila sur place.

Francine s'était levée.

— Vous partez ? dit Marie-Claude.

— Je ne faisais que passer.

— Cigarette ? dit Nicolas.

— Tu as retrouvé mon étui ? demanda Marie-Claude.

— C'est moi, dit Morille, sous le lit. J'ai retrouvé des tas de trucs partout, mais ça va changer. C'est comme ce tuyau de poêle, on se demande ce qu'il fait là ? Il n'y a que le chat pour s'en amuser. Blanchet ? Où est-il encore ?

Nicolas déposa trois mazagrans sur une table basse et tira le rideau qui sur une tringle coupait l'atelier en deux, quand le prenait l'humeur bourgeoise.

— Tu as encore mis les cuillers dans un truc

impossible, gémit Morille. Je ne sais pas qui t'a donné le vice de tout chambouler. C'est vrai, quoi. La lampe devient une poivrière, le bock à lavement un silo de sucre en poudre.

— On met la cendre à terre ? demanda Marie-Claude.

Francine lui tendit une ventouse qui servait de cendrier en murmurant :

— Vous connaissez cette fille ? Elle est avec Nicolas depuis longtemps ?

— En tout cas, c'est son genre.

— Nicolas, cria Morille, on ne t'entend plus ?

En effet il avait filé derrière le rideau et se trouvait depuis trois minutes dans la rue. A la première brasserie, il but un cognac et reprit sa marche à l'aventure.

*

— Allô ? c'est moi, j'écoute.

Blaye entendit le déclic et remit l'appareil dans la boîte à sel. C'était la vingtième fois qu'un inconnu l'appelait et raccrochait aussitôt. Il regarda la toile blanche qu'il venait de caler sur le chevalet, au fond de l'atelier. Des événements d'hier il ne restait sur la table basse que le désordre des cuillers, de la bouilloire et d'un fond de thé dans les mazagrans. Le parfum des visiteuses qui l'avait accueilli à l'aube quand il était rentré à demi mort, l'haleine enflammée, se dirigeant mécaniquement comme un cheval vers l'écurie, entre des maisons qui étaient toutes sur le même plan, tombant devant lui tels des négatifs dans un appareil de projection, le lourd parfum à triple tête balancée n'était plus qu'un méchant nœud de vipères dans un coin. Blaye croqua un grain de café, coupa un citron en deux et s'en pressa les deux moitiés dans la gorge, la tête renversée. Un coup de peigne prolongé acheva de lui rendre ses esprits. C'est alors que Mme Moupie tourna le bouton de la porte et lança d'une voix sinistre :

— Trois pneus pour vous, monsieur Nicolas. Ils sont arrivés coup sur coup.

Blaye prit le courrier que lui tendait la concierge et lui proposa un verre de vin.

— Ce n'est pas de refus, dit Mme Moupie et sa voix passa de l'office au boudoir.

— Amour, amour, minauda-t-elle, j'ai été jeune moi aussi.

En un éclair, Blaye vit l'avenir de Morille, de Francine et de Marie-Claude. Elles ressembleraient à Mme Moupie, savates, odeur de chat.

— Qu'est-ce qu'elles ont fabriqué ? lança Nicolas.

Dans le piano droit qui servait de bar, les bouteilles étaient vides. Blaye en tenait une à la main et la regardait par transparence, d'un œil de policier.

— Les salopes ! dit Mme Moupie.

Elle eut une tendresse subite pour Nicolas.

— Descendez donc, dit la concierge. Il me reste une petite prune. Vous ne l'avez pas encore goûtée, celle-là.

Blaye, pour l'instant, regardait sous le divan si par hasard...

— J'arrive, dit-il en se relevant, le temps de lire ça.

D'un doigt en vrille, il ouvrit les pneumatiques. Deux des enveloppes étaient numérotées.

— Je vous attends, dit Mme Moupie en passant la porte. Rien de grave ?

Elle soupira si fort que son menton rejoignit son nez, mais Blaye lisait :

« Je pense qu'il est inutile de nous revoir. Cependant, je ne regrette pas cette journée qui m'a permis de constater que je n'étais pas seule à être trompée. Nous nous sommes bien amusées finalement. Il est bon que tu saches que Morille préfère son sexe. Si bien qu'il ne tenait qu'à moi de te faire cocu. J'ai laissé ce plaisir à Marie-Claude qui vient de découvrir sur quel pied elle aimait danser. Adieu, Nicolas.

« Francine. »

Blaye s'assit et lut le deuxième pli.

« Nicolas, j'ai peut-être été un peu dure avec toi, tout à l'heure. Il vaut peut-être mieux que cette rencontre ait eu lieu. Je pense qu'il est préférable de ne pas nous revoir pendant un certain temps. Travaille bien.

« Francine. »

Blaye alla faire couler un peu d'eau sur l'évier et le doigt dans le jet attendit qu'elle fût froide pour en boire une longue goulée. La troisième feuille tremblait dans sa main.

« Nic, dès que je peux j'arrive. Vers six heures. Toi, toi !

« Francine. »

Il regarda sa montre qui marquait cinq heures, descendit chez la concierge, s'installa près de la fenêtre et leva le rideau comme le faisait Mme Moupie dès qu'elle n'était pas dans les étages. La rue vide et chaude semblait attendre.

— Alors, ma prune ? dit Mme Moupie.
— Fameuse !
— Il tend encore son verre, l'animal ! Ah, monsieur Nicolas, je me disais aussi, lui qui est si simple, mais qui ne s'arrête jamais pour bavarder ! Il aura fallu cette petite scène pour que nous nous découvrions.
— Fameuse ! reprit Blaye en sifflant la nouvelle lampée.

Mme Moupie s'était assise près de lui et tournait le dos à la rue pour la première fois de sa vie. Cela faisait maintenant une heure que M. Nicolas lui tenait compagnie. Elle lui parlait d'un bouillon froid. Voulait-il le partager ce soir avec elle ? Une recette basque. De petits cubes de pastèque. Un coulis de tomate. Des herbes. Un régal et un remontant. Nicolas ferma les yeux et fit retomber le rideau. Francine venait d'apparaître au coin de la rue dans une robe jaune qui prit des reflets d'argent en passant dans l'ombre des marronniers.

— Tenez, dit Mme Moupie en soulevant le couvercle d'un chaudron, venez sentir.

Blaye se pencha, respira.

— Je peux goûter ? demanda-t-il.

Mme Moupie était aux anges. Encore quelques secondes, songeait Nicolas, et Francine passera devant la loge, je sortirai sans bruit, je la suivrai dans l'escalier, je la surprendrai à ma porte.

— Il faut en garder pour tout à l'heure, susurra Mme Moupie. Regardez ce gourmand !

Elle lui aurait bien caressé les cheveux.

— Vous voyez que nous avons aussi nos douceurs ! Mais vous partez ? Monsieur Nicolas ? Monsieur Nicolas !

Elle alla jusqu'à la porte, le couvercle de cuivre à la main. Une guêpe dansait dans un rai de soleil. Mme Moupie l'eût écrasée avec joie, d'un coup de cymbales, mais il lui manquait un couvercle.

LA LECTURE

La chandelle s'éteignit et Paubert courut ouvrir la porte sur la nuit tressée d'éclairs. Le vent roulait avec un bruit de chariot. L'homme revint près du fauteuil qu'il occupait dans la salle basse et saisit le livre qu'il venait de lire, dont le cuir était encore moite. Un nouveau coup de tonnerre ébranla la maison, en même temps qu'un éclat dressait dans la fenêtre l'arbre du carrefour. Paubert regagna le seuil où l'obscurité montrait des zones d'un noir plus épais. A l'image des ombres qui pendant sa lecture allaient et venaient depuis la tombée du jour, prisonniers dont il suivait les butées derrière le grillage des mots, Paubert aperçut deux silhouettes qui traversaient la route et se perdaient du côté de l'église. Le livre changea de poids. Paubert le jeta dans le fauteuil et sortit. Il entendit un cri. Les éclairs s'acharnaient sur un point du village et l'homme se dirigea de ce côté. Un moment, le mur du cimetière verdit puis devint une barrière rouge et de nouveau une bande de nuit plus épaisse que le reste du ciel. Paubert entra dans l'enclos et se dirigea vers l'abside contre laquelle on avait enterré les plus vieux morts. Des stèles aux noms effacés alternaient avec des urnes et des colonnes datant de l'époque du récit que Paubert venait d'achever à la clarté d'une bougie, quand l'électricité s'était mise en panne. Paubert se demanda une nouvelle fois ce qui l'avait poussé à flairer la bibliothèque de ses hôtes, au double rang de rayons, à saisir un livre à reliure janséniste, à l'ouvrir par le milieu pour être pris à sa fable et tout à coup saisi d'une telle odeur de soufre qu'il revint en tremblant au début du récit et courut s'enfoncer dans un fauteuil.

Les maîtres de la maison avaient gagné leur chambre et Paubert veillait dans la salle du bas, sans souci de fermer les volets tandis que la nuit d'été s'étendait avec lenteur, effaçant la route, l'arbre, l'église. L'histoire qu'il lisait se déroulait dans ce même bourg et contait que les deux principales familles avaient décidé de fiancer leurs enfants. On n'avait pas demandé leur avis aux jeunes gens qui ne s'aimaient guère, contrairement à ce qui se passe chez Roméo et Juliette. Le soir des fiançailles, alors que les parents les poussaient à une promenade où tous espéraient que dans la solitude un baiser serait au moins échangé, puisque les gredins refusaient de se le donner en public, le couple sortit bon gré, mal gré, et s'avança au hasard, du côté des marais.

— Sont-ils bêtes ! disait la jeune fille.

— Mais nous avons une chance, répondait le garçon. Vous ne pouvez pas me supporter, et c'est réciproque.

— Je ne leur jouerai pas la comédie, pas plus qu'à vous.

— Dites-moi ce qu'il faut faire !

Elle n'eut pas le temps de répondre qu'une créature charmante surgit, éclairée de l'intérieur et transparente.

— Il suffit de m'appeler, dit la forme, de crier ou de murmurer mon nom.

— Quel est-il ? demandèrent ensemble les jeunes gens.

La vaporeuse vint se mettre entre eux, les prit par la taille et leur souffla dans l'oreille le secret.

— Où demeurez-vous ? dit la jeune fille.

— Près de l'église.

— Nous avez-vous dit la vérité ? ajouta le garçon.

— Essayez, vous verrez bien, mais personne ne l'a jamais prononcé qu'une fois, ajouta la merveilleuse en s'éloignant.

Les jeunes gens se regardèrent et lancèrent ensemble le prénom féerique que l'auteur du livre ne donnait pas.

Au bourg, les invités mangeaient et buvaient, tout heureux que l'absence des fiancés se prolongeât, comme ils n'avaient osé l'espérer. Le matin se leva sur une troupe d'ivrognes qui regagnaient leurs coins au petit bonheur, pendant que les vachers rentraient de la traite. A midi les fiancés n'étaient toujours pas de retour et l'on s'assembla, le second soir, pour se poser des questions. Étaient-ils allés à la ville, à Paris, chez des connaissances, à l'hôtel, dans les bois ? Le garde champêtre ameuta ses braconniers, ceux-ci touchèrent les bûcherons, les faiseurs de charbon de bois, les rouliers d'alentour. Les drôles restaient introuvables.

Puisque les hommes n'étaient d'aucun secours le récit passait à la sollicitation des paysages et des objets parmi lesquels les jeunes gens avaient vécu. Avec un vase, une chaise, Paubert ressentait plus de crainte ou de désir qu'avec la mère ou le père des disparus. A plusieurs reprises, l'auteur du récit paraissait tenter de livrer le prénom, mais sa phrase restait en suspens. Paubert pensait le deviner, alors aussitôt il levait la voix pour se rassurer et affirmer qu'au moins une fois par heure n'importe qui parle de la mort ou la voit traverser ses songes, et l'on a beau lancer : « Mort, je t'attends, je t'espère, je ne te crains pas, ou je te hais », aucun appel ne la distrait de son jeu de dés.

Au bout de huit jours, un employé de la sablière affirma qu'il avait vu deux jeunes gens du côté des marais, et l'on passa à la pique tous les étangs, mais rien. Les fiancés avaient disparu et personne ne les vit revenir.

Paubert ferma le livre et chercha quel pouvait être le prénom de la Ravissante. Machinalement, il énuméra ceux des aimés, des camarades, des femmes connues et oubliées, des héroïnes rencontrées dans les journaux, les romans, le théâtre, ceux que l'on entend parfois au cœur de la foule. Aucun spectre n'apparaissait. Soudain, Paubert lança des syllabes malgré lui.

Un coup de tonnerre fit disparaître l'électricité de la maison. Paubert répéta son appel enchanté. La foudre illumina les vitres et souffla la chandelle qu'il venait d'allumer. Il se sentit levé, poussé vers la porte, trahi par le livre qu'il dut rejeter et tiré vers la forêt d'éclairs levée sur l'enclos des morts. Sur l'une des lames qui touchaient à l'abside parut le prénom fabuleux. Les lettres étaient formées de lucioles, leurs jambages avaient le tremblement des colonnes de fourmis, mais les petits êtres dansants et lumineux s'en allaient dans la profondeur de la pierre, absorbés dans un bruit d'ailes. Il ne resta dans l'œil de Paubert qu'un relief gris que ses regards promenaient sur la nuit redevenue calme et lisse. Il rentra chez ses hôtes. Le courant revenu inondait la salle. Paubert éteignit et monta dans sa chambre. Avant que les maîtres fussent levés, il sortit dès l'aube, impatient de retrouver à la lumière du jour la tombe où s'était enfoui le prénom qu'il cherchait en vain à se rappeler. Il trouva une pierre sans inscription, affaissée, ornée sur son pourtour d'une rainure que le temps avait presque effacée. La paix du lieu avait une douceur de sève et l'arbre s'enrubannait d'oiseaux.

UN ROSE DE MONTAGNE
A L'AURORE

La rue, oui, la rue et aussi la place, la ville serait à peine trop dire. Oui, la ville détestait Valentin Fourmies parce qu'il était heureux. Un homme qui ne demande rien à personne, qui se parle en marchant et pique des fous rires avec soi, qui repeint ses volets chaque automne et qui va fleurir sa femme au cimetière comme s'il allait la retrouver dans un salon de pâtisserie, c'est trop, c'est beaucoup trop. On ne peut même pas lui reprocher de mauvaises idées, il a salué les défilés grévistes, et il a joué de bons tours à l'ennemi pendant la guerre. Est-ce l'insolence d'une santé qui lui donne cinquante ans quand il en a vingt de plus ? Est-ce que la peinture en bâtiment conserve son homme ? Sur son échelle le peintre a toujours l'air d'un oiseau hors de la cage.

Valentin vit comme s'il avait un magot dans son jardin, sans dédaigner un jour de jeûne par semaine. On le voit, la veille, rapporter du marché un panier de pommes, un sac de noix ou quelque pyramide de fruits de saison. Il s'intéresse au dernier film et prend le train pour Paris quand un concert le fascine, quitte à ne pouvoir s'offrir l'hôtel. Certains l'ont vu dormir adossé à la gare, attendant l'ouverture et le premier omnibus. Toujours au bord du trottoir quand passe un cortège, toujours au premier rang des fêtes, feux d'artifice, ballets nautiques, cérémonies du souvenir, lâchers de pigeons, concours de tir à l'arc, combats de coqs dans les arrière-cours. Un mot gentil pour les gamins qui descellent les bergères de ses persiennes en allant à l'école, un sourire aux filles de la rue Basse et de grandes colères dans les réunions électorales, ça fait du bien, lui qui parcourt de temps à autre les pages d'un journal et le laisse sur la table des cafés pour que d'autres en profitent, s'ils y trouvent du plaisir !

Eh bien, non, il n'était pas aimé. On en veut à qui s'imagine pouvoir se passer de vous, à qui trop vous respecte, à qui croit que vous êtes le maître chez vous comme il l'est chez lui, ou du moins vous le souhaite.

Alors cela commença par un carreau cassé dans une fenêtre de l'étage. Valentin bougonna contre un sale gosse possible, en bagarre avec des copains, mais le caillou avait été lancé par le pharmacien du bout de la rue, au cours de la promenade qu'il faisait chaque soir, par hygiène. L'homme n'aurait pas su dire pourquoi, ç'avait été plus fort que lui, mais après une peur pâle il avait ressenti un bien-être insoupçonné. Il expédia un biscaïen dans une autre fenêtre une nuit du mois suivant. Valentin reposa un carreau et oublia. L'été venait, on le sentait à des envies de s'envoler. Valentin remit en état sa bicyclette et commença de longues courses nocturnes en plaine, se remettant dans l'œil les constellations où il n'est pas impossible qu'il aille en vacances un jour. Un seul regret : Germaine ne pourrait l'accompagner, descendue sous une pelouse et un rosier, mais quand même, elle était encore là puisqu'il lui parlait souvent. Un peu comme s'ils étaient en partie de cache-cache. Il aimait aussi le petit matin, le tout petit quand on a encore froid et que l'on a l'impression d'être au bord d'une victoire. Les arbres pas encore dépliés, le premier oiseau à bruit de clés, le ciel s'ouvre avec des odeurs de linge frais. Au retour d'une de ces aventures il s'arrêta devant l'église des Pauvres, édifice à peine achevé, moderne, ce qui veut dire qu'il le trouvait clair dehors dedans. Il en faisait le tour, sa façon de prier. Les bancs de chêne ciré en rond lui paraissaient si propres qu'il ne s'étonnait pas que personne ne vînt s'y asseoir. Lumière, forme et silence tenaient de l'œuf, et Valentin Fourmies avait l'impression que l'ensemble allait à sa main, comblait sa paume. Dieu lui était plus sensible là que dans la cathédrale ou dans l'église de la Madeleine. D'ailleurs, s'il portait Dieu dans sa poche comme les couturières de son enfance leur œuf à repriser — il se détournait dès qu'apparaissait un prêtre. Jamais il n'aurait eu l'idée de le moquer, de l'injurier, mais selon son expression « c'était physique ». Cela touchait à l'éloignement dans lequel il tenait les médecins. Toutefois, il appellerait au besoin l'homme à la trousse, l'autre jamais, le tenant à peu près pour un individu à martingale, un viveur d'inquiétudes, un fonctionnaire du pari, et au mieux une sorte de drain. Or, il ne sentait en lui aucune sanie et il n'aurait jamais accepté qu'on vînt l'ensemencer de péchés. Il sortit. Le vélo avait disparu. Valentin fit le tour de l'église qui ressemblait, sans flèche, aux silos près de la gare. Un pigeon qui marchait sur la place sablée fut sur le point de le distraire, mais l'étendue vide et les arbres immobiles dans les avenues qui partent en étoiles lui serrèrent le cœur.

Il hésita plusieurs jours à porter plainte, espérant que le farceur lui rapporterait la monture, et point du tout chaud pour entrer dans le commissariat, antichambre des malaises et du mal. Finalement, il ne s'y rendit point, préférant imaginer qu'un vagabond roulait sur sa bicyclette vers le bonheur. En fait, le boucher de la Boucherie du Lys qui avait vu rentrer Fourmies à l'église avait jeté la bicyclette dans son fourgon, pas vu pas pris, et l'avait démontée, gardant les roues pour la remorque d'un de ses commis. Il avait passé son dimanche à en peindre les jantes, ravi de se venger de Fourmies : que de fois Valentin n'avait-il pas donné de claques aux veaux qui pendaient dans la boutique ! Insupportable !

Ce fut cet automne-là que Valentin ne récolta pas une noix du noyer de son jardin. En un après-midi elles avaient toutes été gaulées par les enfants du docteur Gombeaud dont la propriété touchait au fond de sa pelouse. Le docteur en fit lui-même un ratafia. A quelque temps de là, Valentin trouva son appentis ouvert et ses outils disparus. C'est là qu'il fabriquait des chaises de poupée qu'un magasin lui achetait et qui lui payaient son tabac, luxe câlin dans de fortes pipes qu'il suçait d'autant plus voluptueusement qu'elles le portaient presque au seuil de l'hébétude, seul défaut de sa fabrique harmonieuse. Il le rachetait par une sensation d'artiste, imaginant dans les soirs d'été, de son fauteuil sur le perron, la forme des parfums qui égayaient le jardin avec celle plus large et velue, à buffleteries, de son scaferlati.

Sans doute aussi les notables ne pardonnaient-ils pas à Valentin de gambader sur le terrain poétique et pour ainsi dire d'entrer dans leur confiserie, confondant leurs fades sucettes avec les chiques du poète.

Valentin Fourmies, au cours d'une fête de charité, avait en effet gravi les marches du podium où le meneur de jeu invitait, après la danse des enfants des écoles, quiconque voudrait faire un tour de chant. Il fut le seul à se produire, comme il fut dit dans les gazettes, et à demander à l'orchestre de ne point l'accompagner puisqu'il allait faire entendre un poème. C'était un bon vieux Hugo qui restait à piaffer dans les stalles de sa mémoire. Valentin le lâcha d'une voix forte, souple, longue, et s'étonna lui-même du carrousel. Les enfants amusés lui firent une ovation, mais la foule se fendit de quelques mains, celles de la patronne de la rue Basse, entre autres, qui n'aurait omis d'applaudir un client. Elle s'appelait Marthe Noble et tenait officiellement un salon de photographie où les familles toléraient que leurs filles allassent quand même poser vers juin, à l'époque des premières communions. Marthe Noble n'avait pas qu'une façade, mais un solide métier dans l'art des apparences. Elle tirait aussi le portrait de ses habitués, pour la plupart honteux, mais qui devaient passer devant l'objectif, si bien que la signature Marthe Noble, beau paraphe noir, ornait chaque demeure de la ville et souvent la chambre à coucher.

Valentin Fourmies avait accroché son portrait dans les lieux et se libérait sous son propre regard, légèrement peint par Mme Noble, prunelle bleue, moustache blonde, mais au roulis des années les couleurs s'estompent, prennent le gris des neiges fatiguées. Le blanc cependant seyait à Valentin qui passait en sifflant chaque matin un peigne de fer dans sa crinière, puis un soupçon d'huile à la bergamote, entre index et pouce, dans ses deux crocs à la mousquetaire.

Il finit par entendre sur son passage les phrases qui ne l'avaient jamais atteint, mais l'âge oblige à des gardes courtes, et c'était : « Regardez ce vieux beau ! Quel air satisfait ! Pour qui se prend-il ? »

Valentin Fourmies se prenait pour lui-même, avec sa tête qui vaut ce qu'elle vaut, mais il aurait pu trouver plus mal, avec du cœur, du bon sens, un irrésistible besoin de se trouver bien et de chercher dans une contrariété ce qui pouvait le servir, en bref de gagner la partie avec les billes qu'on lui avait mises dans la main. Évidemment, cela le portait à des générosités, des avances qui amenaient des « mêlez-vous de ce qui vous regarde ». Il lui semblait que tout le regardât, puisqu'il était là, mais sans vouloir être le maître de quoi que ce fût il n'aurait jamais supporté que quelqu'un pût se permettre de le régenter.

Un soir d'octobre, comme il rentrait de la forêt avec un sac de marrons d'Inde, heureux déjà de les faire claquer dans la cheminée, pour le plaisir, car il n'avait jamais froid et ne faisait de flammes que pour regretter de ne pas être un peintre de chevalet, à coup sûr il n'aurait brossé que des levers de soleil et des femmes devant le feu, il entendit gratter dans la boîte à lettres de l'entrée. Il ouvrit et trouva une souris. Une fois de plus Valentin grogna contre l'engeance des écoles, mais il ne lui vint pas à l'idée que c'était le juge Moussel qui avait fait le coup, une souris qu'il avait capturée dans son grenier, le robin, transportée dans une enveloppe, le facétieux. Et c'est le jour suivant que Valentin Fourmies trouva sur sa façade les premiers slogans contre la guerre d'Asie et l'enfer capitaliste. Seule de la rue, sa maison devenait le tableau noir des injures et il ne se passait plus de semaine sans qu'il dût ressortir échelles, camions et pinceaux. Il se mit à guetter le passage des barbouilleurs, ravi de tant de frôlements, tant de coulissements dans la nuit comme on en surprend en posant l'oreille sur les ventres des mieux portants, mais il s'endormait et les malandrins lui échappaient. Cependant, il finit par installer un fauteuil contre la porte d'entrée et s'y emmitoufla. Le chef de la bande, qu'il accueillit en lui tendant la main, mais qui s'enfuit en le voyant, était le professeur de philosophie du lycée. Valentin reconnut aussi le garçon coiffeur qui lui lavait la tête le premier vendredi du mois.

Comment se fit-il que Valentin Fourmies se retrouvât dans le commissariat à l'ouverture des bureaux ? Il dit ce qu'il avait vu, et que le scandale de sa maison déshonorée dans une rue depuis toujours digne devait cesser. Il avait usé quinze kilos de peinture et même la

nuit de Noël on n'avait pas hésité à tracer sur son mur :
JÉSUS = BOUDIN BLANC.

Valentin Fourmies reconnaissait que l'inscription n'était pas inexacte, que le plus beau mythe avait tourné en fête à saucisses, mais qu'il était injuste qu'il portât seul de toute la rue des cris de hargne ou de détresse, lui qui, convenez-en, messieurs, n'est que bonne volonté et maîtrise de soi.

Le commissaire en eut la révélation : Valentin était l'auteur des graffiti, avec l'excuse d'être « dérangé », puisqu'il venait avec le sourire sans déposer plainte. Toutefois, les activistes eurent vent de la démarche de Fourmies. On le retrouva assommé la nuit du 15 janvier.

Il avait fallu cela pour qu'il connût le charme de l'hôpital. Un bras cassé, une fêlure de la sixième vertèbre, la mâchoire fracturée, Valentin trouva charmantes les infirmières, surtout celle du midi, succulente et qui sentait le lait. Il répétait cela à longueur de temps : elles sont charmantes !

Il sortit donc partagé entre deux bonheurs, celui qu'il quittait, se faire servir en silence et celui qu'il allait retrouver, se servir en sifflant. Il eut l'étonnement de retrouver sa façade propre et un battement de cœur pour la municipalité. Encore un peu de temps (le mal est du passé, le monde a de ces fièvres !) et ce sera le printemps.

Valentin se remit à ses courses en ville, rêveries, cafés, longues stations au carrefour comme un chat devant un aquarium. On le prenait maintenant pour un homme fêlé. Le comble, c'est qu'il riait plus qu'avant son agression. On lui trouvait l'air d'avoir deux airs et capable de tout. Les mères prenaient par la main les petites filles, à son passage.

Or, Valentin Fourmies, s'il regardait toujours ses semblables, se laissait de plus en plus aveugler par les éclairs qui le traversaient, grands mouvements heureux qui vous portent au seuil de découvrir les secrets que l'on a taraudés toute la vie sans pouvoir les percer, comme de sentir que l'on se rêve et que l'on ne sait plus lequel de soi est le vrai. Il éprouvait toujours le même plaisir à dire bonjour, à saluer ceux qui le lorgnaient, mais le visage des autres perdait de sa force au profit d'une ombre sur un mur, d'un nuage dans le ciel.

La semaine qui suivit Pâques le ciel eut le sucré, l'architecture d'une pièce montée, de ces gâteaux que l'on éventre et d'où sortent par les brèches du caramel, des petits personnages, des animaux, cadeaux de métal ou d'os, bagues, pendeloques, minuscules cartes à jouer collées sur des plaquettes d'ivoire.

La ville recevait l'Empereur Mède et son épouse venus chercher des charolais pour l'élevage de leur fils. Le cortège royal dans les longues voitures silencieuses traversa les herbages, admira les pacifiques au pré, sabla le champagne dans les étables et se dirigea vers l'Hôtel de Ville où l'on allait élire le prince citoyen d'honneur.

Valentin Fourmies ne boudait pas son plaisir. Ce n'est pas le faste des puissants de ce monde qui pouvait l'inquiéter. Il était heureux que d'autres pussent mener grand train, avoir des harems et des voitures pleines de théières, de glacières, de baignoires, de trônes. C'est signe que dans une autre vie, celle de son fils, par exemple, il pourrait en faire autant. Sa certitude était si forte qu'il oubliait qu'il n'avait jamais eu d'enfant, et donc peu de soucis. Il avait toujours été au premier rang des concours agricoles, anniversaires d'armistices, centenaires de physicien, courses en sac, procession du Vrai Clou, et ce fameux jour où l'on avait célébré dans le jardin public, une douce fête infernale, le mariage d'une douzaine de nains.

Valentin se trouvait donc une fois encore à la place de choix, en avant-garde du public, à peine en retrait de la fanfare et près d'une femme qui lui demandait ce qu'il y avait de si drôle pour qu'il rît ainsi, on finirait par l'entendre dans les pauses des cuivres et l'Empereur pourrait prendre cela pour une moquerie.

Valentin rassura sa voisine, la pria de l'excuser, mais les banderoles, les mâts, le paso-doble, les envols de pigeons, l'odeur des fritures et l'attente de la foule qui tient toujours, à ses débuts, de la montée d'amour, le poussaient à chanter. En délicatesse pour la musique il préférait rire. L'harmonie qui venait par le travers de la place s'avançait avec difficulté aux sons d'une valse dont les effluves mêlés à ceux de la fanfare rappelaient les cornets de glace où bavent les couleurs. Enfin, sur un coup de canon tiré des remparts, cuivres et bois se turent. La limousine de l'Empereur passa entre deux haies de sabres et s'immobilisa à deux pas de Valentin, tandis que s'élevait une sorte de cantique troué par des trompes. L'huissier de la Mairie ouvrit la portière et l'on vit la robe de l'Impératrice, d'un rose de montagne à l'aurore.

Elle était bien empêtrée là-dedans. Valentin se demanda si cet imbécile d'huissier allait l'aider, si l'un quelconque de tous ces uniformes allait quitter le garde-à-vous et se précipiter pour l'assister. Même l'Empereur qui était sorti de l'autre côté et avait fait le tour semblait ne pas se rendre compte des difficultés de son épouse. Valentin s'élança pour tendre une main secourable, mais le commissaire était là. Contrairement à ce que l'on raconte, il ne crut pas à un attentat. Tandis que les pétards de bienvenue éclataient de tous côtés, il eut le temps de revivre la vie de Valentin Fourmies et de comprendre que c'était l'occasion ou jamais de libérer la communauté d'un individu qui n'en avait jamais fait qu'à sa tête. Avec cette réflexion qui ajustait, une balle suffit.

LE PANIER FLEURI

— Voici Mme de Villevert, me souffla le libraire, celle qui entre dans ses voiles, une criminelle, je vous en ai parlé.

Je regardai venir vers moi, de sa marche souple, une fée d'un autre siècle dont les prunelles cachaient leurs charbons dans un fouillis de soies multicolores.

— Vous les aurez toutes, ajouta prestement mon hôte. Avec la garce en pantalon que vous preniez pour un homme, la Pauline, c'est notre plus belle paire.

— Magnifique ! dis-je à voix basse.

— Monsieur, reprit-il, tous les mâles qui les ont approchées ont disparu.

Comme l'avait fait l'autre vieille si différente sous son borsalino, cravatée, le pas sec dans ses chaussures à guêtres, la nouvelle arrivée s'arrêta devant la table où j'étais assis et me regarda longuement sans un mot, bien que je me fusse levé pour lui dire le plaisir que me faisait sa visite.

De même âge, Louise de Villevert, fille du colonel comte de Boisy et Pauline Heurtaux dont on ne connaissait pas le père, mais qui vivait en boutique avec

Le panier fleuri   155

sa mère la parfumeuse, firent connaissance à la chorale de Saint-Romain qui deux fois par semaine répétait dans la salle capitulaire. Louise ne trouvait pas toujours sa gouvernante à la sortie et Pauline l'accompagnait jusqu'au portail de son hôtel. Aussi souvent, Louise préférait reconduire son amie jusqu'à la place de la Halle où Mme Heurtaux, la sucrée, tenait en réserve de perpétuelles friandises. Quand les petites eurent douze ans, le sort les sépara : Louise en pension à Paris, Pauline au cours complémentaire de la ville. Elles échangèrent des lettres pendant trois mois et leur correspondance s'arrêta le 1er janvier 1902, sur une carte de vœux.

Aujourd'hui, 1er janvier 1972, elles vivent encore à V... leur ville, chacune dans son quartier. Je suis allé leur souhaiter la bonne année, à Pauline d'abord qui demeure le plus loin, ensuite à Louise, presque une voisine. J'ai tenté de les rapprocher, ces dernières années, depuis que je me suis installé à V... où j'ai fait leur connaissance à une heure d'intervalle, dans la librairie à l'enseigne du Voilier où je signais mon dernier livre : trente-cinq exemplaires, un succès. Mes lecteurs ou futurs lecteurs de ce jour-là se décomposèrent ainsi : cinq jeunes filles, un soldat en permission, deux garçons de dix-huit ans, une vingtaine de femmes d'entre trente et quarante ans, quatre hommes de mon âge, un septuagénaire et mes deux vieilles.

C'est elles qui m'attirèrent et j'allai leur porter par la suite de mes livres qu'elles n'avaient pas lus. Le libraire, le boucher, le pharmacien, le tapissier ne tarissaient pas sur elles, ni Clélie ma blanchisseuse. Je sus bientôt leur histoire et la raison qui les sépara, au-delà de toutes les divergences sociales, puisqu'elles arrivèrent au même plan en 1913, l'une et l'autre mariées à des militaires que la Grande Guerre emporta. Le capitaine de Villevert mourut en Champagne par les premiers gaz, l'été 1915, le major Heurtaux dans le bombardement de son hôpital en Picardie lors de l'offensive allemande de mars 1918.

En janvier 1914, sous le signe du Verseau, naquit Henri de Villevert, mais Pauline ne le connut qu'après le deuil de Louise, quand elle alla sonner au portail grandiose où pend toujours le fil de fer de la cloche, et la poignée en forme d'étrier.

Pauline s'occupa du petit plus que Louise qui laissa son amie retrouvée le promener presque chaque jour dans la campagne. Le major Heurtaux, au mois de permission, fut de ces balades mais refusa à sa femme de lui faire un enfant. C'est le seul regret de Pauline qui m'énuméra les raisons de son mari de ne pas procréer, suite aux scènes atroces où le cri des blessés et le râle des mourants n'étaient plus pour lui que le seul chant de la vie.

La paix revint. Henri devenait un enfant songeur, grand et bouclé noir.

Louise avait pris des façons mondaines, ne cessait plus de sortir, d'aller à Paris, concerts, théâtres, tournois de bridge. Elle laissait son fils à Pauline qui dit son mot sur l'école qu'il fallait choisir. C'est elle qui allait le chercher à la fin de la classe et le garçon parfois dormait à l'étage, au-dessus de la parfumerie. Quand il fut mis au lycée, rien ne changea de ces façons et Henri ne distinguait plus d'entre les deux femmes celle qu'il aimait le plus et ne pouvant pas les appeler toutes les deux maman, disait à sa mère : ma, et à Pauline : mie.

— Mie, où est ma ?
— Elle m'a laissé un mot pour toi.

Henri lisait que sa mère rentrerait de Paris à la fin de la semaine. Il prenait la plupart de ses repas avec Pauline, le reste avec les domestiques qui entretenaient la demeure aux aïeux en nénuphars sur les boiseries. Les apparences de Louise et de Pauline cependant différaient du tout au tout, comme elles restent éloignées aujourd'hui, malgré la vieillesse qui réduit d'ordinaire l'excentricité, uniformise les teintes, resserre les gestes et rapetisse les pensées jusqu'à ne plus faire passer par l'œil qu'un regard neutre tendant à l'absence, comme on voit les personnages s'effacer à leur fenêtre après un guet qui ne leur apprend plus rien de l'extérieur. Il arrive que Pauline sorte encore les jours de marché, sèche et droite, vêtue en homme comme elle le fut toujours, et certains matins d'été en pyjama de vieux beau, coiffée à la garçonne, les lèvres pâles, tandis que Louise à toute heure qu'elle accepte votre désir de la voir est à faire en falbala des réussites sur un pouf ou dans son lit, toute ronde, peinte et dissoute à l'essence de violette.

— Aimer Louise ! grommelle Pauline, c'est une question qui ne s'est jamais posée. Aime-t-on son bras, sa jambe ? Vous n'y faites attention que lorsqu'ils vous font souffrir, ou quand on les tranche.

— Louise vous manque donc toujours ?
— Je la sens quelquefois. L'amour, la mémoire ont

leurs marées, mais un beau jour le flot ne remonte plus. La vie n'est plus que la ligne d'horizon, un fil, quand il casse, c'est le grand repos. Laissez donc ces vieilles histoires.

— Et Henri ?

— Mort sur la Loire, en 40.

J'ai retrouvé chez Louise et chez Pauline le même portrait de ce beau cavalier, rieur, saluant en farce, le bras tendu à la romaine, le compagnon qui le photographiait.

— Je ne sais pas ce qu'elle a pu vous raconter, dit Pauline, pour Henri et moi.

— Rien, je vous assure.

— Les langues sont allées leur train pourtant ! et Dieu sait que tout fut pur entre le petit et moi. Sa mère ne s'occupait en rien de son éducation, en rien ! Elle ne faisait que sortir, papoter, jouer les mondaines. Elle a eu des amants comme on a des puces, avec honte et en souffrant, mais elle faisait tout pour en attraper, vous savez, dans les salons trop chauds. Moi, jamais. Seulement, j'avais mauvaise allure, si-si ! J'ai usé tous les costumes de mon mari. Au début, c'était par fidélité, par résurrection, autant que par goût. Je me rappelle, en 31, Henri venait d'avoir dix-sept ans. Louise n'était pas là. Je vais donc acheter les dix-sept bougies et le soir même je décide de faire la fête. J'ai emmené Henri à Paris. J'étais en smoking. D'abord le théâtre, puis le souper. Nous nous amusions comme des fous. Je voulais tout lui montrer, les filles, les maisons. Je l'ai emmené au Panier Fleuri. Il a connu là sa première femme. Bien sûr, quand Louise est rentrée, la semaine d'après, nous lui avons donné la nouvelle. Elle s'est levée sans un mot, et a claqué la porte. Elle n'a jamais voulu me revoir. Henri ne venait plus qu'en cachette pour me parler d'elle ou de ses examens ! Le jour de ses dix-huit ans, il est parti pour l'Université. Je l'ai revu cinq fois. Et ce fut une nouvelle guerre. Il n'y a jamais rien eu entre Henri et moi. Jamais. J'ai continué de vendre des parfums. J'ai bien travaillé sous l'Occupation. Les Allemands avaient deux terrains d'aviation près d'ici, un camp de repos. Je sais que Louise a reçu des officiers. Enfin, un, puisqu'il vint chez moi lui faire livrer des produits de beauté. Si l'une de nous deux devait demander des comptes à l'autre, son addition serait plus lourde, pensais-je, mais quand le temps de la Libération du territoire arriva et que l'on rasa le crâne de la plupart des femmes d'ici, et à moi, je fus tout étonnée de ne pas voir Louise venir grossir notre colonne à laquelle on fit traverser la ville en tous sens sous les quolibets et les crachats. Or, j'appris le soir même qu'on avait déterré dans son jardin, sur ses indications, deux officiers allemands dont mon client, que Louise avait sacrifiés aux mânes de son mari et de son fils. Elle fut décorée, monsieur, mais elle s'enferma. Il lui arrive de sortir à la va-vite pour des courses. Je l'aperçois, mais je la laisse aller, comme une lettre qui déplaît, que l'on jette au caniveau et que l'eau emporte. J'y lis un reflet, méconnaissable. C'est dans les autres que l'on vieillit, alors que je me sens jeune ! Je ne voulais même plus aller à l'église de peur de la rencontrer, mais Louise après la victoire n'y mit plus les pieds et je m'arrange moi-même avec Dieu, dans mon particulier. Je vais vous confesser un blasphème : quand l'idée de Dieu me traverse je l'appelle Henri. Il passe dans ma tête, à travers mes jours, entre les étals du marché. Il hante la nuit quand je vais chercher le sommeil dans les rues où ma silhouette d'homme fait fuir des femmes attardées ! Même aujourd'hui, monsieur, il est là, derrière vous.

Un midi que je déjeunais chez Mme de Villevert, je lui fis le récit de Pauline sans dire un mot des officiers déterrés dans le jardin, mais après le café nous sortîmes sous les tilleuls qui bordent le fond de la propriété, au-delà d'un gazon plat. Une petite croix noire veille sous chaque arbre. L'allée passe à côté. Louise qui me demandait pourquoi je m'intéresse tant aux vieilles gens et pourquoi j'écris au lieu de vivre, se signa à la fin de sa phrase puis se tut.

CHEYENNE VALLEY

Maurice Forge dormait dans du Louis XV renforcé, car son lit était d'époque et sa corpulence d'un batteur de foire. Des équerres et des cintres de fer consolidaient aussi les bergères et le sofa, mais on ne devinait pas plus cette armature dans les arabesques et les volants de la décoration que l'âme enfantine de l'industriel dans son corps imposant. De même que les puissantes voitures dont il usait, Maurice Forge ne faisait pas de bruit, se déplaçait avec la souplesse des squales, s'environnait de domestiques sans paroles aux inclinations lentes, de téléphones à sonneries en faux bourdon, d'ascenseurs aux glissements de bulles, de moquettes succulentes, de doubles portes à capitons, de secrétaires chaussées de ballerines, de tableaux champêtres où les brouillards couvent les étangs, de graves reliures dont l'or s'efface et pose sur la poitrine du temps des brochettes de décorations oubliées.

— Monsieur ? demanda le chauffeur d'une voix pleine de repentir.

— Oui, Félicien.

Cela voulait dire : il est dix heures, j'ai pris mes

croissants, lu les journaux du matin et nous serons pour onze heures au bureau. Cela voulait dire aussi : vous êtes parfait, ponctuel, propre, jamais un mot qui s'égare. Maurice Forge passa son manteau en vigogne, coiffa son melon café au lait, décrocha le combiné logé près de la porte dans un bonheur du jour et appuya sur plusieurs des vingt touches du tableau. Il obtint sa femme dans le retiro du deuxième étage.

— A ce soir, mon amour, dit-il et il sortit vers l'intérieur à fourrure de la limousine.

— Vous n'avez pas pris la berline, Félicien ? N'aurez-vous pas froid ?

Il n'écouta pas la réponse et regarda la pelouse qui tournait dans la vitre. Le temps de répéter les mots qu'il allait dire au comité de son entreprise, Versailles fut traversé, puis le Bois, enfin le hall de l'immeuble où le concierge de la S.A.R.L. Forge ressemblait à un diplomate en villégiature, glabre entre des cactus.

Maurice Forge passa par le bureau de sa secrétaire privée et dit :

— Bonjour, Félicia.

Il ne l'entendit pas répondre, déjà dans son repaire couvert de Corot d'après l'époque romaine. Dès qu'il se fut mis en veston, il regarda la dizaine de fauteuils rangés en arc de cercle et appuya sur l'un des vingt boutons de son interphone. Félicia parut.

— Ces messieurs sont dans le petit salon, dit-elle d'une voix qui ressemblait à celle du chauffeur, avec un rien de crainte sous le respect.

— Dans cinq minutes, faites-les entrer.

On pouvait croire, à le regarder comme il se

regardait dans le miroir qui doublait l'intérieur d'une double porte galonnée de tubes de néon, que l'avenir du pays allait dépendre d'un battement de ses cils et il était exact qu'un mot tombé de ses lèvres, toujours si doucement prononcé, pouvait faire s'effondrer les cours du nickel ou glisser une paille dangereuse dans la plus grosse coulée de fonte de l'hexagone.

Il revint à son bureau, magnifique pièce que Choiseul avait tachée d'encre, et ouvrit le cylindre du bout. Des tas de fioles et de boîtes composaient dans les rayons une impressionnante pharmacie. Maurice Forge hésita entre deux tubes et sortit un comprimé qu'il prit avec l'eau du conférencier, carafe à tortillons, seul ornement du meuble et qui rappelait des insomnies de marquise avec son gobelet de cristal gravé d'une troupe d'amours farceurs, se poussant de la flèche, à la queue leu leu. Le maître rabattit le couvercle à glissière et les directeurs adjoints entrèrent, avec les comptables et les chefs de service.

Dans les baies à peine bleutées que ne franchissait aucun bruit un arbre balançait ses branches, abandonnait une à une ses dernières feuilles. Des perspectives de bois s'appliquaient aux murs des immeubles voisins à qui donnaient vie, ici et là, des moineaux qui y avaient composé leurs nids.

L'un des membres de la réunion cherchait à écraser sa cigarette qu'il avait gardée par erreur, car le patron ne tolérait aucune fumée chez lui. Il dut ressortir et le peu de temps qu'il mit à trouver le cendrier du palier retarda l'exorde du maître dont l'œil se glaçait, diminuait dans la face énorme.

— Le rapport de M. Fongrave est consternant, dit-il de sa voix que personne n'osait imiter, presque molle et d'un enfant qui récite sa leçon au tableau noir, monotone, avec césure au milieu des phrases. A Firminy, nous sommes loin des 20 000 tonnes prévues. A Plombac, les 60 000 tonnes sont à peine espérées. Le troisième four de Verlemont ne sera prêt à fonctionner qu'à Pâques. Retard, retard et retard. Le reste des affaires est en progression de trois et demi pour cent, mais nous ne traiterons aujourd'hui que des points noirs, les mêmes que le mois dernier. J'écoute vos suggestions. Nous lèverons la séance à une heure.

On entendit dans le silence le ronronnement léger du magnétophone. Puis Fongrave prit la parole et la céda à l'ingénieur Tourmalin à qui succéda le directeur des rapports avec les syndicats dont l'exposé fut mis en pièces par le chef de la comptabilité que soutenait l'adjoint du service des transports, mais quand le délégué des ordinateurs eut demandé qu'on le laissât une semaine de plus en tête à tête avec les machines un voyant se mit à clignoter aux quatre angles de la pièce.

— Il est une heure, dit Maurice Forge. Nous nous retrouverons dans huit jours.

Il se leva et tous l'imitèrent, mais sans le brouhaha qui accompagne à l'ordinaire ce genre de réunion. Debout derrière le bureau sur lequel peut-être Choiseul avait étudié l'achat de la Corse aux Génois, le patron fit un signe de la main qui simplifiait les effusions particulières. La salle se vida et il sonna la secrétaire.

— Félicia, dit-il, je ne sais pas si les œufs que Félicie

m'a brouillés pour le petit déjeuner étaient bien frais. Je les ai encore sur l'estomac. Que me conseillez-vous ?

Il ouvrit le cylindre et se pencha sur les spécialités.

— Un grand verre d'eau, ne pas manger, allongez-vous, voulez-vous un roman policier ? Je descends chez Martin. Il en a toute une bibliothèque.

— Félix ? reprit-il.

— Excusez-moi, oui, Félix.

Le concierge, en effet, prêtait ses livres au personnel de la maison, pour moins se sentir à l'écart et tirer des renseignements à droite et à gauche. Il s'appelait Martin Genest, mais le patron voulait du Félix, Félicie, Félicien, Félicia, pour ceux qui le gardaient. Félicia se prénommait Juliette, Félicien Robert et Félicie Léone. Le chien-loup qui tournait toute la nuit dans le jardin versaillais s'appelait Féli.

— Non, dit Maurice Forge, je ne peux pas dormir cet après-midi.

La secrétaire n'insista pas. Le patron avait une fois par semaine cette tête douloureuse et soucieuse qui ne dépendait pas d'une réunion de travail ni d'un contretemps dans ses rendez-vous.

— Mlle Merdin a téléphoné, dit Félicia.

— Je la verrai demain, dit le patron, dites-le-lui.

Celle-là, Maurice Forge la surnommait Félone. C'était une blonde qui le désennuyait quelquefois et l'ennuyait beaucoup, mais il en avait pris l'habitude. Putain de salon, elle rêvait d'écrire ses quarante ans de grappillages d'amour, mais sa plume ne courait que pour inonder de rappels langoureux les amants heureux d'avoir échappé à ses griffes et à ses cris de théâtre. Maurice Forge cependant goûtait encore cette fausseté qui dès qu'il l'avait quittée redonnait du prix à sa propre femme, à la rue pleine de filles simples, à son âme qui sortait de la suie et retrouvait le ciel. Il éprouvait aussi de la curiosité à voir s'allonger la liste de ses confrères de divan : il y retrouvait des médecins, des littérateurs, des avocats, des peintres en renom, et il se demandait si tout ce joli monde n'éprouvait pas le malin plaisir de fouiller le passé des autres, cet encanaillement qui consiste à les sentir descendre au niveau dont on a soi-même honte : Félone ne pouvait retenir sa langue.

Le téléphone sonna et Félicia bondit.

— C'est encore elle.

— Qu'elle passe, vous lui donnerez son chèque.

Il le rédigea avec plaisir et le remit à la secrétaire qui vit de nouveau le visage de son patron redevenir lointain. Il sortit et sans doute allait-il demander au chauffeur de le déposer à l'Étoile, à la Concorde, n'importe où et de l'attendre là. Félicien ne pouvait dire à Félicia ce que devenait le patron qui s'en allait à pied, massif et rapide, et qui s'arrangeait pour disparaître au coin d'une rue. Il avait un vice à coup sûr, et l'on n'arrivait pas à le dévoiler. Une fois, il avait regagné la voiture avec une main bandée, le visage zébré comme d'un coup de fouet. Et tout cela prenait des demi-journées. Maurice Forge descendit.

— Au Luxembourg, dit-il.

Félicien lui ouvrit la portière à l'une des entrées du jardin, et le patron s'en alla à travers les bonnes d'enfants et les gamins qui couraient en tous sens. Le chauffeur eut pour la centième fois envie de le suivre, mais s'il prenait fantaisie à Forge de revenir aussitôt à la voiture et qu'il ne le retrouvât pas ? C'était un coup à perdre sa place. La haute silhouette s'effaça dans la foule et les arbres. A quelle heure reviendrait-il ? Dans cinq, six heures, peut-être plus ! Un calvaire ! Maurice Forge sortit de l'autre côté et s'engouffra dans un taxi.

— Cheyenne Valley.
— Quoi ?
— Vers Rambouillet.
— Ah, leur nouvelle trouvaille pour les mômes !
— Oui, dit Maurice Forge.
— Il paraît que c'est épatant, cheval, feu de bois, attaque des Indiens.
— Oui, dit Maurice Forge.

L'homme sentit que le client n'avait pas envie de parler et il fonça. Moins d'une heure après il s'arrêtait à la barrière de la Cheyenne Valley et Maurice Forge le libéra. Un gardien dans une guérite lui ouvrit, vêtu d'une peau de mouton, un bandeau dans les cheveux, et le salua du V de la victoire, en levant deux doigts. Maurice Forge répondit de même et prit le sentier où déjà se faisaient sentir les feux d'herbes et de bois humide, là-bas dans la clairière et sur les chemins en surplomb des ravines, près des tentes où les cavaliers prennent un peu de repos après leurs randonnées et mangent des rôties au bout de fourches en coudrier.

Maurice Forge entra dans le vestiaire en forme de gare désaffectée où l'on pouvait lire sur un éventail de pancartes fléchées : Washington 2 500 km, Mexico 2 200, Paris 8 000, et il en ressortit botté, dans un costume de toile à perles, la tête empanachée de plumes, une pipe de maïs entre les dents. Il se dirigea vers le saloon où trois Indiens à sa ressemblance le hélèrent d'un cri aigu.

— Dopple ! dit-il au barman dont le chignon s'ornait d'une queue de faisan.

Il avala le ballon d'eau-de-vie, signa à la craie sur une ardoise et ressortit par l'arrière de la cabane qui donnait sur l'écurie. Un Cheyenne avait déjà sellé le cheval et garni de traits le carquois de la selle. Il tendit un arc à Maurice Forge et lui mit le pied à l'étrier.

Alors commença la chevauchée dans la presque nuit des branches et le demi-jour des clairières assombries par d'épaisses fumées que tassait l'absence de vent. Des mélopées s'élevaient du plus profond des taillis par un réseau de haut-parleurs que des projecteurs doubleraient dès le crépuscule. A peine était-il arrivé que Maurice Forge regretta de ne pas pouvoir passer la nuit comme il l'avait fait le mois dernier, sous le prétexte d'un voyage à Birmingham chez son concurrent et ami Arnold Findley. Enfin, d'ici qu'il fasse appeler un taxi pour le retour il aurait quand même le temps d'oublier, et il oublia.

Le cheval qu'il avait mis au pas après un galop d'enfer s'arrêta près d'un ruisseau et baissa le cou pour boire. Le cavalier se cambra et il eut l'impression de dominer l'univers, semblable au personnage bouton sculpté sur le couvercle du drageoir en argent sur sa table de chevet. Il fallait le tenir, le soulever, passer par lui pour goûter aux richesses de la terre. Soudain la mélopée dans les sous-bois s'arrêta et laissa place à une voix grave qui renforça le mystère des futaies vers l'Est et la descente d'un soleil pâle, d'écorce à peine teintée, sur le vallon qui charriait des bruyères vers l'occident.

« Le coyote a frémi. Mettez l'oreille sur le sentier de la guerre. Au retour sous la tente, la coupe de la paix sera remise à celui qui aura trouvé le nombre exact des chevaux que monte l'ennemi. Attention le coyote a frémi. »

Maurice Forge se laissa glisser de la selle et se mit à plat ventre, l'oreille au sol dont il venait de balayer les feuilles d'un revers de main. Plusieurs fois, le disque de la galopade passa dans l'étendue sur la centaine d'hectares de la Cheyenne Valley où Maurice Forge et d'autres concurrents à la recherche du temps perdu tentaient de dénombrer la troupe mystérieuse qui venait du fond des bois, passait dans un tonnerre et s'éloignait jusqu'au silence que piquetaient des oiseaux effrayés déjà prêts au sommeil. Il se releva pour mieux écouter l'enregistrement qui déroulait une dernière fois la chevauchée magique. Entre quarante et quarante-cinq bêtes ? Il se remit en selle avec difficulté et reprit le parcours vert, celui de l'aller, qui mène aux poteaux sacrés dans l'enceinte des nobles ancêtres et, selon l'usage, à cinquante pas, il vida son carquois sur les huit mâts garnis de cibles que gardaient deux Cheyennes boiteux, ramasseurs de flèches perdues, anciens commis agricoles à la retraite. L'un d'eux lui remit trois pions, un rouge et deux verts.

Maurice Forge ne put s'empêcher de jurer : trois flèches seulement dans le carton, et pas un pion noir, honneur du noir de la cible ! Il rendit leur salut aux

Cheyennes dont la mine basse et l'œil éteint juraient avec le V de la victoire, puis il talonna sa monture et repartit au galop entre les arbres aux fûts cerclés d'une bande rouge qui marquaient le chemin du retour, large demi-cercle qui prenait pour tangente à son point le plus clair un immense champ de maïs devant lequel Maurice Forge toujours s'arrêtait, pénétré plus que partout ailleurs du sentiment de l'infini. Il avait cependant parcouru la terre, le Sahara et le Grand Nord, mais rien n'égalait ce long rectangle de maïs, surtout à cette saison, déjà dans la teinte de la terre, les épis ramassés et les rangs par les machines à demi détruits. Divin sous son bandeau de plumes, l'homme contemplait son œuvre où mort et vie se confondent, mais sans exemple, sans particularité. La mémoire anéantie, dans la seule sensation d'un présent indéfinissable, Maurice Forge pour un instant se sentait le Grand Chef, sorte d'immobilité contre quoi rien ne se heurte et que pas une présidence, aucun des ordres qu'il avait donnés et donnerait, ne saurait approcher. Si quelque ramier dérangé par les cris de guerre des haut-parleurs venait s'égarer au-dessus du champ désolé il paraissait sorti du plus profond de son être et donner l'image du battement désabusé de son âme. En général, le magnat retrouvait la vie parce que son cheval de lui-même avait repris la route de l'écurie, lassé de l'attente, dans des jambes qui ne l'enserraient plus, sous un fantôme de cavalier. Maurice Forge fouetté par une branche rétablissait sa coiffe de plumes, retrouvait le courant d'air, les souvenirs, l'image de sa femme qui comblerait de pensées jalouses ou pitoyables la parenthèse de l'après-midi et celle de Merdin la demi-maîtresse qui peuplait la double vie de son plus généreux amant d'Arabes et de travestis et semait dans l'esprit de ses autres passants les graines d'une admiration non avouée pour ce géant au regard froid, corps de fonte, âme d'acier. Au camp du Bison des Trois Siècles, à deux pas de l'écurie, les Cheyennes, retour d'expédition, déposaient leur bulletin sur la feuillette qui servait de tribune au Grand Chef, propriétaire et animateur de la vallée. Maurice Forge qui avait voté pour 43 chevaux remporta ce jour-là le prix : un lièvre braconné la veille. L'assemblée le fêta à grands coups de vin et Maurice Forge monta selon l'usage sur le tonneau en s'inclinant, la main sur le cœur.

— La paix soit avec vous, dit-il de sa petite voix.
— Et avec toi, répondirent les autres.

S'ils se connaissaient, ils ne se reconnaissaient pas, les uns et les autres, à plus forte raison au-delà des barrières, quand ils iraient tout à l'heure rejouer leur rôle dans la farce de la ville. Maurice Forge levant son verre à leur santé et les regardant dans les yeux, ne voyait pas le chirurgien des hôpitaux, le garagiste de la Muette, le prédicateur de carêmes, les deux photographes de mode, l'avocat d'assises et le sénateur maire commanditaire aux Halles, mais les têtes burinées de craies de couleurs de Lièvre Fin, d'Aigle Prudent, de Tortue Rose, de toutes les bêtes astucieuses nichées dans l'homme. Il piqua au feu une rôtie de large pain gris et l'enduisit d'un carré de saindoux.

— Bison des Trois Siècles, dit-il, appelez-moi un taxi.

Sa tartine avalée, il salua la compagnie qui allait prolonger son assise à croupetons autour du feu dans l'obscurité montante. Après une douche qu'acidulait le hennissement des cavales proches, Maurice Forge débarrassé de ses toiles rugueuses retrouva son personnage vêtu de cashmere et le poussa vers la barrière où le dernier Cheyenne referma sa paume d'ancien plombier de la duchesse d'Uzès sur un billet de cinq mille francs.

Le taxi baissa le drapeau de son compteur.

— Au Luxembourg ! Acceptez-vous ce lièvre ?

Forge déposa le gibier sur la banquette avant et ferma les yeux.

Félicien le vit surgir sur le trottoir et lui ouvrit la portière :

— Combien ? demanda Maurice Forge.

— Cinq heures, monsieur.

Le patron s'assit dans le tas de fourrures et nota cinq heures dans son carnet. Il les payait double à Félicien, au tarif d'ouvrier spécialisé, le dernier jour du mois, et de la main à la main. Malgré la douche au savon noir, le patron sentait encore le feu d'herbe sur un soupçon d'écurie, quelque chose de sauvage et mou comme en laissent les vices profonds.

— Demandez Mme Merdin, dit Maurice Forge.

Le chauffeur manipula le téléphone.

— Non, reprit le patron, raccrochez. A la maison.

Une fois encore, en y songeant, le salon plat de la demi-mondaine avec ses tables basses en verre, ses posters et ses lampes à bras articulés sur un tapis noir lui parut une salle de dissection. Après la course hors du temps, d'une raideur de flèche, il fallait retrouver ce que l'homme a fait de mieux pour accueillir le présent qui se love avec une ondulante nonchalance en attendant le déluge : le Louis XV.

Chez lui, Maurice Forge se dévêtit et le drapé de sa robe d'intérieur répondit aux courbes des bergères. Félicie lui apporta une tasse de consommé. Il ne l'avait pas entendue venir. Madame était souffrante et gardait la chambre. Elle osait parler.

— Monsieur a l'air heureux, soupira-t-elle. J'aimerais le voir comme cela tous les jours de la semaine.

Le téléphone intérieur trembla. Maurice Forge décrocha et entendit sa femme :

— Je ne te demande pas comment se porte ta Merdin ?

— Très bien, répondit-il en laissant le fil de l'appareil se délover sur les tapis.

— Tu n'aurais même pas la pudeur de voiler ton après-midi ? reprit l'épouse.

— Voiler quoi ? demanda-t-il en se laissant glisser sur le lit qui gémit.

Mais l'autre avait coupé, ne tenant pas à en savoir plus : les hommes ont si peu de mystère.

LE PRÉSENT

Au temps de Noël, Rémy Dalon se demandait chaque année s'il laisserait un souvenir heureux, et à qui ? Au sommet de sa vie et d'une force de chêne, les nuits qui précédaient la fête, il sortait en fermant la porte de sa maison sur un feu sans fumée, aux flammes à découpe de papier peint et, caressant les chiens qui ne franchiraient pas le portail, il s'éloignait vers les champs, dans la féerie des brumes. Des toits, des arbres avançaient de soudaines structures que la marche rejetait au vague et des groupes d'étoiles tombaient par à-coups dans des creux clairs. Les haies s'effaçaient avec des prestesses peureuses et le désert à peau de lait s'étendait jusqu'au fond de l'homme, à le combler. Rémy ne savait plus s'il y était perdu ou si sa forte enveloppe allait éclater, de contenir cette masse en expansion, charriant des bosquets, des poteaux de carrefour, un calvaire, un transformateur, l'arbre au centre de la plaine, à quoi se raccroche tout regard pendant le jour, et à cette heure effacé. Parfois, après une cisaille de froid, l'air reprenait une douceur de ventre et la neige commençait de tomber, soutenant une marche idéale, sans repère, de lieu ni de durée. Rémy Dalon trouvait enfin ce qu'il avait cherché : lui-même, son fardeau et son ami, royaume et roi, vulnérable à sa seule main et la sensation qu'il enclosait le reste du monde effaçait l'idée qu'il n'en était qu'un éclat. La marche s'allongeait et restait en suspens. Cette fois l'homme oublia son corps, ses chevaux, les bâtiments qu'il avait construits, les ouvriers de l'élevage, Geneviève, sa femme, qui l'aidait depuis vingt ans à fleurir le domaine et qui venait de partir au chevet de son père, précipitamment. Abstrait dans la nuit abstraite (la neige sans couleur se confondait à l'âme inépuisable à se défaire) l'homme ressentait comme l'envers d'une naissance, se dévidait, s'épurait, retournait à son principe. Un soir, il parviendrait au frétillement unique, le vrai Noël, l'étoile dont on surprend le bruit de forge avant de saluer sa lumière nue. Rémy frissonna. Il n'avait à rougir d'aucun de ses actes passés, même pas des reproches qu'il avait faits à sa femme impuissante à lui donner un enfant et qui ne se décidait toujours pas à en adopter un. Cela seulement manquait à sa plénitude, mais il en sentait la raison profonde, qui était la crainte de ne laisser à personne l'exemple de sa vie, beaucoup plus que le domaine qu'il avait fondé, agrandi peu à peu depuis l'achat d'une mauvaise lande jusqu'à ces écuries et ces herbes heureuses dans des barrières dont on ne voit pas le bout. Pourtant, Geneviève l'avait accompagné à Paris vers la fin de l'été, leur unique jour de vacances depuis trois ans, depuis qu'ils avaient rempli le questionnaire pour l'adoption et qu'ils avaient été reconnus dignes d'élever un petit. Rémy revoyait la salle où quarante bébés attendaient d'être pris, le petit blond à grands yeux, on dirait des feuilles de lilas. Ils auraient pu l'emmener. On les pressait de tenter de vivre quelques semaines avec lui. L'enfant leur avait souri tout de suite, mais l'infirmière avait eu le tort de le mettre dans les bras de Geneviève dont le cœur s'était noué à l'idée qu'elle aurait pu mettre cette merveille à l'essai et s'en défaire pour elle ne savait quelle raison. « La mère a dix-sept ans, étudiante, parfaitement saine, reprenait l'infirmière, de bonne famille, du Midi bien que blonde comme son enfant. Elle est montée ici à Pâques pour le mettre au monde. » Geneviève avait rendu le bébé et serré le bras de Rémy. Ils n'avaient pas dit une parole sur le chemin du retour. Seule la voix de l'assistante montait en eux. « Nous en avons beaucoup. La plupart, des gens bien. Allez donc savoir ! Et vous savez, pour l'avenir il n'y a pas plus de chances de mal tomber que si c'était votre propre fruit. Les milliards de possibles chez un homme, et l'unique qui voit le jour ! Pour le reste de la vie, c'est égal. Tout mérite est fortuit de quelque façon qu'on l'entende. » On n'en parla plus le lendemain et Rémy vendit trois chevaux, accueillit un aide qu'on lui recommandait, accompagna le vétérinaire et connut un poulain nouveau.

Rémy Dalon se trouva devant le ru qui bordait sa dernière prairie, et les poneys qui s'abritaient sous une longue basse paillote vinrent l'entourer, chercher une caresse. Il les raccompagna sous l'abri tandis que l'un d'eux faisait le fou sous la neige, par grands cercles, et revenait s'ébrouer. Des camions qui roulaient vers les Halles depuis la Bretagne laissaient à peine une lueur sur la route proche et leur ronflement s'étouffait. La vie passait à côté. Rémy sentit le froid et longeant la clôture regagna sa demeure dont la façade s'ornait de lampes d'étable, pas plus luisantes que des nids d'hirondelles. En fait de Noël, il y aurait l'enterrement du beau-père, pensa-t-il. A son âge une chute dans l'escalier, et ce sang qui se met en caillots depuis quelque temps ! Rémy retrouva la cheminée avec bonheur, se déshabilla devant et mit ses vêtements à sécher sur le pare-feu. Dans la vitre de l'horloge, il aperçut son reflet, son sexe que le balancier semblait éventer avec ironie, puis il grimpa vers la chambre et n'eut pas le courage de redescendre, bien qu'il eût soif. Le feu satisfait laissait monter son bruit de chat, donnant aux lueurs sous la porte le va-et-vient d'un jeu de griffes. Oui, peu de chose manquait à la maison pour qu'elle fût de bonne sorte, et ce peu de chose était tout : un berceau. Rémy Dalon écoutait frémir la tenture noire du silence qu'effrangeait au bas le feu. Ses draps n'arrivaient pas à se réchauffer à l'image de son espoir, mais les grands désirs déçus ramènent au plaisir de l'instant qu'il faut sauver pour reprendre appui. L'idée que son beau-père pouvait mourir cette nuit le tenait éveillé, mais de rage. Allait-il perdre Noël, à cause de lui, Noël, demain soir, la table, les flambeaux, le jeune sapin qu'il couperait au matin, la messe de minuit, qu'il appelait la kermesse froide, les cadeaux qu'il trouverait au retour ? Rémy se leva et alla ouvrir l'écrin qu'il avait caché entre deux draps dans l'armoire : une bague à saphirs pour Geneviève. Quelque part dans la maison, sa femme avait aussi mis de côté une surprise. Rémy essaya de deviner ce que cela pouvait être : pas un fusil, comme l'an dernier. Des bottes ? Enfin le sommeil ramassa tous les cadeaux, et l'homme. Le pas des employés sur le gravier qui entourait la maison le réveilla au matin et il vit arriver, en se rasant à la fenêtre où il accrochait un miroir, une plate-forme de ballots de paille. Décidément, il fallait remonter loin pour qu'il arrivât bon dernier sur le chantier. Pour ne plus perdre une minute il réchauffa le jus de la veille dans la cafetière, et la maison lui parut vide, molle dans une odeur fatiguée. La seule force, l'élégance, la droiture demeuraient dans le plus léger : les rideaux que Geneviève avait changés avant son départ. Il regarda le téléphone muet depuis deux jours, et il hésita à remplir de graines le bol des oiseaux immobiles et côte à côte dans leur volière, leur petit œil surpris par le craquement métallique d'une écharpe de corbeaux du côté des hangars.

Rémy ressentait l'autre face de la fatigue, en écrou trop serré, et ce fut avec soulagement qu'en passant le seuil il entendit le sifflement d'un train, mais pourquoi Geneviève aurait-elle pris celui de l'aube ? Tout était possible après tout, puisqu'elle avait laissé sa voiture, qu'elle aime tant.

Des haras l'odeur filait au sol, en balai. Une nappe de brouillard restait au creux des premiers prés, mais le soleil avait une force inhabituelle, un effort plutôt, comme on voit à la lente traction d'un athlète, et Rémy se conforta sans en chercher la raison. Quelque chose en lui ressemblait à ce disque éclatant. Il alla saluer son personnel, sella Beau Brun, un alezan à cils rouges, et galopa aux limites de son royaume, d'un blanc tel qu'il égrenait toutes les couleurs. Il franchit le ru près de l'abri des poneys, traversa la Nationale, reprit vive allure et se trouva dans une vallée craquante, aussi nacrée qu'un lapin retourné, bourré de paille. Le cheval se mit au pas, avec des goûts de danse de temps à autre. Rémy ne se demandait rien et laissa la bête gagner le plateau, toujours vers l'Est. Le froid fixait un bouquet d'aiguilles dans le sulfure du ciel. Rémy sentait aussi de fines branches en lui. Aucune pensée, mais la présence d'un lis de fer, l'innocence d'un jonc balancé. Il piqua des deux et Beau Brun s'emballa, laissant l'infini éblouissant et vide rendre immobile sa course. Ce fut le goût du sang dans sa gorge qui l'arrêta, près du squelette d'un pommier. Rémy descendit et vit les naseaux sanglants de la bête. Il fallait que cette folie cessât. Rémy caressa la bouche de Beau Brun, ce qu'il y a sans doute de plus doux au monde de la force, et il aperçut dans l'arbre qui n'était plus que l'idée d'une longue tenace souffrance une boule de gui. Il se remit en selle pour l'atteindre et la cueillit.

Au retour, il était midi, une pleine casserole de soleil à cul rouge. Rémy l'aurait mise sur la table. Jeter dedans toute la terre et la tendre à Geneviève ! Il n'eut pas une pensée pour son beau-père, mais simplement une angoisse pour le soir, leur fête. Il poussa la porte et entendit gémir.

L'enfant aux yeux de lilas était posé dans le fauteuil de velours, celui qu'il roulait près du feu pour y lire ou faire ses comptes, et Geneviève regardait son homme interdit.

MUSIQUES

Le répertoire allait de Mascagni à Olivier Métra, avec des incusions en musique militaire, mais pour le servir aux curistes, de l'ouverture à la fermeture de l'établissement thermal, trois orchestres se succédaient sous le kiosque, joyau de fonte verte au centre des bâtiments en demi-lune qui rappellent encore, bien après l'épuisement des sources par effondrement interne et balance des terrains, les basses et simples écuries en bordure des champs de course. Dès huit heures les cuivres donnaient à plein, couvrant pudiquement les bruits des malades qui venaient rétablir là leurs intestins et se trouvaient pendant quelques semaines plus dérangés qu'ils ne l'avaient jamais été. Les fontaines alternaient donc avec les cuvettes et dès le 1ᵉʳ avril jusqu'à fin septembre une foule venue des quatre coins de l'Europe, truffée parfois d'Asiates et de Yankees, se posait sur les sièges de fer autour des musiciens en uniforme bleu ciel à fourragères noires, attendant, retardant jusqu'à l'extrême de les quitter pour courir aux portes intimes d'un rouge profond qu'ornaient des cœurs, des carreaux, des trèfles et des piques selon le département des sources. On liait connaissance par des : « Je suis cœur, et vous ? — Carreau », mais la conversation ne pouvait prendre son essor sur l'esplanade puisque chacun savait qu'il devait l'interrompre d'un moment à l'autre sur une excuse que le partenaire fournirait peut-être le premier, en sorte que l'on écoutait quand même l'orphéon qui n'était pas de nourriture mais de décor. Quand le nouveau venu prenait pour facétie ce qui n'était qu'une sorte de relâchement des musiciens tétanisés par une longue heure de valse, des galops de cordes et de cuivres accompagnaient parfois la course des curistes en proie aux tranchées, avant que ne reviennent les temps langoureux d'une rêverie, l'accalmie d'une sarabande, le solo d'un violoniste enivré de sa chère douleur, longues entailles qui mettent aussi le ciel en sang. A la relevée des musiciens, dans le brouhaha en forme de diabolo fait des essais de l'orchestre qui arrivait et du nettoiement des pistons de ceux qui s'en allaient, la foule ressentait un malaise et l'on pouvait voir s'égailler vers les cabines un peuple dont peu d'élus pouvaient aussitôt se satisfaire. Les poings de ceux qui avaient surestimé leur résistance ou qui n'avaient pas eu la force de doubler le voisin s'abattaient sur les portes et demandaient que l'on se pressât. S'il arrivait des accidents nul ne pouvait en accabler autrui et il arrivait qu'un pas redoublé écrasât des cris de détresse. Évidemment, les musiciens étaient recrutés pour leur endurance et après un sévère examen médical. Aucun d'eux ne pouvait se permettre par contagion d'être obligé de fuir à son tour vers les portes, mais l'exemple est dangereux, surtout à l'état chronique, et le malheureux que la fuite des écoutants finissait par emporter dans son sillage se voyait condamné à verser une amende, plus forte pour un cuivre que pour une corde, pour un clairon que pour un fifre, l'accablement tombant sur le trombone. On pouvait voir là l'un des cent reflets de la justice qui ne peut être idéale. Or, certains jours connaissaient des moments légers où l'on aurait entendu voler la mouche inoccupée. Il est des silences, même au cœur des foules. Le chef frappait alors son pupitre de la baguette non pour appeler ses hommes à l'attaque comme le font ses confrères, mais pour les prier d'arrêter. Il avait perçu le silence comme d'autres le fa dièse en place d'un sol au cours d'une symphonie. Le monde s'immobilisait, avec ses personnages inutiles sur les chaises, les portes ouvertes sur l'ensemble de la demi-lune, les pigeons en repos sur les toits, l'ombre qui prenait le soleil sous les arcs mauresques des fontaines en suspens, les serveuses en bonnet blanc accoudées aux comptoirs de marbre. Chacun sentait que l'on était au seuil du paradis où choses et gens ne sont plus que leur idée et c'eût été parfait sans l'effort que l'on percevait ici et là, sans bien déterminer le lieu de sa poussée, pour demeurer précisément dans cette approche de la perfection. Il suffisait du sifflement d'un train dans le lointain, un train qui roulait ici des anxieux et des relâchés, pour qu'une dame se levât précipitamment de sa chaise, perdît sa dignité et courût vers un trèfle. Un homme se ruait aussitôt vers un pique et le chef d'orchestre relançait à la seconde une bourrée, remettant seulement sa casquette à galons vers la troisième mesure, arrivant juste à temps pour couvrir d'une harmonie la déclamation déchirante des corps sans savoir-vivre. Tout de même, il y avait eu cet entracte dont on parlerait quelque temps, où l'on avait été comme des poissons de porcelaine dans le casier de la ville et la ville immergée dans les profondeurs du ciel.

— Du nerf! s'écriait le chef en brandissant sa baguette vers la rangée des cornets.

Les chaises vivaient un nouveau désastre, sous les pigeons en retour de flamme. Une odeur de soufre liseronnait aux portiques du jardin dont les perspectives de fer ne laissaient pas l'esprit s'enfuir vers des pays légers mais le poussaient entre des palmiers plus lourds que pierres vers la demi-lune des boxes où l'eau faisait des bonds et rugissait, vers le gravier que les auditeurs honteux retrouvaient sur la pointe des pieds, vers le kiosque où le bruit des trompettes en dépit de l'excès tournait quand même au plaisir.

LUMIÈRE RÉSERVÉE

Le soleil touchait la table sans qu'aucun objet cassât l'unique rayon. Le reste du ciel était noir dans la fenêtre et Mme de Vareilles reconnut une bonne image de son âme dans cet ensemble où la grâce d'un peu d'or semblait inespérée. Elle avait commencé le ménage du salon, le seul qu'elle laissât aux domestiques, vidant les étagères, fourrant les napperons au sac de lavage, jetant les fleurs passées, et singulièrement excitée par le désastre qu'offrait la pièce bouleversée, puis enchantée de découvrir les choses dans un nouvel ordre, le paravent de tussah dans le placard, le piano poussé dehors sur ses roulettes qui miaulent, le guéridon désormais au couloir, un dernier cadre ôté, plein d'aïeux. Elle s'offrait aujourd'hui un ensemble janséniste, béni par cette touche de fin du jour. Elle se sentait bien et comme à côté d'elle, quand il arrive que l'on se regarde, que l'on se tâte avec des mains étrangères, et c'est avec le plus grand naturel qu'elle accueillit la femme qui débouchait du miroir, à sa ressemblance mais plus jeune, plus souriante et qui lui tendait sa main cinq fois baguée, un somptueux solitaire au petit doigt. A peine avait-elle admiré le serpent à l'index qu'un homme apparut qui la pria d'excuser son retard, fourvoyé avant la ville, au dernier carrefour de forêt.

— Charles, dit la jeune femme en lui prenant le bras pour le présenter.

— Monsieur, dit Mme de Vareilles.

— Le chemin qui mène ici est un enchantement, dit l'homme. On quitte les bois, on s'attend à trouver une plaine et c'est un piédestal du plus beau noir avec vos murs blancs cernant la minuscule église. Inoubliable, vraiment. On se demande pourquoi l'on vit ailleurs. Marie, vous ne m'aviez pas annoncé une telle surprise.

— Marie est habituée, dit Mme de Vareilles. Quand vous reviendrez le choc sera moins fort et dès le troisième voyage vous ne prêterez plus attention à ce site pourtant unique. Ce n'est pas une église, mais la chapelle des Templiers qui possédaient la ferme autrefois. On y élevait aussi des vers à soie. Le versant sud n'est encore qu'une avalanche de mûriers.

— Et le pylône à haubans ? demanda l'homme.

— Un relais pour la télévision, dit Mme de Vareilles. Les jours de tempête, j'entends gémir les câbles.

— Vous devez recevoir des images parfaites.

— Je n'ai pas de récepteur, dit Mme de Vareilles, mais je vais certains soirs chez mes voisins. J'aime les émissions de sport, surtout les nautiques. La mer est loin, c'est peut-être une raison. Marie m'a dit que vous aviez été marin. Vous êtes de La Rochelle ?

— Et protestant, toujours, dit Charles en souriant.

— Oh ! dit Mme de Vareilles, je ne me mêle plus des histoires de Dieu.

— Ce sont des affaires d'hommes, reprit Charles.

— Lointaines, lointaines, dit-elle, en s'asseyant. Marie, offre donc une chaise à ton ami. Les alcools sont sur la desserte. Suis-je bête ! Je les ai montés dans ma chambre. Je reviens.

Mme de Vareilles sortit et prit l'escalier. Autant la salle du bas était stricte, même aux jours sans ménage, autant le haut de la maison relevait du bric-à-brac, de la grotte au fond des cauchemars poussiéreux. Un chemin se coulait dans un entassement de chaises, de secrétaires, de tables à jeux, de poufs et se heurtait à un double lit, bateau de bois entourant une carcasse de cuivre sous un dais d'où pendaient des lampes à la turque, d'un argent noir.

Mme de Vareilles ouvrit la table de nuit encombrée de dictionnaires, sa lecture de cœur, et sortit une bouteille de marc. Des verres sur une tablette ressemblaient à une série de ventouses. Elle en remplit un et le vida d'un trait, sans grimace. Les autres pouvaient l'attendre en bas ! Elle s'allongea autant qu'elle pouvait se déplier dans cette sorte de conque dont la blancheur des draps étonnait. Quand elle descendrait demain, peut-être cette nuit, les visiteurs seraient repartis, il ne fallait surtout plus bouger ni faire de bruit. Mme de Vareilles, pour se donner du courage, se servit un nouveau verre et alluma sa lampe de chevet, mais une marche de l'escalier craqua :

— C'est toi, Marie ? Pourquoi montes-tu ?

Elle tendit l'oreille.

— C'est vous, Charles ?

Elle se leva et courut par le dédale fermer la porte à clé, mais comme l'une des armoires de la chambre se mit, elle aussi, à craquer, Mme de Vareilles eut un ricanement et s'alla recoucher.

Avec un troisième verre la réalité redevint rugueuse et la pauvre femme se plaignit de ses propres songes, aussi triste que lorsque l'on découvre la trahison d'un ami. Quand son âme se fut apaisée (un amoncellement de coussins l'obligeait et le poids sur l'estomac d'un tome du grand dictionnaire), elle ouvrit le livre au hasard et lut quelques pages à la file, puis, repoussant le volume le long de sa cuisse, elle laissa son regard errer dans le fouillis de la chambre. La petite Marie de Vareilles, âgée de sept ans, traversa la pièce, laissant une odeur de cretonne, chargée de poupées vêtues du même vichy rose qui l'habillait jusqu'aux mollets et Mme de Vareilles marmonna la comptine : « Cueille, cueille le cerfeuil, c'est la fête du bouvreuil », tandis que les miroirs posés au hasard des crédences, des étagères, des banquettes et des poêles de faïence hors d'usage cerclés de bronze s'emplissaient de la lumière nocturne et prenaient la taille des étangs.

« Cueille, cueille le cerfeuil, c'est la fête du bouvreuil », reprit Mme de Vareilles. Des fenêtres s'allumaient et donnaient la profondeur de la nuit, sur différents plans et logeant de blêmes rectangles dans les étoiles à sang d'ortie. Le fond de la chambre, où des rayonnages se coupaient entre des piles de cartons à chapeaux, devenait l'architecture d'une cité défunte, reconstruite, fermée à clé, où des échelles sur les dômes attendent le retour des artistes.

La chevêche laissait sur les places un égouttement, un remords de fontaine. Le pas de celui qui avait pensé la ville était le pas bien connu de Charles, inoubliable, mais dont Mme de Vareilles ne savait jamais s'il venait vers elle ou s'éloignait, car seule la mort explique. Elle vous fait toucher son édit de marbre, mais celui qu'on n'a pas vu mort, dont on ne sait vraiment rien d'autre sinon qu'il a dit : « Mon voyage durera peu », celui que l'on a vu partir avec son chapeau vert ôté pour un dernier baiser, ses gants, sa canne à tête de chien, sa valise, parce qu'il voulait aller voir Urbino, qu'il ne connaissait pas, où paraît-il il avait un client, celui qui n'a envoyé ni lettre ni passant porteur de bonnes pensées : « M. Charles va bien, il marche du matin au soir, il boit du vin blanc et se croit au XVe siècle », celui-là ne s'explique pas et laisse le monde en suspens. Mme de Vareilles est partie à son tour pour Urbino. Elle y a interrogé les postiers, les hôteliers, les médecins, les guides, les policiers, oui, les policiers. Tous ont vu un grand homme à chapeau vert, le nez rouge et fort, c'est bien ça. Tous l'ont vu, lui et sa canne à tête de chien, mais qu'est-il devenu ? « Même hors saison, madame, nous avons beaucoup de monde. En effet, il avait la voix forte et parlait seul, en allant de son pas intrépide. » C'est lui. C'est lui ! C'est en souvenir de lui que je me suis mise à boire, à la façon qu'il aimait, d'abord une petite gorgée en avant-garde et toute l'armée d'un coup, les lances et la poudre, et l'on reste comme une terre brûlée, mais heureuse...

Le sommeil monte avec la force de la mer. Mme de Vareilles se redit les prénoms de celles qui l'ont précédée dans le cœur de Charles. Courtier en diamants, il leur a laissé à chacune une bague, quelconque il me l'a dit, comme le Petit Poucet des mies de pain.

Mme de Vareilles fit tourner les bijoux sur ses phalanges, et le solitaire, les rubis, les yeux du serpent dans sa paume, elle sombra.

Vous ne savez pas ce que peut receler de merveilles un petit verre à gros cul, héritage d'aïeul ! Non point six dés à coudre d'eau-de-vie de marc, mais d'abord la lumière, puis le paysage, enfin les soies en feu d'un tas de personnages qui sommeillent les trois quarts du jour dans mes coulisses. J'ai joué des drames et des farces sur un théâtre plus grand que la ville et je n'avais pas besoin d'un jeu de miroirs pour me faire l'illusion que j'étais nombreuse. J'ai peine à passer avec ma troupe dans les rues étroites de la haute cité, aimée de Charles. Je vais parfois jusqu'au bord de la falaise en surplomb de la forêt qu'il traversa pour venir.

La terre et le soleil, c'est une chose que l'on ne devrait pas montrer aux enfants. Merci, Charles, de ne pas m'en avoir fait. Tu te serais vu obligé de rester là, de leur dire de ne pas se mettre les doigts dans le nez, à table, de se laver les dents, le soir. Tu n'aurais pu leur expliquer ce qu'est Dieu et qui est le plus important, je le sens bien sans pouvoir m'exprimer, moi non plus. Dieu te ressemble qui vient, caresse, passe et se fait désirer. Tu ne reviendras plus et c'est tant mieux : tu verrais une femme défaite, un profil de peigne, des yeux qui mangent le reste de la tête. Parfois, quand je me regarde on dirait une boutique de râteaux. Je reste propre, vraiment, je ne sais pourquoi, mais je sais que la pièce du bas, le salon à qui tu trouvais une odeur de pêche mûre, restera sans faute. Je garde la table nue pour ton chapeau, tes gants. Rien de plus émouvant qu'un chapeau et des gants sur une table nue que touche le soleil. C'est alors que tu verras ce qui se joue dans les cités hautes, de celles que souvent un banc de brume sépare de la terre. Vous ne savez pas, Charles, combien s'abattent d'oiseaux sur vos bagues quand je dresse la main ! Je la garde en l'air pour ne pas les effaroucher, pour les rentrer à la maison, votre volière. Je bois et l'oiseau-mouche devient un aigle. Je bois et leurs plumes tombent en neige. C'est vous qui m'avez appris à lamper, un mot qui faisait le feu follet sur vos lèvres.

Je connais des jeunes gens qui ont juré de ne pas boire avant d'avoir fait leurs enfants et moi j'ai bu quand mes parents sont morts. Je rentrais à peine du cimetière quand vous êtes apparu magnifique, précédé par un courtaud. Vous avez trouvé une grande vieille orpheline dans une grande maison. Oui, je ris ! S'il n'y avait eu ce congrès d'archéologues vous auriez trouvé une chambre à l'auberge, et l'aubergiste ne m'aurait pas demandé de lui rendre, et à vous, service. Vous étiez mon premier homme et j'ai dit des gros mots tout de suite. Peut-être avais-je trop de silence à combler ? Je me les répète, de temps en temps, et c'est une dérision ; vous ne venez que dans le silence. Le plus beau silence n'est pas celui de la nuit quand je me perds dans ses corridors de craie pour déboucher sur la forêt ou la plaine avec la sensation que tombent de moi de grandes membranes charnues, telles que les repliait le Malin pour les prêter au maître sur le mont des Tentations. Pourtant, après le roulement de votre nom en écho jusqu'au fond du gouffre, quand je cesse de vous appeler, c'est un rare silence. Non, le vrai est celui de midi, au milieu de l'été, quand l'heure pend avec le poids d'un battant de bronze immobile et que l'on sent que tous les bruits sont en puissance dans cette masse. Je n'ai même pas la force d'appeler Charles, cette résonance d'airain.

Les domestiques s'inquiètent et viennent me tirer par le bras, délicatement, de peur que je m'effondre, et c'est bien la sensation que j'ai de rassembler en tornade ma poussière, de me reconstituer pour leur répondre et les rassurer. Ils sont braves. Ils servaient mes parents avant que je naisse. Vous rappelez-vous leur maison au bas de la falaise, avec un chien qui vous faisait peur et qui mange en un jour plus qu'eux en une semaine ? Il me semble que vous étiez jaloux de ce couple, mais tout ce que vous avez aimé chez moi, tous les objets que vous avez touchés parce que vous les trouviez intéressants — c'était votre mot, — vos tables et vos abat-jour favoris, les livres (j'ai gardé votre habitude d'en glisser toujours un sous mon oreiller), les dictionnaires, surtout, qui sont des labyrinthes sur des chambres d'amour, les tableaux, et même le crucifix que vous admiriez et détestiez à la fois, celui d'un seul ivoire courbe, j'ai tout fourré dans ma chambre et personne n'a le droit d'y entrer que moi. C'est la caverne qui attend votre lampe. Charles ! Je crie votre nom au milieu de la journée, dans mon sommeil, au bord de la falaise. Je sais bien qu'en ville ils me prennent pour une folle. Pourquoi les détromper ? Je suis folle, il est vrai, mais pas de la façon qu'ils l'entendent. Je le suis comme on le dit des aiguilles sur les pendules sans ressort ou des voitures aux freins rompus, mais, moi, je mêle vitesse et inertie, je les confonds, de même que j'étouffe en respirant trop.

Vous savez qu'il m'arrive de me jeter dans le vent comme un chiot sur cette chienne à vivants, j'en voudrais épuiser les milliards de tétines. Je vous vois rire au fond du paysage, au fond de tous les paysages dont vous êtes le donateur et que je ne cesserai plus de peindre. Tandis que tout vieillit, même les champs, même le ciel, tu restes le même, avec ton nez de roi et tes yeux qui regardent au loin. Pourtant, lorsque tu ouvrais ta valise à tiroirs, tu revenais sur terre, avec un contentement que je n'ai jamais vu chez personne, comme si tu étais étonné que ces brochettes de diamants fussent encore en ta possession, mais tu ne pouvais vivre qu'avec cette colossale fortune au bout du bras, sans garde et en perpétuelle provocation. J'ai touché le revolver qui ne te quittait jamais et qui déformait ton strict manteau, un rase-pet comme en portait mon père, hiver comme été. Tu me parlais d'un atelier en Hollande, où la lumière n'entrait jamais, où l'on taillait les pierres à la seule clarté du feu, dans un âtre qui n'avait cessé de brûler depuis trois cents ans. Je t'entends, je t'écoute, je te crois, mais je n'ai trouvé aucune trace de toi ni de pareil antre dans Amsterdam. J'ai montré à tous les joailliers le solitaire que tu m'as donné, unique, ils l'ont tous dit, mais inconnu. Je suis restée plusieurs semaines à Paris, je suis allée à Londres. Pour te retrouver, j'ai vendu les titres de mon héritage, hypothéqué la maison. Je ne sais comment je pourrai tenir encore, bien que ma dépense soit faible. Je mange à peine. Les serviteurs ne me demandent plus rien et passent non par pitié, mais par souvenir. Ils baissent eux aussi. La montée de chez eux à ma porte exige une grande heure, maintenant.

L'ancien fermier de mon père m'offre le marc et c'est une fête quand il arrive. Il ne t'a jamais vu, mais il me parle de toi si précisément qu'au bout d'un moment je crois t'apercevoir par la fenêtre, mais sur le seuil il n'y a personne. L'autre jour, il a posé la main sur mon épaule en disant : « Madame de Vareilles, c'est comme pour mes fruits : le meilleur et le plus difficile, c'est l'attente, on ne peut faire autrement. Vous avez tout préparé : il faudra bien qu'il revienne. »

Alors il regarda la trace des tableaux sur les murs et j'eus un peu honte, comme s'il pensait que tu les avais emportés contre mon gré ou que je les avais vendus pour m'offrir un nouveau voyage. Le comble, moi qui n'aurais voulu faire un pas hors de la maison, je passe pour avoir la bougeotte. Il y eut toujours quelqu'un pour me descendre à la gare, porter mon bagage et me saluer quand le train démarrait, parce que je suis le plus vieux nom d'ici. Mais la peur, la peur que tu arrives en mon absence, a gâché toutes mes courses, repoussait jour après jour mon départ, et il n'y avait rien de plus terrible que cette peur, de plus froid que ton absence de lettres à mon retour. Il n'est pas venu, il ne m'a pas laissé de mot, ou peut-être est-il venu et reparti, fâché que je n'aie su l'attendre ? J'interrogeais les domestiques, à qui j'écrivais tous les deux jours pour les tenir au courant de mes déplacements et de l'enquête, billets peuplés de silhouettes que j'avais prises un instant pour toi. Voilà plusieurs années qu'ils veulent me rendre ce courrier, ficelé dans des boîtes à biscuits, parce qu'ils pensent à me faire plaisir, mais je ne veux pas troubler la pureté de mon attente.

Vous ne m'avez rien promis, il est vrai, mais je vais poursuivre le ménage et changer les fleurs dans la salle du bas. La bassine de cuivre au milieu des dalles en est toujours pleine, et cela me fait rire parce que cela ressemble à l'honneur d'un tombeau vide. Vous allez pousser la porte, prendre l'une de ces roses, ou ce bleuet ou le minuscule chardon, le passer à votre boutonnière et m'appeler Marie sans autre mot, sans explication, je ne veux rien savoir, aucun malandrin ne vous a suivi, ne vous a volé, les journaux n'ont pas été remplis du bruit de votre meurtre. Les hommes sont friands de mensonge et de nuit, moi pas. Chut ! J'entends les voisins frapper, mais j'ai mieux que leur télévision. Est-il si tard ? Charles, redites-moi : « Marie, j'ai soif, allons boire ensemble, mais que faites-vous ? Mettez les épines sous votre revers, vous me piquez. »

Mme de Vareilles eut un dégagement de coquette. « Je reste, cria-t-elle aux amis pitoyables qui attendaient derrière la porte. J'ai de la visite ! » Elle entendit leurs pas s'éloigner et s'assit sur le coin de la table. Le peu de lumière qui restait suivit la bouteille que

Mme de Vareilles soulevait, traversa le verre et se réfugia dans le diamant dont la monture avait tourné et qui éclairait sa paume. Elle le baisa longuement et la nuit fit un écart, découvrant des lanternes de quartier réservé.

MARTHE

Un escabeau de trois marches, une portière en velours, des fleurs en celluloïd un peu partout dans des cornets, l'odeur du chypre, l'imperceptible tangage de la roulotte sous les pas, encore un rideau de perles à franchir et Madame Marthe recevait les désemparés, assise dans une niche en osier comme on en voyait sur les plages. Le saint des saints à fond d'ail et de violette était tapissé de photographies zébrées de remerciements, de pensées et de paraphes. On voyait un sikh à l'œil charbonné, une princesse coiffée d'un diadème, des importants bardés de cordons, quelques sportifs tenant des vélocipèdes, des haltères et des fleurets, des couples rapprochés mais qui semblaient s'épier ainsi que l'on met son oreille contre un mur, et d'autres inconnus dont le plus douloureux était un prêtre, en pied.

★

— Tu m'aimes ?
— Tu le vois bien, mais tu me fais mal.

Un chien aperçut un lézard qui se faufilait sous le stand des nougats et se mit à aboyer, la gueule basse, saisi de tremblement. Au tir voisin, deux militaires envoyaient des rafales dans une botte de paille et Madame Marthe, qui d'habitude parlait toujours, entendait derrière la cloison les gémissements de l'amoureuse en fortune, le chien, les balles et la confession d'un homme entre deux âges qui venait la voir le premier vendredi du mois.

— Tout s'est passé comme vous l'avez dit. J'étais sur mes gardes, alors je ne suis pas sorti, mais c'est dur.

— Tout est dur, dit Madame Marthe, surtout quand on veut la douceur.

— Elle est venue frapper à ma porte. Je l'ai aperçue sur le trottoir, tous les jours de la première semaine. Elle a glissé des billets dans ma serrure, sous le paillasson. Je les ai laissés. Elle m'a cru parti et j'ai la paix, depuis. Seulement je n'arrête pas d'y penser. Comment faire ?

— Il faut choisir, dit Madame Marthe. C'est cela qui est bon dans le physique : le choc libère l'esprit. Le degré des passions est en fonction du nombre des chocs. Ou vous épuisez ces chocs pour libérer l'amour qui finit par s'envoler, ou vous les gardez en réserve et vous vivez un rêve qui n'a pas de fin. J'ai vu que vous étiez de la race des fixes, et non des instables. Continuez donc à vous retenir. Merci, ajouta Madame Marthe en attirant dans sa manche le billet que son client venait de glisser sur la toile cirée, d'une paume discrète.

★

La roulotte de la voyante perce jusqu'à la nuit, verte dans l'ensemble, volets rouges et roues jaunes. Un liséré de peinture fluorescente en souligne les contours et l'entrée sur quoi veille en supplément une guirlande d'ampoules opalisées. Le long du toit cintré court un panneau dont les lettres en relief entourent le portrait de la propriétaire : *Madame Marthe, Mère de l'Avenir.* A nez d'homme, quand on hésite avant de gravir les marches, on lit des coupures de presse punaisées sous mica dans le sapin, des remerciements, des louanges et la publicité personnelle de Madame Marthe : « Spécialiste de l'amour, conseillère de toutes les bourses, confiance est ma religion, je dévoile dans la discrétion, ouverture de tout secret, la richesse à prix modique. »

— On y va ?
— Je t'attends.
— C'est pour nous deux !
— Tu me diras.
— T'as pas confiance ?
— J'ai pas envie de savoir.

Le couple s'éloigne. Les problèmes s'aggravent.

★

Madame Marthe se regarde dans son miroir. Les yeux d'abord, qui sont la moitié du visage, lacs clos de sapins où s'affaisse un énorme nénuphar d'un vert sombre sur une bure de carmélite avec un éclat blanc.

Madame Marthe s'éloigne au fond de ces eaux lourdes, en fait le tour lentement, revient vers la petite lumière centrale, soupire et retourne aux bords craquelés qu'il faut consolider à coups de pinceaux, de kohl et d'huile.

— Au quatrième top, il sera douze heures. Prévisions du temps pour l'après-midi. A l'Ouest...

Il y a toute la fatigue. Les yeux de Madame Marthe crèvent, font place à d'autres prunelles qui montent des profondeurs, explorent à leur tour et laissent venir d'autres bulles. Ce sont les yeux d'hier, ceux d'une femme abandonnée, d'un prêtre qui vient la voir dans un manteau de cocher, d'un soldat des Landes, d'une modiste dont la griffe fait le tour du monde, d'un monsieur « bien » que le marc, le cristal, les cartes et toute maïeutique n'ont pu ouvrir. Madame Marthe le trouve très beau, tant la langue qu'il emploie est mesurée.

— La visite des souverains est remise à huitaine par suite d'un heureux événement survenu à la Cour, heureux événement inopinément prématuré, dont la princesse Marthe est la première bouleversée avant le protocole.

Il y a des Marthe qui sont princesses, songe Madame Marthe, mais ont-elles la meilleure part, avec leurs ventres qui leur jouent les mêmes tours qu'à nous ? Il est vrai que je n'ai pas à me plaindre : je n'ai jamais voulu d'enfant. Ah non, alors ! Si les gens réfléchissaient...

Les yeux de Madame Marthe clignent, et c'est un crépuscule au milieu du jour.

*

Son bonheur est l'heure creuse du début d'après-midi, quand elle est sa propre servante. Après les parfums, la violette pour les jambes et le chypre vaporisé sur les murs, ce chypre à larges pantalons de spahi qui fait que l'on voit presque des découpes de zouaves et de vieille armée sur le papier peint de la roulotte, voici l'ail et le persil qui reviennent à feu doux sur le four à gaz, avec des appels de corne, des claquements de vent qui mêlent mer et prairie, une odeur de douve, et la plainte de la viande là-dessus, jetée d'un coup bien à plat. Madame Marthe surveille sa nourriture et lit son chapitre quotidien de la Bible. C'est l'enfance tout cela, le pensionnat des Dames de la Passion, la province bourguignonne, la sortie du jeudi chez maman qui tenait une mercerie et qui savait les sauces, bien qu'elle fût d'un cœur sec, comme sa mère à elle qui était lingère à domicile et ravaudait les draps des autres. La descendance est en progrès quand on y regarde, mais c'est toujours le service, c'est dans notre sang. Même tante Marthe à qui je dois tout. Le Saint Livre d'ailleurs s'ouvre naturellement aux versets maudits, du chapitre x de Luc, tellement ces femmes les ont relus sans y trouver jamais que le poids de la fatalité qui pilonne heureusement la raison jusqu'à en faire une dentelle, un ornement, notre point de croix plus que notre croix.

« Marthe, occupée à divers soins domestiques, survint et dit : Seigneur, cela ne te fait-il rien que ma sœur me laisse seule pour servir ? Dis-lui donc de m'aider ! Le Seigneur lui répondit : Marthe, Marthe, tu t'inquiètes et tu t'agites pour beaucoup de choses, quand une seule est nécessaire. Marie a choisi la bonne part, qui ne lui sera point ôtée. »

La viande est cuite à point et voilà que l'on frappe : un client dont le nez tombe et qui fait pitié. Marthe éteint le gaz.

Adieu la bouche ! Ce sera du réchauffé, mais les pauvres ne peuvent attendre.

— Entrez ! lance Madame Marthe d'une voix basse de tragédienne impatiente.

Tandis que le monsieur s'assied, se détend, colimaçonne enfin dans un avant-goût de bonheur, aidé par l'ail et le beurre qui cimentent l'air, et se dit que cette dame sait prendre la vie, elle, et qu'elle a tout pour lui en donner la recette, Madame Marthe songe qu'elle n'a pas eu de sœur, par malchance ! Une Marie sur qui l'on pourrait se rabattre et bourrer de coups de poing en douce, quand la jalousie passe le bord ! Toutes les femmes sont Marie, et tous les hommes, tous, y compris celui-là qui a un cheveu sur la langue et ose demander le grand jeu.

*

Au second versant de la nuit quand ronflent enfin « la seule femme au monde qui ne dort jamais », le sauteur de la mort, l'homme-tapir et la femme-kangourou, quand dorment les nains, les ours, et l'avaleur de boules de billard, Madame Marthe fait sa promenade sous les ardres du boulevard, entre les baraques de la fête. Des voitures roulent dans l'au-delà, entre les demeures de pierre. La tête haute pour ne pas perdre une étoile entre les arbres éteints, elle passe avec majesté dans cette rue de paradis, peinte de lune, où la douceur a les torsades des palais de friandises. Madame Marthe, toutes voiles dehors, est le navire de la nuit, le corsaire de ces côtes bleutées incrustées de miroirs et de paillettes, avec ces champs rouges lavés tels des lessives, où l'on va tuer impunément pendant le jour à coups de carabine tous ceux qui vous veulent du mal. Madame Marthe s'arrête devant le « Tir des As ». Là s'est suicidé la semaine dernière un jeune homme. Le gardien du tir est formel : le malheureux a choisi le revolver à répétition, le Lisowski 412, une merveille. Il a troué deux fois le mille de la cible avant de retourner l'arme dans sa bouche. Mais la voix du disparu montait encore du sol, tel un églantier couvert d'épines.

— Et après ?

— Je vois la passion des armes, ajoute Madame Marthe.

— Et après ?

— Vous aurez une arme.

— Avec quel argent ?

— Fort peu, dit Madame Marthe.

— Si je ne vous paie pas ?

— Rien ne vous y oblige, mais cela ne vous portera pas chance !

Comme elle regrette ses paroles ! Le garçon avait fui jusqu'ici. Il était sept heures du soir. Il y avait du monde. Des chansons sortaient des haut-parleurs. Madame Marthe caressa la toile tendue et douce qui fermait le stand et regagna sa roulotte.

*

Marthe ! Marthe ! Madame Marthe rêve qu'on l'appelle. C'est tantôt une compagne dans la cour de récréation, tantôt sa mère, et parfois, plus rares bien que proches dans le temps, certains messieurs qui l'ont désirée. Ce qui reste de tout cela ? Le son de ce prénom pareil à un marteau assourdi de chiffons. Madame Marthe en a la tête pleine de clous. Tous ceux qui l'abordent la prennent pour une de ces statues de bois que la ferveur et la reconnaissance transforment en bloc de fer. Chacun sa pointe, chacun son coup ! Marthe. Et c'est toujours de nuit, ou dans leur nuit, qu'ils frappent. Marthe ! Prénom des serrures forcées, tour de clé impossible, pavé sous mousse, tain d'un miroir, appel des ressuscités. Marthe ! Dans le jardin fermé un petit animal veut s'enfuir et se heurte au mur.

Madame Marthe étend la main par-dessus sa couche, tâte l'ombre, ressemble un instant à Lazare, mais retombe dans la nuit. Demain, au réveil, devant le miroir bordé d'ébène et d'os qui ressemble aussi à son prénom, elle regardera le cerne du dernier cauchemar, un anneau de plus à cet arbre scié, l'œil de Madame Marthe ! Et elle se dira : plains-toi ! Tu as encore trop mangé ! L'enfer n'a pas sept cercles, c'est un tube sans fin, un œsophage, un estomac, la cornemuse du diable.

Alors, Madame Marthe ouvre sa minuscule fenêtre,

s'accoude et prend l'air, côté cour de son théâtre, où l'on trouve une pauvre herbe, les robinets de cuivre des prises d'eau, un chat, des papiers, les poubelles et le plus bel enfant du monde, le fils de la femme nue qui danse de vingt heures à minuit pour cent sous, avec un fouet.

*

— En effet, remarque cet élégant, j'ai été marié deux fois, j'ai eu un accident de voiture, j'ai fait un long voyage, mon fils cadet me cause de l'inquiétude et j'aime trop les sucreries, je me demande comment vous voyez tout ça ?
— Je ne sais pas, dit Madame Marthe, ce n'est pas moi, c'est mon double.
— Je reviendrai vous voir, vous pourrez me suivre, j'ai besoin d'un garde-fou.
— Vous reviendrez, mais je ne vous reconnaîtrai pas. Je ne vous vois pas et j'oublie sur-le-champ tout ce que j'ai raconté.
— Même ce que vous venez de me prédire ?
— Quoi donc ?
— Qu'il ne faut pas que je signe le contrat de mercredi, que ma femme va disparaître huit jours...
— Je vous ai dit ça ?
— Mais oui !
— C'est que c'est vrai.

*

La tante Marthe qui avait cédé le fonds et la forme, qui avait été plus que la mère et l'institutrice, regardait aussi les visiteurs, du fond de son cadre en velours, entre un prince afghan et un homme de lettres reconnaissable à la plume qu'il tient en suspens, cherchant dans vos yeux le mot qui lui échappe et que vous avez envie, comme il le désire probablement, de lui souffler, pensée qui vous ferait plus de plaisir encore qu'à lui. Dans ses voiles de circassienne faiseuse d'anges, tante Marthe regardait l'au-delà, perdue dans des bistres qui avaient le moelleux, l'étouffé, l'insistant appel d'un faux-bourdon.

— Marthe, laissa tomber Madame Marthe, Marthe ! avec la fatigue d'un vieux tireur de cloches.

La roulotte vibra quelques secondes, tant le souvenir prend le tremblement de l'airain. Mais elle avait beau faire, Madame Marthe ne trouvait pas le baume de la tristesse, bien que la nuit qui mourait dans la fenêtre eût des mouvances de suie.

Bien pis, tante Marthe n'était qu'une ombre parmi les ombres pendues au mur et n'avait pas plus de valeur que ces inconnus que le hasard avait poussés dans les cadres et les sous-verres. Madame Marthe se sentit perdue et désira un client, vite, tout de suite, n'importe lequel, mais il était quatre heures du matin. Elle sortit sur le boulevard et qui l'eût rencontrée se fût enfui. Elle rentra et prépara son café.

*

La jeune fille posa son sac sur la table et tendit la main que Madame Marthe lui demandait.

— Jeune, jeune, jeune longtemps. Un homme mûr qui pourrait être votre père, même prénom d'ailleurs. Quelques varices, dans trente ans, avec une chute. Pas d'enfant, mais un enfant quand même. De l'assistance, il me semble. Après une montée sociale rapide. Vous méfier des années quatre-vingt et, repliez vos doigts, un faible pour la musique. D'ailleurs...

La jeune fille en était restée à l'homme qui pouvait être son père. Elle regardait Madame Marthe penchée sur sa main, les cheveux de trois couleurs qui naissaient gris et passaient au noir par une onde mauve. Le nez, vu sous cet angle, montrait des craquelures de cap calcaire en surplomb sur la mer grise des mots, des mots à forte houle dont la masse emportait la belle écouteuse. Certains formaient une vague à part, une crête d'écume : santé, assise ; et parfois un panache jaune verdâtre : divorce, suivi d'une nouvelle gerbe éclatante : un officier.

Madame Marthe parlait vite, semblable à une machine que l'on a branchée à trop fort régime, mais curieusement la voix s'aggravait, descendait toujours et finissait en écho de caverne.

Le silence emplit la roulotte où des cris venus de la fête se fichèrent en flèches et firent trembler le couvercle d'un sucrier d'opaline.

— C'est fini ! dit Madame Marthe. Vous m'entendez ?

— Oh ! pardon.

— Je sais bien qu'il y a de quoi réfléchir, mais faites-le dehors. J'ai du monde dans le vestibule.

*

L'agrafe du sous-verre céda et trembla sur l'un des œillets du papier peint, pareille à la mouche qui se frotte les pattes, tandis que le portrait d'un philosophe cravaté d'une lavallière tombait sur le tapis de corde et s'y brisait. Madame Marthe balaya les éclats et sortit l'homme qu'elle avait jadis encadré et orné d'une pensée. En ce temps-là, l'imagination se confondait avec la foi, l'ardeur et le désir du bien ne faisaient qu'un, les mots se gonflaient de sang et les mensonges n'étaient que les rougeurs de la vérité. Madame Marthe, qui se refusait par coquetterie à chausser des lunettes, tint à bout de bras la photographie sans pouvoir déchiffrer l'écriture dont l'encre avait pâli. Elle mit le papier derrière sa boule de cristal, qu'elle transformait ainsi en loupe, et mot à mot, collant la feuille contre le globe et la déplaçant avec lenteur, elle retrouva l'une des guirlandes qu'elle s'était tressées.

« A Madame Marthe, avec la profonde reconnaissance d'un homme qui vient de se pencher sur son avenir, sans vertige et sans honte. Léopold Boudet. »

L'œil énorme de l'inconnu maintenant la regardait à travers la boule et lui donnait un frisson. Qu'avait-il à lui reprocher ? Madame Marthe vit la lavallière bouger, le plastron, le gilet à boutons d'or et le pantalon avec ses bosses aux genoux. Derrière tout cela, un cœur qui s'arrêtait, une chair fade qui fondait, devenait une plaque de gélatine, une seule immense prunelle, le dernier cercle.

L'inconnu venait de s'offrir une nouvelle petite vie et paraissait encore plus mort qu'avant sa chute. Au mur se montraient inquiets une dame à la bouche en cœur et un monsieur coiffé d'un canotier, ses voisins de paradis.

Madame Marthe arracha l'agrafe et le clou, déchira le portrait — « tu ne l'avais pas prévue, celle-là » — et jeta le tout aux ordures. Il valait mieux, sur la cloison, garder des fleurs passées qu'un ingrat.

*

Certes, Madame Marthe mettait son point d'honneur à garder l'humeur égale, à partager équitablement entre les affamés la manne qui lui venait de l'inconnu, à garder ses distances avec le sort, toutefois que les Parques se permettaient souvent avec elle bien des privautés, mais il lui fallait lutter contre une voix morose quand elle recevait des femmes et mettre quelque aspérité sous le tapis qui naturellement de ses mains se déroulait sous le pas des hommes. Les jours d'affluence, à peine avait-elle achevé sa pratique qu'elle ne pouvait s'empêcher de jeter un œil à travers le rideau de perles. Fallait-il appeler la suivante ou le suivant ? Elle s'avouait que l'avenir des femmes l'épuisait plus que celui des mâles et elle discernait là l'éloignement du matriarcat et même de l'égalité des sexes qu'il était de bon ton de claironner dans les gazettes, et quand le salon restait vide, avec la nuit dehors, Madame Marthe allait ranger les revues médicales, scientistes et nudistes qu'elle offrait pour attente à ses visiteurs, les nudistes étant à remplacer chaque semaine tellement elles étaient défraîchies, voire découpées. Une dernière remarque : les photographies d'athlètes et de culturistes disparaissaient plus vite que celles des effeuilleuses, et plus proprement. Que de monde se promène avec des ciseaux ! Madame Marthe avait aussi remarqué des nus féminins dans le sac de ses clientes, au moment du règlement des honoraires, jamais dans le portefeuille des messieurs, mais les messieurs ont tellement plus de poches.

*

En regardant les grandes lettres ripolinées, on s'apercevait aussi que le prénom de Marthe se suffisait à soi seul.

Madame Marthe, c'est complet, fermé, total. On ne peut en dire autant des autres prénoms qui, même avec le mot madame, restent toujours un peu ouverts, avec une chance de s'en évader : Yvette, Léone, Denise, Michèle, même Claude dont la goutte de mercure tombe et s'échappe. Madame Irène, par exemple, c'est vraiment toujours en fuite. Et Madame Charlotte, qui valse à deux temps. Et Madame Louise, qui est un plongeon dans du linge frais. Et Madame Hélène, qui regarde devant derrière. Non, Marthe, c'est plan, c'est une mesure à plat, un tapis de velours usé, collant à terre, de la grandeur d'une dalle. Madame Marthe, on allait la trouver avec le respect qu'une âme étroite porte à la mort. D'ailleurs certaine clientèle des beaux quartiers, celle qui prononce les « onfons » pour les enfants, de peur de se faire surprendre à visiter la voyante, s'empressait de claironner aux amies qu'elles venaient de découvrir un bijou, une extase, une drôlesse, mais la peur les faisait se moquer sur le bord seulement. Leur parler incroyable ne lançait pas Marthe, mais « Morthe ». Et elles ne s'apercevaient pas de cette noire merveille.

*

L'avenir qui n'a jamais fini d'ouvrir ses portes, Madame Marthe avait lieu d'y être comme chez soi. Elle n'avait donc plus d'âge, pareille à son prénom qui n'a pas d'enfance et pas de vieillesse, mais qui est le son même de l'airain de l'âge mûr, ou plutôt d'un entre-deux définitif. Elle ressemblait à ces huppes noires que l'on appelle dans les campagnes les dames des villes. Faste au bord de la décrépitude, en fuite ensemble cheval et royaume, sentiment d'être unique et tristesse qui le double, manteau trop lourd pour une éternelle demi-saison et tête pleine de messagers, d'ailes et de coups de vent, colombier du malheur, gardant encore indéchiffrée ce qui sera la mémoire des autres, Madame Marthe fait son tour de nuit. Il n'est pas impossible qu'à travers l'espace des êtres remarquent et suivent ces prunelles qui avancent sous les arbres.

*

— J'viens, mais j'y crois pas.

— Ce n'est pas ce que l'on vous demande, dit Madame Marthe. Votre main ?

— Laquelle ?

— Choisissez.

Eh bien, non ! Même si je le désire, ô combien, je ne vais pas noircir l'avenir de ce lourdaud. Ce crétin a toutes les chances. Il est dans la quincaillerie. Un homme qui reçoit un objet à dix francs et qui le revend quinze, ou vingt, ou plus, voilà l'image de la plupart de nos semblables. Ce qu'il y a de plus sot au monde, ce qui sera remplacé avantageusement par des machines qui, elles, pourront ne pas parler, si les planificateurs ont quelque sens.

— Vous allez doubler votre chiffre d'affaires. Je vois aussi un héritage.

— Ah ? fait l'autre, soudain intéressé.

Il ajoute in petto : cette Madame Marthe a quelque chose. Une artiste, mais qui a du bon. Faudra que je lui envoie mon épouse. Sûrement une bonne affaire dans le temps. Des yeux, mazette, gare à mes noix !

Je viderai le calice jusqu'à la lie, songe Madame Marthe, c'est la vie d'artiste ! Le grossier l'emporte, le bœuf des triomphes, chargé de roses, à cela près que le sacrificateur attendra huit lustres pour l'abattre. Il va se pavaner dans nos rues et sur les plages. Il va même s'inscrire au Golf's Club.

— Vous allez découvrir un sport.

— Moi ?

— Le golf.

— Ça alors !

Est-ce que je le fais payer ? Oui, sinon comment me croira-t-il ? Madame Marthe revoit la soubrette qui précédait ce gras. Un peu de sentiment ne nuit pas avant de présenter la facture. Elle réclame le double de ce qu'elle demande à l'ordinaire. Le bœuf s'exécute. Il a le sourire. Il a encore gagné.

*

— Vingt francs ? s'écrie le rentier. Pour ce que vous m'avez dit ? Autant dire rien !

— Voudriez-vous que j'invente ? demande Madame Marthe d'une voix de sépulcre. Au suivant !

Paraît un vieillard, l'espèce rare, celle qui n'a plus grand-chose à apprendre, à attendre, à recevoir.

— Asseyez-vous, dit Madame Marthe.

— Inutile.

— Vous préférez rester debout ?

— Oui.

— Vous me regardez, ce n'est pas moi qui suis intéressante.

— Si, madame, mais je m'en vais, j'ai vu.

— Quoi donc ?

— Ce n'est pas vous. J'ai connu une Marthe dans le temps, qui lisait dans les lignes de la main, qui chantait pour un rien, qui était modèle à l'atelier de peinture que je dirigeais, qui avait vingt ans et j'en avais plus du double. Voulez-vous m'excuser ?

— Au suivant !

Le vieillard s'en va, digne et droit, mais il ne faut pas

s'y fier. J'en ai vu tellement qui venaient pour la bagatelle, de tous âges et de toutes manières. Celui-là m'a peut-être dit la vérité. Il recherche peut-être bien ce petit modèle offert à tous et qui s'est gardée, image même de l'innocence dont le miel attire tous les yeux.

— Au suivant ! lance de nouveau Madame Marthe.

Mais il n'y a plus personne. Le chien du billard japonais passe la tête sous le rideau de perles, au bord de l'escabeau. Madame Marthe va lui chercher un sucre.

*

Marthe ? Marche de marbre. Un velours dessus. On passe, on glisse, faux pas, chute. Madame Marthe n'a pas dormi. L'aube est un dôme de poussière. Paris, c'est un dessin de Piranèse qui ferait du bruit. Le vieux qui est venu pour retrouver l'innocence était sincère. Maintenant, je le sais. Où donc est passée ma ferveur ? Où, ma gentillesse ? Où, ces mensonges charmants que je transformais en bonheur et qui m'ont exaltée, moi et quelques inconnus, au hasard des villes ? Combien vivent encore de mon souvenir ? Je m'habillais vieux, je me grimais, je m'enlaidissais pour faire sérieux. Forcément, j'étais trop jeune et nouvelle dans le métier, toujours surprise des mots qui m'échappaient et navrée de ne pouvoir embellir le monde pour tous ceux qui venaient me trouver, mais quand l'occasion était bonne, quand le chaland était jeune, désireux et désirable, et que le lendemain la roulotte allait reprendre la route, alors, mais chut, écoute !

— Je vois une fille pour vous, monsieur.
— Où ?
— Dans votre ville.
— Quand ?
— Bientôt. Un amour brusque, mais vrai. Une nuit, peut-être deux.
— Mais où ?
— Je vois un jardin.
— Le jardin public ?
— Peut-être. Je ne sais pas.

Marthe, dès la nuit, se démaquillait, courait au rendez-vous, méconnaissable et tremblante. Parcs municipaux, bords des fleuves, absides, boulevards déserts, que d'amours annoncées, promises et tenues !

Parfois l'amant venait remercier Madame Marthe le lendemain et lui annoncer que l'oracle avait dit vrai. L'amour était au rendez-vous.

— Reviendra-t-il ?
— Votre main, s'il vous plaît. Je ne crois pas. Non, vous ne me devez rien. Adieu !

*

Un gamin mit sa paume sous le robinet, brisa le jet d'eau, en fit un éventail vers le chat qui sommeillait dans l'herbe. Madame Marthe, accoudée à la fenêtre sur cour, admirait la décomposition du soleil dans cette pluie horizontale. Le chat sauta sur l'arbre et l'œil de la voyante déchiffra les inscriptions sur le mur d'en face : loi contre les urinaires, publicité pour des bas, annonce de l'arrivée de Dieu. La somnolence qui prenait

Marthe vers midi, surtout l'été, ressemblait à la Terre Promise, où la pluie n'est que le peigne de l'herbe amoureuse, le temps de se faire une beauté, où les défenses faites aux hommes ne sont que des figures de langage, où Dieu vient vers nous sur ses jambes de haute femme gainée. L'avenir a versé. Il est sur le côté, parfumé au foin. Madame Marthe a la légèreté d'une balle sur un jet d'eau. On est heureux. Il n'y a plus besoin des mots.

*

Du Trône à Neuilly, des Batignolles aux Invalides, le monde de Madame Marthe est encore trop grand. Elle songe à revendre sa roulotte puisqu'elle n'a ni fille ni nièce à qui la céder, de même qu'elle a commencé le travail avec sa tante Marthe, à la mort de maman. Voilà deux sœurs qui ne s'entendaient guère, mais c'est de la vieille histoire. L'avenir qui a nourri Madame Marthe commence à la préoccuper. Ce dont elle rêve, c'est d'un appartement, un petit, bien sûr, on ne peut pas espérer tirer des mille et des cent de cette cambuse qui commence à prendre l'eau. La couleur fait encore illusion, mais le fond est atteint. Le dernier orage a décollé le panneau des photographies. Il faudra les nettoyer, en changer certaines, refaire des dédicaces. Oui, un deux pièces, dans la périphérie.

Madame Marthe en parla autour d'elle. Aucune réponse. Elle placarda des papillons sur les arbres, puis sur les murs, mais il fallut en passer par une officine. Un avaleur de feu se montra très intéressé et l'affaire fut conclue devant notaire. L'homme de loi acheva la lecture de l'acte et Madame Camille Butin fut priée de signer la première avant l'acquéreur. Il ne s'agissait bien sûr que de la roulotte, pas de la raison sociale.

— Et vous installez Madame Marthe dans le dur ?

— Oui, maître, dit Madame Butin. Avec ma niche, ma Bible et ma boule. J'ai déjà mis ma plaque dans le quatorzième, une rue tranquille, avec un arbre que je vois en me penchant du sixième. Sans ascenseur, mais je préfère : ne viendront que les croyants.

— Évidemment, Madame Marthe sonne mieux que Madame Camille dans votre domaine.

— Certain ! Se faire un prénom, c'est ce qu'il y a de plus difficile. C'était celui de ma tante. Je l'ai adopté.

— Il vous va comme un gant.

— Oui, dit Madame Marthe, mais parfois il me fait peur.

AVEC QUI ?

Le soir, en fraise écrasée, barbouillait la vitre de M. Fafet, gourmand de couleurs. Il avait quitté la toile qu'il peignait pour s'asseoir auprès de la fenêtre, goûtant non moins la splendeur du ciel dont les robes glissaient à n'en plus finir que la pauvreté des jaunes et des verts si fixes sur le chevalet. Il n'arriverait jamais à la succulence de la nature, jamais à cette force qui perce dans la moindre feuille, dans le plus pauvre bol de faïence, et qui ressemble tant à son désir. Il y a de l'apaisement dans le désespoir, de l'humilité enfin. Un gravier d'or se dépose au bas des murs et l'odeur de térébenthine met aux cloisons de l'atelier, mangées par l'ombre, des flammes ton sur ton, dans un relief de cuir de Cordoue. C'est l'heure où finit l'étude, où les garnements avant de rentrer à la maison font de longs crochets par les rues, tirent les sonnettes, cherchent à surprendre ils ne savent quoi dans les maisons qui s'allument. Un visage parut sur l'appui de la fenêtre et M. Fafet inclina la tête. Ce gamin n'oubliait jamais de lui dire bonsoir, de tenter de voir la peinture en cours et quand la fenêtre était ouverte de caresser le chat, compagnon de l'artiste, ou de faire un signe aux bengalis dans la cage qui descend du plafond par une poulie. Jamais M. Fafet n'eût fait entrer quelqu'un dans son domaine, pas plus qu'il n'avait jamais souhaité pénétrer chez les autres. C'est déjà bien suffisant de les voir aller et venir sur la place et disparaître, là-bas, en face, dans la rue qui mène vers le parc. A ceux qui n'ont pas la force de rester seuls, on ne peut reprocher que l'envie de se croire partout chez eux, mais si l'on interdit sa porte et que l'on passe dans la vie sans dire mot ? Une douzaine de paroles suffit aux nécessités, et les amis se trouvent dans les livres où les aventures ne vous poussent pas aux extrémités que connaissent l'amour de la lumière, le silence des fruits dans une coupe, le regard d'un portrait. Il y a bien ce petit homme, cartable au dos, qui s'arrête avec ses grands yeux tout en eau, évoque le faon, le suspens d'un sous-bois, le diamant noir de la mûre. Il faudrait quand même savoir ce qui l'attire, écouter peut-être la seule voix fraîche. A son habitude, l'enfant se leva sur la pointe des pieds et regarda le désordre de l'intérieur où dans le renversement du jour s'effacent les constellations de l'oiseau cardinal, des pommes, des pipes d'écume sur la table et surtout, dans l'alcôve, au-dessus d'un lit de sangle sur quoi M. Fafet se laisse tomber entre deux coups de brosse, la femme dont la gorge crève la dentelle. Devant l'insistance du petit, M. Fafet se retourna vers le portrait. Il l'avait acheté dans une vente, au temps qu'il courait la campagne et travaillait sur le motif. On dispersait le mobilier d'un château sur le perron qui connaissait son dernier théâtre. Jouant aux quatre coins dans les allées solennelles, l'écho narguait la voix du commissaire-priseur et chacun s'en allait avec une relique qui semblait lui avoir toujours appartenu. Quand parut le portrait, M. Fafet trembla de désir et l'obtint sans compter. Le cadre sous le bras, avec des prévenances de fiancé mais une impatience de jeune époux, il s'en fut hors du parc, regarda s'il n'était pas observé, posa la belle contre un arbre et finit par s'agenouiller. Qui était-elle ? Jeanne, le prénom qu'il aimait. D'où venait-elle ? De la nuit. Il lui trouvait un cousinage, une enfance. Quelles mains l'avaient caressée ? Pas d'autres que celles-ci que M. Fafet passait avec lenteur sur les yeux profonds, du geste des magnétiseurs qui rendent la lumière. Il lui parlait, lui qui n'avait jamais été bavard, et il aurait pu conter dès le lendemain leurs frasques depuis le commencement du monde. Dois-je ouvrir la porte à cet enfant ? Il entre avec naturel, comme chez lui.

— C'est votre femme ? demande-t-il.

— Oui, répond le peintre.

— Elle est morte ? On ne la voit jamais.

— Jeanne est en voyage, dit M. Fafet. Je l'attends. Tu comprendras plus tard que l'on attend toujours et que c'est pour cela que l'on travaille. Qu'est-ce que tu regardes ? Mais il ne faut pas rougir. Une femme ne peut rien montrer de plus beau que ses seins. Ta maman n'en a pas ?

— Si.

— Tu ne les as jamais vus ?

— Non.

Avec qui ?

— Eh bien, ils sont comme ceux de Jeanne.

M. Fafet vit que son visiteur tournait les yeux et cherchait à partir, toute assurance envolée. Derrière eux, Jeanne devait caresser le chat qui miaulait, en volute de vague.

— Quand tu voudras, reviens, nous parlerons d'elle et sans doute auras-tu la chance de la rencontrer. Elle n'est pas toujours sur les routes.

— Je l'ai déjà vue, dit le petit. Une fois, sur le marché et du côté de la gare, et aussi en forêt. Je la reconnais bien.

Le front de M. Fafet se plissa de jalousie.

— Tu es sûr ? Nous ne sortons pas toujours ensemble, la preuve.

— Elle m'a regardé, dit le petit. C'est bien sa figure, aussi vrai que ces pommes et puis ces pommes.

Il s'était retourné et montrait du doigt les fruits sur le chevalet et dans la coupe.

— Où était-elle ? Avec qui ?

— Elle était seule.

— Tu mens, comme tous les gosses, avec qui ?

M. Fafet tonnait, dressé, pâle. Le gamin s'était enfui. M. Fafet ouvrit la fenêtre. Des gens traversaient la place et leurs paroles se mêlaient au sifflement d'un train. La nuit passait des dessous bleus.

— Je te demande pardon, dit-il en se tournant vers Jeanne. Pourquoi faut-il que je te tourmente encore ?

Le portrait souriait avec gravité dans l'ombre adorable.

— Heureusement, ajouta M. Fafet, nous n'aurons pas d'enfants. Nous souffrons assez comme cela.

Il avança vers l'alcôve.

— Je m'emporte, mais nous ne nous sommes jamais menti, n'est-ce pas ? Tu porteras dès demain une gorgerette sans jours, ou préfères-tu pour le soir un fichu ? Avec une fleur. Celle que tu voudras.

SERVICE DANGEREUX

Marozeau et Volnay se connaissaient depuis le régiment et ne s'étaient jamais perdus de vue, si le premier avait fait fortune à Bordeaux dans l'immobilier et si l'autre végétait à Paris, en visiteur médical. Ils se retrouvaient une fois par mois dans les restaurants qu'ils avaient connus dans leur jeunesse, quand Marozeau montait à la capitale, et bien que dans la cinquantaine ils paraissaient avoir des souvenirs inépuisables qu'ils remuaient à plaisir, comme des hommes qui sont au bout de leur chemin. Volnay le célibataire acceptait quelquefois de passer une semaine de vacances dans la villa d'été de son ami, près de Biarritz, mais il se sentait toujours gêné par la réussite du beau parleur qu'était Marozeau, marié à une femme pour qui seuls comptaient le dessus du pavé, le clinquant, les amours des princes et les thés où l'on fait tourner les tables. Elle n'aurait voulu pour rien au monde avoir un enfant, source de soucis, de frais aléatoires, et elle se mêlait de la comptabilité de l'entreprise, plaçant de l'argent en Suisse où elle le laissait grossir et dormir, ravie d'en savoir l'existence et ne voulant pas le réveiller, au point de snober ses relations de rami et de l'au-delà en portant du renard quand elle les voyait se pavaner dans le vison. Elle avait toujours méprisé Volnay à qui elle réservait au café la tasse fêlée, se levant de table sans un mot, quand elle n'avait souri qu'à son mari pendant le repas, poussant un rire pointu au moindre de ses mots sur le béton. Volnay cependant la trouvait belle et la désirait à mesure qu'elle l'éloignait. Un soir, devant la mer, il avoua à Marozeau que Yolande le troublait et il lui demanda de le laisser partir dès le jour suivant.

— C'est idiot, dit le mari. Je ne verrais pas d'un mauvais œil que vous vous occupiez l'un de l'autre, si l'envie la prenait. Je sais depuis toujours que tu es brave. — Il frappa l'épaule de Volnay. — Si je te disais que je n'ai jamais pu la supporter, que je suis obligé de tenir un double livre de comptes ? Elle réparerait elle-même ses chaussures si elle était moins maladroite. J'ai des millions qui s'oublient par sa faute. Enfin.

— Alors ? demanda Volnay.

— Levé à six heures, couché à minuit, depuis quinze ans je n'ai pensé qu'à mon affaire et j'ai réussi, forcément. Yolande est là comme si elle n'était pas. Non, je n'ai pas de maîtresse. Parfois des passes, ici et là, pas plus importantes que la douche d'avant dormir.

Il donna un coup de poing dans les côtes de Volnay et la conversation resta en suspens. Volnay, cependant, sentait que son ami lui cachait quelque chose. La soirée fut silencieuse et Marozeau le conduisit au premier train du matin, sans dire un mot.

— Toi, dit Volnay, ton nez remue.

— Je te raconterai.

Et la conversation reprit à Paris chez un bougnat près de la Bastille.

— Figure-toi, dit Marozeau, il y a une quinzaine de jours, mon réveil sonne, je le laisse finir sa course et je ne bouge pas. Aucune envie de me lever. Yolande s'était réveillée dans la chambre voisine, levée, et elle me regardait par la porte, me demandant si j'étais malade. Je me tourne vers elle, sans répondre. Elle vient me prendre le pouls. Une étrangère. Une clinique. Un lieu inconnu, et moi pareil. Je découvrais les meubles, la cretonne, les tapis, les poignées de portes, le nez de Yolande. Je n'avais jamais remarqué qu'il fût aussi long. Et c'est au milieu de cette semaine-là que je suis allé te voir, et que tu m'as trouvé bizarre toi aussi.

— A l'auberge du Turc, en effet. Tu as bu pour finir deux marcs et deux mirabelles.

— Le mercredi. Nous nous sommes quittés vers quatre heures et tu as cru que j'allais prendre l'avion. Pas du tout, je suis allé au cinéma.

— Tu le détestes !

— Et j'ai rencontré Brigitte, vingt ans, deux yeux noirs, elle suit des cours à Nanterre. La fatalité.

— Alors ?

— Nous sommes allés au théâtre, le soir.

— Tu le détestes !

— Puis au Claridge et je ne suis rentré que le vendredi par le train de nuit. Nous sommes restés au lit vingt-sept heures d'affilée, et je n'ai pas été trop mal, enfin ce n'est plus ma jeunesse, mais rassurant tout de même.

— Et tu ne me disais rien ?

— Je suis fou d'elle, mon vieux, fou. Même les premiers soirs avec Yolande sont gris à côté. Je ne comprends pas.

— Pourquoi veux-tu comprendre ?

— J'aime comprendre.

— Il n'y a rien à comprendre.

— Je vois que tu me comprends, dit Marozeau. Elle habite encore chez ses parents, des confiseurs de l'avenue d'Italie, mais je lui ai loué une petite chose près du Jardin des Plantes.

— Tu la vois souvent ?

— Tous les trois jours.

— Et tu ne me disais rien ?

— Je voudrais te la présenter. On croque tous les trois, ce soir, d'accord ?

— Oui, dit Volnay qui songeait à Yolande, si lointaine.

— C'est bientôt Pâques, reprit Marozeau. Tu sais que Pâques pour Yolande c'est sacré, c'est la maison de Biarritz. Tu sais ce qui me ferait plaisir ?

— Je ne peux pas te remplacer là-bas, reprit Volnay. J'ai encore une semaine pleine de démarches, et puis quelle mine aurais-je de débarquer en ton absence ?

— Mais je serai là ! s'écria Marozeau. Nous serons tous là. Je veux que Brigitte connaisse tout de moi, mes maisons, ma femme. Je ne peux plus me passer d'elle. Tu l'accompagneras. Ça sera officiellement ta fiancée, pour Yolande.

— Et la nuit ?

— A chacun sa chambre. Enfin, il y a dix-huit pièces, je ne t'apprends rien.

— Je ne peux tout de même pas faire chambre à part, déjà !

— Avec ta fiancée, voyons !

— Ma fiancée, c'est très joli, mais nous ne sommes plus sous Louis-Philippe. Yolande croira...

— ... ce qu'elle voudra, elle te prendra pour un homme qui a de la tenue, un peu vieux jeu, elle le pense déjà. Ou peut-être même un peu trop pur pour être honnête.

— Un con, dis-le.

— Ce sont des détails. Je veux Brigitte là-bas. Sa présence. Si tu savais...

— Et quand Yolande te tiendra toujours par le bras ? C'est ça ses vacances, être avec toi, qui n'es jamais là.

— Tu promèneras la petite amie.

— Où ?

— Elle adore les boutiques. Tu lui achèteras ce qu'elle veut.

— Et avec quoi ?

— Je te donnerai ce qu'il faut. C'est entre nous. Brigitte ! Je me retrouverais nu pour elle sur la place des Quinconces, sans un sou, tu m'entends.

— Heureusement que ton épouse en a mis de côté, dit Volnay d'une voix triste, tandis que Marozeau éclatait de rire et réglait l'addition.

— L'amour, dit Marozeau, un jour on sait ce que c'est, mais on ne sait ni le jour ni l'heure. Débrouille-toi avec Yolande.

— Tu dis ça parce que tu sais qu'elle me déteste.

— Bribri..., murmura Marozeau qui n'écoutait que soi, qui ne voyait que la charmante. A ce soir. Dînons à huit heures chez le Turc.

Volnay arriva chez le Turc avec une heure d'avance et dessina sur la nappe de papier des cochons et des serpents qui sortaient de son subconscient. Il vida une bouteille de Sauvignon pour oublier une sorte d'impuissance et une jalousie certaine. Marozeau l'avait toujours ébloui et mené par le nez, dès leur première sortie de garnison. En même temps, il se disait qu'il était doux d'espérer une femme dont il s'avouait n'avoir pas nécessité. Si Yolande lui avait un jour souri et cédé, l'affaire sans doute se serait arrêtée là. Donc, il se contenterait quelques jours par an d'admirer la femme de son ami. Hélas, le vin l'aidait à lui trouver beaucoup de défauts, les visibles de snobisme et de dureté, les nouveaux : son mari la trompait en vérité, pas en courant et sans conséquence comme le font la plupart des hommes, et n'avait-elle pas de trop grands pieds, des cheveux raides, des oreilles sans lobe, une voix de majordome ? Volnay demanda au garçon de changer la nappe et d'apporter une nouvelle bouteille. Dès qu'elle fut ouverte, il se dit qu'il était stupide de se prêter à la galanterie de Marozeau. Qu'il se débrouille donc seul ! Et il se rappela tout à coup le médecin-chef du laboratoire dont il vantait les produits. Cet homme l'aimait bien et passait pour un savant voué au bien de l'humanité et détaché des hommes tout ensemble, ainsi qu'il arrive quelquefois. Il lui avait un matin fait une confidence qui le sortait de son naturel, déclarant à un

Volnay interdit que sa vie venait de changer, qu'il en attaquait la fin avec délices grâce à une dame plus jeune que lui, belle à trembler, qu'il venait de rencontrer dans un symposium. Symposium, se répétait Volnay en entendant l'autre lui décrire les charmes de la nouvelle Vénus, la première, l'inégalable. Et Volnay une fois de plus était parti en tournée, le cœur défait par ces bonheurs qui n'arrivent qu'aux autres. Le ciel cependant lui fut doux à peu de temps de là. Comme il rentrait au buffet de la gare de Lyon pour expédier son déjeuner avant de reprendre ses visites, il tomba sur le médecin-chef assis près d'une petite personne sans âge coiffée d'un béret d'écolier, les yeux nuls dans des cernes.

— Que je vous présente ! s'écria le savant réjoui et bondissant. Je vous en ai parlé. C'est elle !

Volnay sentit son cœur se défaire de plus belle, au lieu d'être soulagé par la vue du laideron. Ici, chez le Turc, il se mit à penser que la Brigitte de Marozeau lui ferait le même effet : les hommes n'ont qu'un critère, leur désir, et il entama la deuxième bouteille de vin blanc.

A peine avait-il reposé son verre que Marozeau entra dans l'établissement, tenant la porte et joignant les talons sur le passage de celle qui l'accompagnait. Volnay eut un spasme : Brigitte était superbe, pleine de nuit et de lumière, l'air bohémien, la fraîcheur de l'enfer.

— Brigitte, dit simplement Marozeau. Remets-toi, Volnay.

La jeune fille tendit la main à Volnay, en garçon,

s'assit près de lui sur la banquette et déclara qu'elle avait faim. Entre les escargots et le bœuf en daube, ils parlèrent peu et Marozeau déclara que la petite était d'accord pour de belles Pâques ensemble, selon le plan établi. Entre la salade au roquefort et le soufflé, Brigitte regarda Volnay, un coude sur la table, penchée comme une étudiante qui prend des notes distraites, pendant que le maître parle et Marozeau disait que la vie est épatante, qu'il y a l'amour et l'amitié, et que dans les périodes divines l'une sert l'autre.

Volnay voyait tourner les tables, les fenêtres à rideaux rouges, les garçons à bretelles de cuir, le visage de sa voisine qui paraissait n'avoir jamais servi et posséder cependant l'expérience de plusieurs générations.

— Vous arriverez le Jeudi Saint, dit Marozeau, j'irai vous chercher à la gare. Tu as pu prendre huit jours ?

— Oui, dit Volnay, même dix, si ça t'arrange.

Marozeau lui tapa sur l'épaule à travers la table et prit le menton de Brigitte.

— Amour, tu vois qu'il est comme je te l'avais peint. Si tu savais ce que nous avons pu faire ensemble !

Volnay rougit, se demandant ce que l'autre voulait dire par là. Il y avait bien eu le temps de l'armée, si peu canaille, les repas mensuels, quelques promenades, les séjours à Biarritz où les plus belles heures avaient été celles du sommeil. Volnay voyait un abîme, les regrets en pluie de pierres le combler. Dieu, que sa voisine était jolie, et toujours un mot enthousiaste sur les lèvres juteuses.

— C'est chouette ! disait Brigitte. C'est formidable ! Il est mignon.

Il s'agissait tantôt des fleurs sur la table, tantôt du fromage de chèvre, enfin du chef qui venait saluer ses pratiques, la toque en biais. Elle alluma le cigare de Marozeau et Volnay regretta de ne pas fumer.

— Connais-tu la grandeur de la Bastille ? demanda Marozeau en prenant la main de Brigitte. Ce fut une grosse affaire dans l'immobilier. Ses pierres ont fait la place du Palais-Bourbon, le pont...

— Fantastique ! s'écria la petite. Montre !

Ils se levèrent et Marozeau les guida sur la place, indiquant du doigt l'emplacement de la forteresse en partie dessiné par des pavés noirs. Ils faillirent se faire renverser plusieurs fois par les voitures en folie.

— Alors, dit Marozeau à Volnay, je viens vous chercher tous les deux la semaine prochaine et tu présenteras à Yolande « ta fiancée ».

— Génial, dit Brigitte.

Ainsi arrivèrent-ils ensemble à Biarritz le soir du Jeudi Saint. Yolande les trouva dans le salon qui regarde la mer, au retour d'une séance spirite. Elle jeta à peine un œil sur les invités de son mari et annonça que la table qu'elle venait de solliciter avec ses amies leur avait parlé, sans qu'on sût pourquoi, de Boieldieu.

— Or, tu le sais, Robert, aucune de nous n'est musicienne.

— Du tonnerre ! s'écria Brigitte en serrant le bras de Volnay.

Alors Yolande la trouva vulgaire, primitive plutôt.

Rien d'étonnant qu'un Volnay ramasse une panthère de banlieue.

Quand ils eurent dîné, Yolande leur montra la chambre qu'elle leur réservait, sur le jardin dont les arbres sous les projecteurs de différents tons, orange et jaune, paraissaient artificiels. Marozeau n'avait pas prévu cela, ni Volnay qui dit naturellement selon ce qu'il avait convenu avec son ami que sa fiancée et lui faisaient encore chambre à part, en attendant.

— Eh bien, vous n'attendrez plus, dit Yolande.

— Laisse-les, dit Marozeau, si c'est leur plaisir de retarder le bonheur.

Yolande ouvrit des yeux étonnés.

— Tu ne parles jamais comme ça, dit-elle.

— Délicieux ! coupa Brigitte.

— D'ailleurs vous avez deux lits, dit la maîtresse de maison. Vous pouvez donc vous parler à distance. Je peux vous mettre un paravent.

Elle n'en revenait pas, mais après tout, Volnay lui avait toujours paru étrange, Volnay qui la regardait avec des yeux suppliants.

— Quand on a dix-huit pièces dont neuf chambres, dit doucement Marozeau, mais sa voix disparut, de crainte de paraître se mêler de ce qui ne le regardait pas et certain que Yolande ne démordrait pas de ce qu'elle avait décidé.

La nuit cependant fut sans histoire.

— Il viendra vous retrouver, dit Volnay à Brigitte et je passerai à côté, mais Marozeau ne vint pas : la lumière de Yolande passait encore sous la porte à trois heures du matin, et la fatigue le prit. Brigitte s'était endormie aussitôt et Volnay la regarda longtemps dans l'ombre, avant de se tourner vers le mur, en rage contre tout, regrettant sa faiblesse, hésitant à réveiller la belle, à devenir enfin un Marozeau, pourquoi, mais pourquoi lui ai-je toujours rendu service à celui-ci ? grognait-il sans avoir aperçu jusqu'ici l'ombre d'un service. Et pourquoi... il se leva et alla prendre son portefeuille dans la veste posée sur le serviteur muet... pourquoi ce million en billets neufs que lui avait glissé Marozeau pour les désirs de la petite quand ils iraient en ville demain ? « Au besoin, tu comprends. Fais pour le mieux. Et ne lui dis rien. Elle aura la surprise d'apprendre que c'est moi, après. » Les lumières dans les arbres s'étaient éteintes et la lune passait entre les doubles rideaux mal joints. Volnay avança jusqu'au lit de Brigitte qui lui parut encore plus jeune, dans ses cheveux défaits et lourds. Il lui sourit puisqu'elle ne pouvait le voir, ronflant légèrement, et il regagna son lit.

Yolande avait un horaire strict, c'est souvent le cas chez les femmes de grande taille, qui ont quelque chose de l'homme et rêvent ou ont rêvé de mener le monde. Avec son dégoût de la dépense, elle faisait les boutiques de dix à douze, de la crémière où elle tâtait les fromages sans en acheter aux magasins d'antiquités dont elle aimait faire baisser les prix marqués pour le seul plaisir de la discussion, sans rien emporter. Il en allait de même chez les modistes, les bijoutiers, les opticiens bien qu'elle ne portât de lunettes qu'une vieille paire en verre fumé, les jours de grand soleil. Elle sortit donc comme à l'habitude et pénétra chez

« Inn », le magasin dans le vent, qui était un labyrinthe de robes. Quelle ne fut pas sa surprise de surprendre Volnay déposer sur la caisse... mais il est fou, ce n'est pas vrai ? Yolande se dissimula... cinq cent mille francs. Sur l'un des comptoirs, Brigitte prenait des mains de la vendeuse des colliers, des bagues, un jonc, un foulard, des clips. Souriante, elle se parait autant qu'une Vierge du Pilar et son teint touchait au mauresque. Yolande la vit se jeter au cou de Volnay qui ne broncha pas sous un baiser bruyant, d'amie plus que d'amante. Elle les laissa partir sans être vue et les suivit quelque temps. Brigitte marchait à côté de Volnay et faisait tournoyer à la main l'un des colliers qu'elle avait ôté de son cou, et se mettait à sauter à cloche-pied sur la bordure du trottoir. Yolande regagna la maison où Marozeau qui ne prenait jamais de vraies vacances téléphonait depuis le matin, bruyant et gesticulant comme un démonstrateur de plein vent.

— Ton Volnay, je ne m'étais pas trompée ! s'écria-t-elle.

— Un moment, dit Robert en couvrant de la main le microphone de l'appareil, je te demande une minute, j'attends le cabinet du ministre.

— Ton ami ne pouvait choisir qu'une poule ! poursuivit Yolande. Quel genre ! Ça s'embrasse en public, ça fait la collégienne, aucune tenue et, le comble, non je te le donne en mille, en cinq cent mille, il lui a payé un demi-million de colifichets !

Marozeau baissa l'écouteur, l'œil inquiet, mais on l'appelait au bout du fil et sa femme se retira.

Dès qu'il eut achevé sa conversation, où il se montra

enjoué et comme si l'autre pouvait le voir du bout de la France, s'inclinant à plusieurs reprises, il courut vers la cuisine où Yolande donnait les derniers ordres à la bonne.

— Comment ça un demi-million de colifichets ?
— Chez Inn, je l'ai vu. Des breloques, pas de la fourrure ! du tape-à-l'œil, des bouts de verre !
— Pas pour un demi-million ? dit Marozeau stupéfait.
— Avoue que pour faire ça, il faut être complètement idiot. Et je vais te dire : un visiteur médical qui peut se permettre de pareilles folies trafique.
— Comment trafique ?
— Dans la drogue, les stupéfiants, les produits rouges, il est placé, avoue.

Brigitte et Volnay entraient à cet instant par le jardin et le rire de la fille rendait plus bleu le ciel, plus vertes les jeunes feuilles.

Brigitte crut bien faire, en voyant Yolande s'avancer dans la baie ouverte, de sauter au cou de Volnay.

— Regardez, dit-elle à son hôtesse en avançant ses poignets et ses mains bagués, ce n'est pas un amour ?

Marozeau, derrière sa femme, regardait Volnay qui haussait doucement les épaules, de l'air de celui qui fait ce qu'il doit et ce qu'il peut. Brigitte alla vers son amant et lui dit d'admirer les merveilles qu'elle portait, tout en lui serrant les mains et murmurant : vous êtes deux choux.

— C'est parfait, dit Marozeau, je suis heureux que vous soyez ravie. Marchons-nous un peu avant le déjeuner ? Tu permets, Volnay ?

Il n'attendit pas leurs réponses, prit Brigitte par le bras et l'entraîna dans les allées.

— N'en fais pas trop, dit-il.
— Les bijoux ne te plaisent pas ? Je trouve ça gentil.
— Ne l'embrasse pas trop, c'est tout.
— Gros jaloux.
— Pas du tout, mais il est inutile de faire naître des idées chez un homme qui n'en demande pas.
— Ils en demandent tous, dit la petite, mais je t'aime, je t'aime.
— Pas ici, dit Marozeau, derrière le massif, viens, viens derrière le massif.

Il s'assura à travers les feuilles que Yolande et Volnay étaient rentrés à la maison et il lui souleva la robe. Brigitte l'aida jusqu'au bout et ce fut une tornade sur place où les arbres tournèrent. Ils gagnèrent ensuite la maison, à peine rajustés.

— J'ai faim, dit Marozeau.
— Tu es toujours pressé, répondit Yolande.

Le repas fut silencieux. Brigitte mangeait plus que les deux hommes réunis et Yolande en prenait un air pincé. Malgré tout, mue par le mépris, elle lui remplissait toujours son assiette.

— Après ça, dit Brigitte, j'irais bien dormir. Tu viens ? dit-elle à Volnay.
— Non, dit l'autre qui recevait un coup de pied de Marozeau.
— A tout à l'heure, dit Marozeau. Quand voulez-vous que je vous réveille ?
— Pour le goûter, dit Brigitte, oh oui, venez !

Brigitte crut bien faire en se levant de baiser Volnay dans le cou.

Dans la nuit qui suivit Marozeau entra sur la pointe des pieds dans la chambre des faux amants avec la crainte de découvrir une infamie, mais Volnay dormait en chien de fusil dans son lit. Marozeau le réveilla avec douceur et lui murmura de passer dans la pièce voisine où l'attendaient deux lits vides. Brigitte, sur le dos, ronflait légèrement et Marozeau regarda un moment les dents adorables qui luisaient. Il se glissa près d'elle et sans qu'elle s'éveillât tout à fait la prit avec douceur.

— Si Robert savait ce que vous faites! murmura-t-elle enfin et ouvrant les yeux elle vit que ce n'était pas Volnay. Marozeau sentit que toutes ses forces le quittaient.

— Les bijoux, c'est moi, dit doucement Marozeau, ce n'est pas lui.

— Ça n'a pas d'importance, dit Brigitte, ils sont à moi maintenant. Et l'argent je m'en fous. Tu n'en aurais pas, ce serait pareil.

Elle lui prit le visage dans les mains et ajouta après un temps.

— Il n'en a pas, lui?
— Volnay? Non.
— Le pauvre.
— Il ne connaît pas sa chance. L'argent (et il prit Brigitte dans ses bras, paternellement), c'est une maladie que l'on attrape et dont on ne peut se guérir. La différence avec les autres affections c'est qu'elle ne cause pas de soucis à ceux qui vous entourent, au

contraire. Mon petit, si tu savais comme ça te ronge jour et nuit !

— Refais-moi l'amour, dit Brigitte, tu parles toujours.

— Pardonne-moi, dit Marozeau, mais je dois regagner ma chaumière.

— Ta femme sait ?

— Rien du tout, justement. Pourquoi lui faire de la peine ?

— Elle n'a pas une tête à s'en faire, remarqua Brigitte.

Elle regarda Marozeau qui resserrait le cordon de sa robe de chambre et passait un doigt mouillé sur ses sourcils, puis elle se tourna vers le mur dont elle caressa de l'ongle le papier peint.

— Évidemment, dit-elle, tu as des qualités. Si ça ne se renouvelle pas, tu sais le faire durer. Volnay va revenir ?

— Il est tranquille, laissons-le.

— Je disais ça...

Elle laissa retomber son bras et ses yeux se refermèrent. Marozeau la baisa au front, se demanda s'il n'allait pas de nouveau rentrer sous la couverture, mais il passa dans la chambre de Volnay pour regagner son lit et fut étonné de trouver son ami assis dans un fauteuil, le menton sur les poings, face à la fenêtre dont il avait tiré les rideaux et que rendait laiteuse la lune.

— Tu ne dors pas ? dit-il.

— Je me demande, dit l'autre, quel avantage il y a à aller dans la lune ? Le premier objet à la toucher fut le portrait de Lénine, le premier geste d'y communier sous les deux espèces et d'y planter un drapeau.

— Je te connais, dit Marozeau, tu aurais voulu qu'on y fît d'abord l'amour.

— Non, répondit simplement Volnay, je n'y ai pas pensé. Pourtant, nous sommes tous un peu les enfants de la lune. Je pars demain.

— Et Brigitte ?

— Elle fera ce qu'elle voudra.

— Ah non, non, non ! s'écria Marozeau, je t'en prie, nous avons un accord.

— Je pars.

— Tu n'as pas le droit. Tu es mon ami. Je sais désormais ce que je risque à te la confier, mais je ne veux pas la voir partir.

— Je dirai à ta femme que je la lui confie, si elle accepte, et que je suis obligé de rentrer.

— Elle n'acceptera pas, je la connais. Reste au moins pour Yolande.

La voix de Marozeau montait si fort que l'on frappa à la porte et les amis interdits virent entrer la patronne.

— Quel affut, dit-elle, si vous tenez à discuter, faites-le dans la journée.

La tête des hommes était si troublée que Yolande eut un instant de crainte.

— Je parie que c'est votre fiancée ? dit-elle à Volnay. Qu'est-ce qui ne va pas ? Elle vous quitte ?

— Je la quitte, dit Volnay.

— Oh, les nuances, moi, vous savez. — Et elle ajouta tout à trac : — Elle vous ruine ? Je l'ai vu au premier coup d'œil. C'est une femme à qui il ne faut pas en promettre.

— Mêle-toi de ce qui te regarde, dit Marozeau. Leur affaire s'arrangera, laissons-le dormir.

— Madame, dit Volnay, je prendrai le premier train pour Paris, demain.

— Voulez-vous que je la garde un peu ? dit-elle.

— C'est ça, dit Marozeau, en se tournant vers Volnay, peut-être qu'un peu de distance entre vous deux, un peu de temps, apaisera les choses.

— Je ferai celle qui ne sait rien, dit Yolande que le versant de la nuit subitement adoucissait. Allons, Volnay, couchez-vous. J'arrangerai tout. Elle ne vous aime plus. C'est mieux de le savoir avant.

— Avant quoi ? dit Marozeau.

— Avant de se passer les chaînes, dit Yolande. Après, il est trop tard.

Elle avait repris sa voix d'acier et Volnay regardait d'un air pitoyable Marozeau dont le dos formidable se découpait sans bouger dans la fenêtre et il vit en un éclair tout ce que représentait Brigitte pour son ami. Marozeau se retourna et dit :

— Vieille branche, nous ferons tout pour elle. Si elle veut rester le temps des vacances, ne t'inquiète pas. Je t'appellerai au téléphone tous les jours.

— Inutile, dit Volnay dont le profond désir de se sacrifier ressortait à plein. Je connais Brigitte depuis peu, et je sais que je ne la rendrai pas heureuse. On ne refait pas un vieux garçon.

— Je vois, dit Yolande en s'allongeant dans le lit jumeau, elle est tout ce que vous n'êtes pas. Dépensière, désordonnée, primesautière, égoïste et dure. Elle a d'ailleurs l'œil des gens de route qui préfèrent la belle étoile au lit à la polonaise. Ne croyez pas que je m'acharne contre elle pour vous rabibocher. Je dis ce que je pense. La femme fatale n'est pas souhaitable : elle tourne à l'emmerdeuse, aussi vite que le lait bout, et vous savez que le lait vous surprendra toujours.

— Nous pourrions descendre au salon, suggéra Marozeau, et prendre un remontant ?

— Tu ferais mieux de dormir, dit Yolande, avec les poches que tu as sous les yeux ! J'ai dit ce que j'avais à dire. Volnay ?

Volnay tourna le visage vers son hôtesse, étonné qu'elle s'intéressât tant à lui, la croyant assez perfide pour jouir de son malheur et se demandant si en effet le malheur ne venait pas de tomber sur lui. L'image de Brigitte voletait dans la chambre et se posa en rayons sur les arbres noirs du jardin dont les dômes se cernaient d'argent. Il était sur le point de regretter la décision du départ, mais Yolande poursuivait le portrait de Brigitte si durement qu'il voyait tous les dangers de l'avenir pour Marozeau et se félicitait d'y échapper.

— Alors, le mieux, dit Yolande, c'est que vous lui laissiez un bon souvenir, le dernier, mais qui va compter ! un baroud d'honneur. Jusqu'au matin, jusqu'à plus soif ! D'ailleurs, cette fille est une petite source. Je suis brutale, d'accord, mais c'est pour votre bien. La femme, Volnay, est un fleuve dont vous êtes les bateaux. Sur elle, vous ne pouvez poser qu'une navette de papier.

— Je t'en prie ! dit Marozeau. Volnay a assez de peine.

— Je demanderai, poursuivit-elle, à mes amies de faire tourner notre guéridon pour confirmer ce que j'avance. Vous verrez. Dès que je vous ai vus arriver, j'ai deviné que ça n'allait pas. Vous n'aviez pas l'air d'être ensemble. Ne parlons pas de ces achats d'amant en perdition, oui, oui, j'étais chez Inn, et vous ne m'avez pas vue.

— Yolande, murmura Marozeau, tu exagères !

— Ton ami me comprend. Que veux-tu ? Il y a des femmes qui sont, je le répète, de petites mares qu'un homme assèche en une fois. Elles redeviennent une petite mare pour un autre, et ainsi de suite. Allez, Volnay, courage ! Vous me remercierez un jour.

Elle se leva, lui prit la main qui tremblait et le poussa vers la chambre de Brigitte. Marozeau jeta un œil suppliant sur son ami et Yolande l'entraîna vers leur appartement. Leur nuit s'acheva l'un près de l'autre dans un sommeil difficile. La jalousie de Marozeau était telle qu'il se détendait en ressort et que Yolande au matin lui montra les bleus qu'il lui avait laissés sur les jambes. Elle sonna la bonne qui fut surprise de voir ensemble ses patrons dans la chambre de Monsieur et elle lui demanda deux cafés forts, accompagnés d'une barre de chocolat amer.

— Il faudrait peut-être voir ce qui est arrivé ? dit Marozeau. Tu as une façon de traiter les gens ! Nos invités.

— Tes invités !

— Je ne sais ce que tu as contre la fiancée de Volnay. Moi, je la trouve très bien.

— Pour Volnay, dit-elle, pas pour toi. Elle n'est pas de ton monde, Robert. Et Volnay ! Ce n'est pas parce qu'on a servi deux ans sous le même uniforme qu'il faut se croire liés, sinon les peuples ne seraient plus que des plaques de grillage.

La servante entra, déposa le plateau sur les genoux de Madame et annonça que les invités étaient partis.

— Comme ça ? cria Yolande, sans dire merci ? sans adieu ?

— Tu as ce que tu voulais ! hurla Marozeau en se levant brutalement.

— Tout de même ! dit Yolande.

— J'ai trouvé cette enveloppe dans l'entrée, reprit la bonne, et puis ce petit sac.

Marozeau les lui arracha des mains. Le petit sac fit un bruit de billes, s'ouvrit. Colliers et bagues tombèrent sur le tapis. Yolande regarda son mari, se leva et saisit l'enveloppe. Elle contenait une liasse de billets que Yolande glissa machinalement dans la pochette de sa chemise de nuit. Marozeau s'était effondré sur un pouf et la bonne sortait à reculons.

— Je n'aurais jamais cru ça de toi, dit Yolande dont le nez s'allongeait encore.

— Ça quoi ?

— Laisse-moi finir.

Elle lisait le billet laissé par Volnay.

— Il n'y a que deux choses qui ne se rencontrent jamais, dit Yolande en lui tendant le papier, ce sont les âges différents. Les générations, comme on dit. Ce sont des espèces contraires, mais on peut tenter le rapprochement sur un point : la classe. Toi, mettre à mon rang cette fille sans allure ! Il doit exister pourtant des merveilles. Faut-il que je t'en recherche ? Merci, Robert. Merci !

Elle partit vers sa chambre, aussi raide qu'un os, et se retourna pour dire que Volnay en tout cas pouvait aussi avoir deux fois et demi l'âge de Brigitte, il ajoutait cependant la chance d'être à son niveau de vulgarité, et elle-même bénissait le ciel d'avoir été sans le vouloir l'instrument d'un bonheur possible.

Marozeau ne sursauta pas quand Yolande claqua la porte et il commença la lecture du billet de Volnay :

« ... il faut me croire, Robert, ou plutôt croire à la fatalité. Brigitte m'a juré qu'elle t'écrirait de sa main que je ne l'ai pas forcée à partir avec moi, qu'elle a voulu laisser les bijoux. Je lui ai pourtant dit que je ne pourrai jamais t'égaler dans ce domaine. Ça l'a fait rire et elle a dit tant mieux. Tu me disais qu'elle ne parlait pas, mais elle n'a pas cessé. Comme : " A Nanterre, j'écris avec un crayon, est-ce que ce serait meilleur si j'usais d'une plume en or ? — Mais moi, ai-je ajouté pour te la conserver, moi ce n'est pas lui : voyages, festins, maison secondaire ? " Elle m'arrêta : " Peau de balle ! " Alors je lui ai décrit ma salle de bains toujours bouchée, au cinquième sur cour. " Chic ! " La voilà toute. Je ne lui ai pas fait l'amour sous ton toit parce que j'ai toujours tenu mes promesses, ni au jardin où elle m'a entraîné avant que je t'écrive ce mot. " Délirant, c'est mouillé ", elle répétait ça, me tirait par la manche. Je suis chaviré pour toi, mais si heureux ! Pourtant je ne pensais qu'à Yolande ! Fantastiques, tes arbres ! C'est la première fois que je vois l'aube. Je l'ai dit à Brigitte et elle m'a caressé : " Robert, c'était mon père, et toi tu es mon enfant. " »

Marozeau chiffonna la lettre et la jeta sur le lit.

— Yolande ?

Il frappa à la porte de sa femme.

— Yolande, ouvre-moi !

Il se mit à tambouriner le bois couleur de perle à filets d'or, mais Yolande se faisait les ongles et souriait à son reflet dans la coiffeuse. Elle songeait qu'elle irait se faire teindre en noir, un noir de jais, un noir de Bohême et que désormais elle se baguerait les yeux de kohl. Elle entendit un sanglot de l'autre côté de la porte, mais elle était si sûre de commencer une nouvelle vie qu'elle alla tourner la clé dans la serrure.

— Yolande, supplia Marozeau en larmes, substituant malgré lui à la poitrine plate de sa femme la gorge savoureuse de la disparue.

— Es-tu certain que je sois là, dit-elle, que j'existe ?

Marozeau se blottit contre elle et la serra, mais Yolande aperçut les colliers et les bagues sur le tapis. Elle se dégagea pour les ramasser.

— Il faudra bien que la boutique me les reprenne, dit-elle, même au tiers du prix.

AVEC LEUR SOIF
DU POUVOIR !

— Il ne faut pas rire, dit la couturière allemande, vous riez toujours et pourtant la vie n'est pas gaie. En plus, c'est un jour de semaine.

Son patron, Léopold Marue, à la carrure de géant, resserra la ceinture de sa blouse blanche, caressa le rideau de la lingerie et regarda la nuque d'Ulrike, cheveux relevés, fins roseaux hors d'une eau claire.

— Je sais ce que vous voulez, ajouta-t-elle et c'est pis que rire. Je ne dirai jamais rien à Madame, elle est trop douce sous son air rêche, mais si vous continuez à me harceler je partirai.

Léopold haussa les épaules, sortit et revint aussitôt.

— Je ne peux rien raconter à ma femme, dit-il. D'ailleurs, elle sait tout, c'est une fine mouche. Il faut bien que je me détende avec quelqu'un.

— Vous avez des amis.

— Aucun, dit Léopold. J'en avais avant de venir m'installer dans cette foutue ville.

— Pourquoi êtes-vous parti d'où vous étiez à l'aise ?

— La fatalité, répondit Léopold rêveusement, et

puis j'aime créer. C'est la quatrième pharmacie que je fonde. Enfin, que je relance.

— Moi, dit Ulrike, je n'aime pas bouger, je suis venue d'Allemagne après la guerre, avec ma mère qui suivait son Français. Il avait tenu la ferme de mon père. Mon père est mort sur le front russe. Ma mère a divorcé parce que l'autre la battait. Moi, je suis restée ici à Miremont. J'ai cousu pour toute la ville et je continuerai.

— Sans vous marier ?
— Les hommes !
— En effet, si vous n'en éprouvez pas le besoin.
— Parfois.
— Alors ? dit d'une voix puissante Léopold qui vint mettre la main sur l'épaule de la jeune femme. Vous êtes belle. Vous n'avez pas le droit de gâcher... Vous avez déjà quelques cheveux blancs, si peu, vous devriez les arracher. Voulez-vous qu'avec une pince je les ôte ?

— Laissez-moi, dit Ulrike.
— Les cheveux blancs ne veulent rien dire, je vous rassure, dit Léopold. Connaissez-vous cette dame à qui l'on demandait au bain turc pourquoi sa tête était d'argent quand son pubis était si noir ? C'est que je n'ai pas de soucis de ce côté-là, répondit-elle.

Léopold rit de nouveau et Ulrike se leva, laissant le drap qu'elle ourlait.

— Vous êtes tous dégoûtants, dit-elle. Je reviendrai demain, si vous restez dans votre laboratoire.
— Demain est le jour des Morts, dit Léopold, c'est fermé, vous le savez bien et je n'honore pas les morts.

Les miens sont un peu partout et je ne les ai pas assez aimés de leur vivant pour jouer une comédie qui ne rime à rien. Non (et il prit la main de la couturière), je ne me soucie que de la vie que l'on paraît dédaigner. Ulrike ? Nous pourrions faire de grandes choses ensemble.

— Elles ne se font pas couchés, dit-elle en se dégageant.

Léopold la laissa partir et attendit de la voir traverser la place que la neige rendait plus étroite. Ulrike ressemblait à un oiseau dans une cage. Elle entra dans la boulangerie puis dans la charcuterie dont les lumières de cire annonçaient le crépuscule et ressemblaient à des nids d'osier, puis elle revint vers la pharmacie et Léo descendit en maître pour demander aux potards si tout allait bien. Simone, sa femme, était debout près de la caisse et timbrait des ordonnances, sous les yeux des clients.

— La revoilà, dit-elle. Encore rien ?
— Rien, dit Léopold.

Ulrike rentra par le couloir, regagna l'appartement du premier et la lingerie.

— Elle sera difficile, dit Léopold à sa femme qui rendait la monnaie. On a fait une réputation aux Nordiques et Germaniques. En fait, il n'y a que des cas d'espèces.

— Nous n'en avons jamais eu de plus belle, de plus saine, elle tient de la cerise, dit Simone, vingt-huit et deux trente, merci, et suivez bien la prescription, un comprimé seulement à midi, évitez de conduire, sauf le matin.

Il y eut encore quelques demandes de sirops et de pommades. Léopold voulait remonter auprès d'Ulrike, mais Simone l'en dissuada : il fallait ne pas trop l'effaroucher ; après tout, ils ne l'avaient dénichée que depuis peu et elle n'était pas venue se plaindre auprès de l'épouse des avances du mari. Les chances restaient complètes.

— Elle a dit des choses gentilles sur moi, dis-tu ? ajouta Simone. Quoi, par exemple ?

Ulrike vint les saluer avant de partir. La vieille femme de cuisine restait seule à l'appartement et l'odeur d'un potage aux herbes se frayait une mince coulée acide à travers les falaises fades des produits pharmaceutiques. Les deux aides s'en allèrent et les vitrines restèrent allumées pour la nuit, offrant aux passants des clystères et des mortiers artistiquement disposés sur des étagères en velours rouge.

*

Ils fêtèrent au lit le Nouvel An, le géant entre ses deux femmes, et ce fut à la fois très violent et très doux, Simone technicienne, Ulrike rêveuse. Léopold n'était qu'un bateau sur la mer, vivant des naufrages et retrouvant ses passagers. Comme il se levait à une escale pour pousser les persiennes et respirer l'air froid, sa femme lui demanda :

— Que regardes-tu ?
— La nuit, dit-il.

— Attends demain, lança-t-elle, tu la verras mieux au jour.

Un rire le fendit en deux et des buveurs qui rentraient chez eux en se lançant des boules de neige lui souhaitèrent la bonne année, nullement surpris de le voir nu qui pissait en pluie.

— Santé ! cria Léopold, et il referma la fenêtre.

Qu'il fut bon de se remettre dans le désordre des draps et de tous trois, calmement, ramener les couvertures jusqu'au menton.

— Tu vois, Ulrike, dit Marue, il y a eu la guerre, l'Occupation, la Libération, trois tristesses pour que tu sois ici, enfin heureuse. Dès que Simone t'a vue, elle a su que tu ferais son pendant.

— Vous avez toujours vécu ainsi ? demanda la jeune femme.

— Toujours.

Simone, par-dessus le ventre de l'homme, tenait une des mains d'Ulrike, et la fatigue faisait qu'on entendait très fort le balancier de la pendule sur la cheminée noire, bien que le temps ne voulût plus rien dire et que les trois amants dérivassent à côté de leurs corps de la façon qu'une odeur quitte sa rose. Léopold commença légèrement de ronfler. Simone le franchit et s'alla blottir contre Ulrike.

— Ils sont bien, murmura-t-elle, mais ils n'ont pas notre résistance. Les hommes sont toujours des voleurs qui perdent d'un coup leur sac. Petite Ulli ?

Elle lui lécha l'oreille et lui balaya les seins, longuement, avec sa chevelure. Ulrike regardait le plafond que bleuissait une lampe posée sur le tapis de la ruelle.

Léopold ronflait à lézarder les murs et toutes deux sans se donner le mot se mirent à siffler. L'homme se tut et fit un saut de carpe sur le côté. Simone prit la jeune femme dans ses bras et l'autre se fit toute molle, se voulut petite.

— C'est pour ça que vous avez quitté tant de villes? demanda-t-elle dans un souffle.

— Oui et non, répondit Simone.

— C'est lui qui te cherche tes petites amies? Je ne suis pas la première, n'est-ce pas?

— Oui et non, bien sûr, dit la pharmacienne qui se posa sur un coude pour mieux regarder les yeux transparents de la rêveuse. Toi qui ne souriais jamais, ajouta-t-elle, qui ne disais rien, qui échappais volontairement à mes regards, qui es si belle...

— Mais tu l'aimes?

— Oui et non, mais nous avons nos habitudes. J'aimerais connaître ta chambre.

— Au cinquième, dans les nouveaux immeubles, route d'Averne.

— Je sais, mais comment est-elle?

— Tu n'as qu'à venir.

— Ça, il ne voudra pas, murmura Simone en se détournant vers Léopold dont un bras tombait de l'autre côté, sur le tapis.

— Pourquoi le lui dire?

— Je ne peux pas faire un pas, qu'il ne me surveille.

— Alors, c'est lui qui fait tes chasses. Je comprends.

Simone lui ferma la bouche d'un baiser et posa de nouveau sa question.

— Ma chambre ? Il n'y a rien au mur, rien à terre, c'est le contraire d'ici. Une machine à coudre sur la table près de la fenêtre. Toujours une fleur sur la cheminée qui est fausse : on ne peut pas y faire de feu.

— Et des photographies glissées dans le cadre du miroir, sur cette cheminée ?

— Non.

— Comment étaient-elles, les autres, avant moi ?

— Seules, dit Ulrike, sans homme. Je ne te reproche rien.

— Mais tu les regrettes ?

— Embrasse-moi.

Elles se turent et s'occupèrent tendrement, laissant Léopold remuer, faire tomber le vase de roses de Noël sur la table de nuit dans l'un des gestes de ses rêves, et de nouveau laisser sa masse sur le dos gronder en semi-réveil de volcan. Simone plaça le traversin au milieu du lit, le long du géant, avant de se lever pour aller fouiller dans un tiroir du secrétaire, rapporter une chaînette d'or qu'elle passa à la cheville d'Ulli, d'échanger un dernier sourire et de s'endormir en baisant l'index de la jeune femme sur la phalange dévorée par les aiguilles.

★

Et Miremont se mit à jaser, vers le printemps, par la faute de Léopold qui n'aimait que la marche à pied, alors qu'une voiture aurait pu épargner au trio de se promener chaque soir d'un faubourg à l'autre, poussant jusque sur les collines qui entourent la cité. Il suivait à distance le couple des femmes, car tel était le vrai de sa passion, se contentant une fois par semaine de jouer avec elles dans le grand lit et réjoui de les voir aller et venir, de surprendre leurs regards, d'intervenir à contretemps dans leur conversation pour trouver à caser un bon mot, une blague. Il rapportait de chacune de leurs sorties quantité de plantes et d'herbes qu'il étudiait dans son laboratoire et réservait à son dixième herbier, suite de volumes en veau qui faisait la gloire du salon, à l'étage. Il lui arrivait de retrouver endormies ses femmes et d'aller se coucher dans la chambre voisine, quand son corps n'exigeait pas de les réveiller, ce qu'il faisait en couleuvre, après avoir tiré à pile ou face celle qui devait ouvrir sa marche. Évidemment les soirs de réunion au Conseil municipal, quand Léopold avait pris et repris la parole par plaisir, son retour n'était jamais calme, car la voix échauffe. Mal lui en prit de briguer le fauteuil du maire qui mourut en avril. Ses collègues qui jusqu'alors s'étaient tus, plutôt amusés par son manège, virent en lui l'homme indigne du pouvoir. Certes, chacun voulait bien admettre en son cœur que sa femme le dominait, le dirigeait en maintes occasions. Chacun ne prenait de forte décision qu'après avoir entendu le conseil de sa compagne, mais tout cela se faisait dans le secret, mais aucun ne suivait, ne servait son épouse à la façon de Marue. On murmurait même qu'un grand corps de cette fabrique cachait sûrement une impuissance, et la fantaisie d'un vice ne suffisait pas à expliquer son comportement. On serait passé outre, s'il fût resté le maître, et non cette sorte de saint-bernard herborisant sur la trace des femelles. Quelle autorité pourrait-il avoir ? Encore lui eût-on pardonné le gaspillage des envies, mais en grand, et ne gaspille ainsi que le riche. On se mit à l'observer, à le filer, à solliciter des potards et de la cuisinière ses secrets, ses façons. Dix jours avant les élections, le portrait de Léopold s'affichait partout, sur les panneaux, les murs, les arbres, les vitres. Il avait invité à tour de rôle les autres conseillers et chacun ayant lancé ses limiers put dire que le cinquième d'Ulrike, dans les nouveaux immeubles, était resté vide, bien que la couturière ne parût pas à table, Dieu merci, mais non plus au hasard d'une porte ou d'un couloir de la pharmacie. Elle devait attendre dans le lit, déjà, et chacun fit durer le repas, du reste remarquable. Léopold reçut toutes les promesses et n'eut aucune voix. Par dépit, il remit sa démission de conseiller et signa par ce geste une déclaration de guerre. Pour couronner le tout, on avait élu maire le docteur Phalsbourg, célibataire et protestant, pas plus haut mais aussi barbu qu'une chèvre, et qui ne délivrait que des ordonnances sans médicaments à la mode, fanatique de l'eau d'oranger, de la farine de moutarde, de l'aspirine et des bouillottes, soit de glace ou d'eau chaude. Son premier mot au conseil fut un merci aux électeurs puis à Dieu qui épargnait au premier siège de Miremont l'insulte d'un derrière peu recommandable. Trois jours après, la première lettre anonyme tomba dans la boîte de Marue et son double dans celle d'Ulrike. La jeune femme qui ne passait plus chez elle qu'une fois par semaine trouva trois billets d'un coup et les rapporta à Simone. Ce fut une nuit particulièrement triste où le sentiment du péché posait une lune pâle, assez vague et pour finir énervante, au point que le matin connut le plus beau triomphe du trio, comme si tout à coup les trois amants voulaient imposer leur mépris au monde. Léopold ouvrit la fenêtre au soleil déjà haut et se mêlant à ses femmes les dirigea par la suite vers la salle d'eau, en jouant au valet. Il se tint hors de la baignoire et les savonna longuement qui se levaient, tantôt l'une tantôt l'autre, dans un jeu sans fin. Le premier aide avait ouvert le magasin et servi le premier client quand il vit son patron arriver en mules dans la pharmacie, le genou rouge et la cuisse rousse dans le bâillement d'un peignoir en tissu éponge.

— Mlle Ulrike tiendra désormais la caisse, dit-il. Vous avez ouvert plus tôt que d'habitude, Édouard ? Pas de zèle, voulez-vous ?

— Mme Ternat attendait devant la porte, dit le premier aide, en effet j'étais en avance, un si beau temps, j'ai cru bien faire.

Léopold regagna l'étage et prit le petit déjeuner que Simone servait sans attendre que la vieille cuisinière qui fourgonnait dans sa chambre du dessus, à faire son propre café sur un réchaud à alcool, un affreux jus qu'elle mettait plus d'une heure à savourer, voulût bien descendre.

— Tu ris, dit gentiment Léopold à Ulli, tu ris toujours maintenant, alors que tu étais si sévère. J'ai vraiment cru, autrefois...

— ... il y a sept mois et trois jours, coupa Simone.

— J'ai vraiment cru que tu ne riais que le dimanche.

— Il fallait, dit Simone, que toute la semaine devînt un dimanche. Assieds-toi, Ulli, un peu de crème ?

— Moi aussi, dit Léopold. J'ai l'impression que nous sommes sur le deck, que le bateau vogue, le personnel dans les soutes. Je n'ai plus envie de descendre.

— Et j'espère aussi de monter! dit l'épouse. C'est une chance que tu ne sois pas installé à la mairie. Je pense que tu as compris. En quinze ans, Ulli, c'est la quatrième fois que Léopold essuie un échec. Et toujours pour les mêmes raisons.

Les yeux d'Ulli se fixèrent sur son bol de café où la crème achevait de se dissoudre et dessinait un intérieur à la Rembrandt. Elle se vit seule dans ce mélange, une pièce pleine de toiles d'araignée, de rideaux qui s'effilochent, où des plats d'argent se fondent dans le velours brun des murs, et il lui sembla qu'elle était abandonnée déjà, que les autres avaient fui, que Simone aux longs doigts un peu raides se retournait vers elle, s'éloignait au côté de Léopold en route vers le pouvoir d'une autre ville. Il y eut un silence plein de soleil, un bruit de cuiller.

— J'y arriverai, dit Léopold d'une voix calme. J'ai noté hier qu'il y a un fonds à reprendre à Villefranche.

— Oh non, non, murmura Simone en mettant sa main sur la main d'Ulli, oh non, Léopold!

Elle prit le menton de la jeune femme et tourna vers soi le visage aux yeux embués.

— Il ne faut pas pleurer, Ulli. Nous ne partirons pas d'ici, je te le jure, tu me crois?

— Bonjour, mesdames, dit la vieille cuisinière sans lever les yeux, dans une apparition au ras de la porte.

Cependant, Léopold s'était levé pour s'habiller et

Ulli se blottit contre la pharmacienne heureuse, en dépit d'elle, des sanglots qui secouaient la petite amie.

— Il est fou, dit-elle. Au fond il ne peut pas me sentir à l'aise. Il a l'impression qu'il ne me sert plus à rien.

— Vous partez quand ? demanda Ulli d'une voix blanche.

— Les hommes sont fous, avec leur soif de pouvoir ! Je vais encore manquer de tout, si nous nous en allons, à moins que tu ne m'accompagnes ? dit Simone.

— Je resterai, dit Ulli, on me l'a déjà dit, je suis faite pour de tout petits dimanches, sur place.

Elle entendit le hachoir de la cuisinière et le froissement du journal que Léopold dépliait en descendant l'escalier, des bruits qui tournaient à celui d'une machine à coudre. Toutefois, elle tint la caisse jusqu'à l'été. Léopold avait déjà fait deux voyages à Villefranche, en compagnie de Simone, puis Ulrike resta seule et travailla à demeure, chez elle, refusant toute couture à domicile.

LA BOULE DE VERRE

Comme il arrive que l'on trouve au hasard des villes fières et jalouses une plaque où il est écrit : « Napoléon faillit descendre une nuit dans cet hôtel, en l'an 1804 », ou que l'on enfile un peu plus loin la rue discrète du Musée où l'on admire en tout et pour tout un costume qui vêtit un inconnu et la casquette qui le coiffa, il est des vies que le curieux découpe en vain pour se mettre quelque chose sous la dent, et pourtant ! Ainsi en était-il de celle d'Antoine Leblanc qui n'avait d'étrange que d'aller faire pisser son chien deux fois par semaine, à jours irréguliers, au beau milieu de la nuit, sur la porte de Thérèse Finalet qui l'avait jadis éconduit. Antoine aux cheveux de lune à son dernier quartier ne se rappelait plus d'ailleurs très bien le déroulement de son combat et sa défaite. Il venait toujours là, avec son vieux troisième chien, et les deux autres avaient vécu treize et quinze ans, par habitude et parce que la distance entre sa maison et celle de l'autre lui faisait traverser la ville et qu'il aimait la marche de nuit, étant lui-même une ombre. Au reste, depuis belle lurette Thérèse Finalet n'était plus de ce monde et des inconnus habitaient sa maison, de vrais inconnus, les derniers, qu'Antoine énumérait ainsi : un homme, une femme, une jeune fille, un petit garçon et quelques chats qu'il n'avait jamais réussi à voir en troupe, mais de tout pelage, du noir au roux. Sa seule lecture était celle du nom des rues, autant de chapitres d'une bible bien à lui, inlassablement ouverte aux mêmes pages dont il n'approfondissait jamais le sens. Par exemple la rue des Andouillers, le chemin du Honduras, le passage Bénévent, la place du Gai Savoir, l'arcade du Puits Tiphaine, l'avenue des Douze Césars, le Gros Miché, la rue de la Bogue qui le conduisaient à la porte déshonorée ne lui disaient rien, mais le soutenaient de leurs lumières diverses, du jaune à l'argent, de même qu'il ne sentait pas dans son éternel conduit passer et repasser son sang. S'il arrivait qu'un promeneur le bousculât par mégarde, Antoine n'attendait pas un mot du rêveur ou du maladroit pour claironner : « J'accepte vos excuses » et reprendre son chemin, son chien en laisse qu'il empêchait de se soulager, ici et là, pour garder au plein le jet vengeur contre la porte. Dans les hivers qu'il passait près d'un poêle avare, il s'arrêtait cependant avec une sorte d'envie devant les marronniers nus du boulevard Corroyeur et ne pouvait s'interdire de grogner : « Il y en a du bois sur ces arbres-là ! » mais la sagesse reprenait le dessus, même si la neige avait transformé ses bottines en pilons d'éléphant. Il les heurtait à un tronc, satisfait que l'arbre servît à quelque chose. Antoine tournait naturellement au bonheur ce qui pouvait devenir une gêne, et lui qui mangeait à peine et tenait droit son corps sans fin ne se rendait le dimanche à l'Hôtellerie de la Belle Avoine que pour prendre un café, vers le moment du dessert des autres, quand ils sont rouges de nourriture et d'alcool et qu'il leur faut deux chaises pour s'asseoir. Le chef venait toutefois le saluer, la toque impériale, et lui dire sans forfanterie quelle avait été la spécialité du jour.

— C'est bien, concluait Antoine, et le cuisinier appréciait cette immuable réponse, proposant parfois à sa pratique désinvolte un second café.

Chacun respectait à sa façon M. Leblanc, non point pour son âge ou pour le trou qu'il laisserait dans la ville quand il mourrait mais pour son silence qui devait cacher quelque chose : maladie, sagesse, chagrin, parterre de pensées. Certes, il avait été dans le temps un horloger renommé jusqu'au bricolage, à qui l'on apportait savonnettes d'Ancien Régime et jusqu'aux vieux coucous que les confrères refusaient par incapacité, mais son enseigne avait disparu, gros oignon d'or lorgné par les brocanteurs et qui fit place aux tubes de néon d'une laverie. Il vivait toujours de la cession du bail et demeurait au-dessus des machines automatiques qui dorment la nuit mais font trembler au long du jour sur les cloisons de sa chambre une collection de montres sans valeur qui pour le commun se fussent toutes ressemblé, tous les Chinois sont jaunes, mais gardaient pour Antoine chacune son cœur particulier.

Les vieux de la ville, en le surprenant parfois à regarder les vitrines où tourne le linge, se demandaient si M. Leblanc ne souffrait pas, mais il ne regrettait rien, ami du temps qui fait son œuvre contre et malgré tout. Au contraire, le roulement des tissus dans les tambours aux yeux de verre s'associait avec plaisir à celui des aiguilles sur les cadrans, le fascinait jusqu'à l'oubli, si bien qu'il lui arrivait de rebrousser chemin alors qu'il rentrait chez lui.

Soudain, un soir, Thérèse Finalet lui apparut telle qu'elle avait été, dégrossie à coups de voix par toute la famille depuis trois jours en veille pour surprendre l'immonde qui venait sans cesse pisser contre la maison. Le chien avait à peine levé la patte, lâché par Antoine, que la porte s'ouvrit et que les injures tombèrent sur le vieux monsieur qui se tenait au milieu de la rue, le dos tourné, attendant que la bête ait fait son œuvre. Il se courba sous les cris, saisi par l'image de celle qu'il avait désirée. Oui, c'était à peu près vers la même heure, il était venu sonner, la porte s'était ouverte et un homme, un homme de son âge, l'avait traité de tous les noms, repoussé, sans reclaquer assez vivement la porte pour qu'Antoine n'aperçût pas au fond du vestibule l'adorée qui se tenait en chemise sur la première marche de l'escalier, la main sur la boule de verre, cette boule qui était pour lui plus ronde et pleine que la terre.

— Que je ne vous y reprenne plus ! dit la femme qui se calmait. On se demandait depuis toujours...

— Toujours ? demanda faiblement Antoine en tournant la tête.

La boule de verre étincelait dans l'éventail de l'escalier.

— Faites vos saletés devant chez vous. On vous connaît, vous savez.

— Je ne le ferai plus, dit M. Leblanc. Merci.

— De quoi, je vous le demande ?

— Je l'ai retrouvée, répondit-il. Elle est beaucoup plus belle qu'autrefois et nue.

Le chien cependant s'était enfui sous le coup de pied du gamin. Antoine avança vers l'animal qui l'attendait au bout de la rue, et l'homme à la porte souillée haussa les épaules.

— On retombe en enfance ! lança-t-il.

Mais Antoine, sous le coup des retrouvailles, souriait enfin. Il n'avait jamais tremblé de la sorte et sa joie pareille aux trompettes de la victoire démantelait la nuit, en faisait une allée de marbre blanc.

LES BONNES ŒUVRES

— A chacun ses bonnes œuvres, dit la comtesse, je m'occupe maintenant des petits gars du village : ils jouent tous de la trompe de chasse.

Mme de Saint-Ecque avala la fumée de sa cigarette et servit à ses invités un fond de calvados. Le salon dont les tentures drapaient des toiles de maîtres et des plantes vertes posées dans des écailles de caouane embaumait l'Orient et la fourrure des tendres après-midi, mais le jardin à la française coupé d'un long bassin rectangulaire imposait au ciel lâche d'hiver le blason d'acier de ses buis. Ce coin du monde paraissait définitif et vainqueur, cuirasse enfermant un poulpe.

— Il faut bien les occuper, reprit la comtesse, c'est notre devoir, et je leur fais des souvenirs.

— Sans compter que tu as toujours aimé l'herbe tendre, dit Mme de la Faille.

Élisabeth ne releva pas la perfidie et remplit de nouveau les petits verres. C'était un dimanche comme on les aime, hors du mouvement, dans la seule ondulation tiède des viscères. Les hommes fumaient à la table de jeu, remuant les cartes en ouvrant à peine les yeux, et les femmes les regardaient de temps à autre, comme une portée de chiens, là-bas, dans la niche de leurs fumées. Les bois de cerfs au-dessus des portes accentuaient l'orgueil d'un monde clos et beaucoup plus que le signe de victoires ils étaient les fascines d'un retranchement.

— Le commandant Rouillé n'est pas venu? dit à brûle-pourpoint Mme de la Faille.

— Non, répondit la comtesse. Il n'y a pas de remède au mal d'amour. On s'enfonce, on s'enferme, alors qu'il faudrait sortir, mais on devient sourd à tout ce qui n'est pas sa peine. C'est quand même singulier ce qui lui arrive.

Elle avait l'air de souffrir, mais son esprit rêvait un peu jalousement à la passion de la femme du commandant.

— Alice est folle, dit-elle d'un ton sec.
— Que lui arrive-t-il? dit une voix.
— Vous savez qu'elle peint divinement.

Les yeux se tournèrent vers un bouquet de roses sur un ciel bleu, encadré d'une baguette en ébène.

— Elle est allée le mois dernier à Marpont. Elle entre dans une boulangerie, toujours aussi gourmande elle aime le pain, elle en croque à longueur de temps, et la voilà saisie par la beauté du décor.

— La boulangerie des Bons Abbés? demanda Mme de la Faille. Une merveille, avec ses panneaux peints sur verre, son plafond est un délice, des anges volent avec des brioches, des épis, un ravissement.

— Céleste! dit la comtesse. Eh bien, notre Alice a demandé d'installer son chevalet pour en faire une copie. Le boulanger qui est aussi un artiste dans son genre lui a laissé la boutique éclairée. Elle y a peint chaque nuit. Elle y est restée.

— Mais pourquoi ?
— Elle file le parfait amour.
— Il est difficile de remplacer Rouillé, un si bel homme, dit la petite voix.
— Alice vit avec la boulangère, laissa tomber la comtesse dans un bel effet. Je ne sais pas si je devais le dire, mais c'est ainsi. Le commandant a dû se rendre à l'évidence.
— Et le boulanger ?
— Il ne sait rien, mais seulement qu'il loue l'une de ses mansardes à une artiste. Le commandant ne peut demander raison à personne. Il n'en découd qu'avec soi.
— Ça ne m'étonne pas d'Alice, dit Mme de la Faille, j'avais toujours soupçonné...
— Tu n'as rien soupçonné. Alice t'a pris les mains comme à nous toutes, l'œil à l'envers. Elle est d'ailleurs ravissante.
— La boulangère des Bons Abbés, murmura la petite voix avec attendrissement. Sont-elles heureuses ?
— Ça, dit la comtesse, on ne le sait jamais qu'après. Le dira-t-elle quand elle reviendra ? Tout a une fin.
— L'amour, laissa tomber Mme de la Faille, chacun n'en parle bien qu'avant.

On frappait à la porte et le gardien qui vivait dans le bâtiment de l'entrée, au bout du parterre de buis, parut en s'excusant, tenant par le bras un gamin qui se débattait.

— J'en ai attrapé un, madame la Comtesse, criait-il. Ils ont encore brisé mes carreaux à coups de pierre. Un dimanche ! Quelle reconnaissance attendez-vous de ces garnements ? Quand je songe que vous leur prêtez vos cors et qu'ils en soufflent dans le grand salon, avec votre bonté. Croyez-moi, ils saccageront tout, un jour. Ils ont ça dans le sang. Les autres, ça n'existe pas pour eux, ni le bien des autres par conséquent. C'est un devoir pour eux de le détruire.

— Tu peux le croire, mon ange, dit Mme de la Faille. Il sait de quoi il parle.

Elle observait le garde de son œil cruel et trouvait qu'il éprouvait un malin plaisir à montrer sa proie et le gamin devenait pour elle l'âme même du brutal sanglé sombre dans son velours à boutons de corne. En un éclair, elle vécut dix révolutions et frissonna non sans plaisir.

— Lâchez-le, dit la comtesse en prenant l'enfant par le menton. Tu ne veux plus venir jouer de la trompe ?

— Si.

— Alors, je t'attends jeudi. Allez. Il est adorable.

Le garde empoigna le gamin, le reconduisit jusqu'au seuil du jardin et le fit sortir d'un coup de pied. Le hurlement du petit parvint jusqu'aux dames qui remettaient leur cœur d'une goulée de calvados. Elles se levèrent sans que les joueurs de cartes eussent même détourné la tête et coururent aux fenêtres. Le gosse courait en boitant dans la longue allée, suivi de loin par le garde qui s'arrêta pour écheniller un buis.

— Ils ne sont pas tendres entre eux, dit Mme de la Faille, c'est ce qui nous a toujours sauvés.

— Tu dramatises tout, dit Élisabeth.
— Et grand schlem ! lança M. de la Faille en se balançant dans son fauteuil. Faisons les comptes.

Les dames allèrent entourer la table de jeu. Mme de la Faille se tenait derrière son mari, inquiète du résultat.

— Vous me devez chacun, dit M. de la Faille, trois mille deux cents francs.

Il ramassa les billets que les adversaires avaient jetés avec élégance, et Mme de la Faille lui prit le tout d'un geste vif.

— Je ne veux pas qu'il s'habitue à l'argent du hasard, dit-elle en le glissant dans le poignet de sa manche déjà déformée par les lunettes, le mouchoir et une boîte à pastilles qui ne la quittaient jamais. Élisabeth, nous allons rentrer. Tu nous as donné un charmant après-midi, comme à l'habitude.

Elle entraîna la comtesse, mais les hommes restaient assis et parlaient politique. Il fallait relever les grilles autour du pays que le reste du monde venait renifler d'un peu trop près, attiré par un fumet de décomposition, brûler la charogne métèque qui s'était infiltrée et gâtait l'air.

— Maladie certes, dit Edmond en baissant la tête, mais cela ne prouve-t-il pas que nous avons le sang riche ? Je suis pour fixer un abcès à l'intérieur. On le tripote un temps, cela distrait et il crève.

— Ne vous faites pas enganter par ce beau parleur ! lança Mme de la Faille.

— Il n'y a qu'une noblesse, enchaîna Edmond, celle de vouloir comprendre, et de comprendre.

Les hommes regardaient le plafond où Diane et Mars jouaient aux grâces avec un croissant de lune.

— Edmond ? lança Mme de la Faille, je n'aime pas rouler de nuit.

Le soleil pourtant était encore haut, et le domaine de la Faille était à moins de dix kilomètres.

— Les bonnes œuvres te perdent, Élisabeth. J'ai toujours pensé que la charité...

— Il ne s'agit pas de ça ! s'écria la comtesse. Ces enfants me rajeunissent.

— ... que la charité ne doit s'exercer que par personne interposée. Moi, j'ai les sœurs des Pauvres qui viennent régulièrement ramasser ce dont nous ne voulons plus.

— Tu es méchante.

— Je suis méchante, mais j'ai bon cœur. J'ajoute aux frusques les gains d'Edmond. N'est-ce pas, Edmond ? Il gagne toujours.

— Toujours, dit le chœur des hommes, et l'un d'eux ajouta : Nous le laissons toujours gagner en pensant à vos petites Sœurs.

— C'est faux, dit Edmond d'une voix douce, je gagne parce que je triche. Tes bontés, ma chère Léa, sont le fruit d'un vol.

Il mentait, mais créait tout de même une incertitude chez Mme de la Faille.

— Le bien, dit Léa sur le pas de la porte, pousse où il veut. A quoi penses-tu, Élisabeth ?

— A ce sale gamin, dit la comtesse, c'est étrange, c'est mon préféré. Il joue mieux que les autres. Je lui ai même confié la trompe d'Aristide.

— Ton mari doit se retourner dans sa tombe ! Il en était si jaloux qu'il ne voulait pas même qu'on la touchât. Un cor en argent si finement gravé. Adieu, Élisabeth. J'aimerais bien écouter ton école un de ces jeudis. C'est ici que tu les installes ?

— Léa, dit M. de la Faille, je vous attends. Il est étrange que vous vous mettiez toujours à bavasser quand vous avez réclamé de partir. Nous pourrions peut-être attaquer une nouvelle partie ?

— Avec joie ! dirent les messieurs.

— Et ils ne t'ont rien brisé ? demanda Mme de la Faille.

— La première fois j'avais oublié les cristaux sur la crédence. Une coupe s'est fêlée quand ils ont soufflé tous ensemble. Ils sont une vingtaine, tu sais. Mais vous n'avez pas vu mes dernières acquisitions.

La comtesse courut ouvrir l'armoire de sacristie qui paraissait petite dans le vestibule. Elle était pleine de trompes accrochées à des pieds de biche montés en patères. D'un seul élan les hommes s'emparèrent des instruments, se mirent sur deux rangs obliques et sonnèrent. Edmond était devenu rouge, mais, le front pâle, Mme de la Faille saisie par une vague profonde se laissa dériver vers un fauteuil et ferma les yeux, soudain devenue la forêt que le dix-cors, la meute, les cavaliers, traversaient en tempête. Mme de Saint-Ecque dut aussi s'asseoir et les femmes l'imitèrent. La ferronnerie de l'escalier, acanthes de bronze et d'or, se perdait en spirale dans le ciel en pierre et le bruit s'enflait tellement que les âmes se vidaient, qu'il n'y avait plus dans l'entrée magnifique que les statues baroques des sonneurs et le groupe défait des femmes. Des cerfs sans nombre débuchaient du fond de la mémoire, laissaient reprendre l'appel des trompes, se défaire l'hallali, se retirer des étangs un soleil pâle que déchirait dans les dernières branches le rauque aboiement d'un chien perdu. Sans cesse les trompes reprenaient d'autres sonneries et le jour s'en allait du jardin, laissant l'ombre sourdre des buis comme d'autant de sources. La nuit était là. Les cors se turent. Restait la fine odeur âcre d'un sentier où les bêtes en amour avaient laissé leurs fumées. Mme de Saint-Ecque se leva en titubant et alla donner de la lumière. Les hommes rangèrent les trompes.

— Vous ne me quittez plus, vous dînez, dit-elle et sa voix redescendait en écho. Il reste des brioches que m'a fait tenir le commandant Rouillé, de la brioche des Bons Abbés. Vous dormirez ici.

— Volontiers, dit Mme de la Faille. Élisabeth, tu as raison. Il faut faire jouer ces petits gars, il faut risquer de perdre tous tes carreaux. Prête encore à ce tendron la trompe d'Aristide. Chers enfants, il faut risquer qu'il y en ait un qui rêve. J'ai faim. J'ai froid. J'ai une soif de prêtre.

Elle s'était dressée et des billets de banque tombés de sa manche restèrent toute la nuit sur le pavement, devant l'immense armoire fermée.

L'ÉMOTION POPULAIRE

Benoît Favard, le fils de l'oiselier du cours le Page était un fruit sec, et malgré les soins de son père il ne savait encore distinguer, à dix-huit ans, la mésange de la passerine, le moineau du bouvreuil, un corbeau d'un ménate. Seuls l'intéressaient les oiseaux de couleur, mais en gros, qu'ils vinssent du Mexique ou d'Océanie, et l'ara ou le cacatoès n'étaient jamais que des perroquets. La boutique aux murs couverts de cages était elle-même grillée le soir et l'on voyait s'agiter les Favard dans une maigre lumière au milieu des oiseaux endormis. Ils ensachaient des graines et nouaient des épis, sous l'œil de la mère qui découpait des journaux avec le sérieux d'un encyclopédiste. Le monde allait son train, quand il lui prit une nouvelle fièvre et Benoît descendit dans la rue pour se mêler aux manifestants, heureux de se sentir enfin entouré et porté par la haine. Des cris demandaient la pendaison d'un ministre, le relèvement des salaires, la chute du régime, le droit d'aimer librement, et Benoît ne savait que choisir dans toutes ces vociférations. Le cortège d'abord maigre s'enflait à chaque carrefour et des banderoles plus nombreuses gonflaient leurs voiles sur la marée. Ce qui troublait Benoît Favard jusqu'au frisson ce n'était pas tant la nouveauté pour lui de la manifestation que le mélange des rires et des injures qui se brisaient comme pailles au feu, dans de grands souffles : « Assassins ! Assassins ! » A côté de lui des filles à longs colliers et vestes de lapin en perdaient leur voix. Elles lui prirent les mains et la chaîne se forma sur toute la largeur du boulevard. Un moment, l'on piétina et chacun demandait à l'autre ce qu'il faisait dans la vie.

— Je vends des oiseaux, dit Benoît.

La marche reprit, lente, et l'on entendit au loin des décharges. De nouveau la foule marqua le pas, des haut-parleurs demandèrent à tous de s'égailler dans le calme et de rentrer chacun chez soi.

— Tu m'en donneras un ? demanda la blonde qui tenait la main de Benoît.

— Si tu veux, dit le garçon.

— Ce soir ? Je m'appelle Claudie.

Et ce fut son premier amour. Il lui avait donné rendez-vous à deux pas de l'oisellerie, sous l'arche du pont qu'il voyait de sa chambre.

— Un perroquet ! s'exclama la fille. Ça vaut cher !

— Oui, dit Benoît, mais il faut que je rentre.

— On se revoit dimanche ? Ici ?

Benoît répondit qu'il viendrait, sans savoir comment il pourrait se libérer de ses parents qui ne lui connaissaient pas d'amis.

— Tu as donc défilé ? lui demanda son père.

— Et je vais à la permanence, dit sèchement Benoît. Dimanche.

— Quelle permanence ? demanda la mère d'un air inquiet. Avec les rouges ?

— Il faut bien, dit Benoît. On m'a même fait la remarque que j'ai dix-huit ans et que je ne suis au courant de rien. Je vous raconterai.

— Un dimanche, le jour du chiffre d'affaires ?

La faiblesse de l'oiselier et ses craintes se mêlaient à un certain orgueil. Il ne regardait jamais son fils dans les yeux et se contenta de grommeler qu'après tout c'était un bon point que de le voir se décider à quelque chose, mais la mère se disait qu'il n'était pas étonnant qu'un garçon qui ne sait rien faire de ses dix doigts se tournât vers la politique, et beaucoup plus sournoisement l'idée d'une carte du Parti dans la maison la rassurait. De temps à autre, en effet, l'image d'un sac de la boutique lui serrait le cœur. Elle voyait des malandrins ouvrir les cages, les oiseaux fuir dans une seule flamme grise aussi ravageuse que celle d'un incendie.

Benoît descendit sous le pont et Claudie le baisa sur la bouche.

— Je t'emmène déjeuner, dit-elle. J'ai bien vendu le perroquet.

Le garçon n'eut pas le temps de poser une question, de s'apitoyer sur le lâchage d'un tel cadeau. La fille l'avait pris par le bras et le pinçait gentiment. Ils remontèrent les marches du quai et Benoît jeta un œil en arrière sur la boutique. Son père parlementait avec des clients au milieu des cages qui encombraient le trottoir.

— On va s'offrir une langouste, dit Claudie.

Ils déambulèrent jusqu'à midi, en zigzag nonchalant que coupaient de longs baisers dans les portes.

— Tout sauf à l'américaine, dit Claudie au maître d'hôtel.

Ils se régalèrent aussi de sucreries et Claudie demanda l'addition, passant à Benoît sous la nappe de quoi payer. Ce fut chez Benoît sa première fierté et il envisagea de libérer un perroquet par semaine.

— Il ne nous reste rien, dit-il avec le sourire.

— Sauf la chambre, reprit Claudie, je l'ai mise de côté.

Elle sortit de son sac le reliquat de la vente et frotta le nez du garçon avec le billet. Benoît avait mal de désir et, plein d'admiration pour sa compagne, il ne put cependant ne pas calculer mentalement que l'oiseau avait été vendu très au-dessous du cours, mais il n'osait en faire la remarque. Il était soumis au vin qu'il avait bu, au parfum de violette des cheveux blonds, à la main qui de nouveau le tirait, à la frayeur délicieuse que lui causait l'entrée de l'hôtel que tenait une femme entre deux âges et qui ressemblait à sa mère. A peine au lit, Benoît fut dévoré et se retrouva sur le dos fumant une cigarette que lui avait allumée sa maîtresse. Leurs vêtements jetés au hasard soulignaient que le propre des cataclysmes est la fulgurance. Benoît se sentait voguer sur une mer douteuse, appréhendait et souhaitait une nouvelle vague de fond, mais Claudie restait blottie contre lui et paraissait dormir.

— Pourquoi tu manifestes ? demanda-t-il. Pourquoi cries-tu plus fort que les autres ?

— Et toi ?

— Ce n'est pas pareil, dit Benoît. Moi, c'était la première fois.

— A l'atelier, dit Claudie, on y va toujours, et tous. C'est amusant.

A ce mot d'atelier, Benoît eut une sorte de pitié. Il ne supportait pas l'idée que Claudie pût peiner sur une machine, être elle-même une machine. Il la voyait à la boutique des oiseaux et son cœur eut une chaleur heureuse pour ses parents. Ils accepteraient cette belle fille. Il le faudra bien.

— Et tu pointes ? soupira-t-il.

— Comment, je pointe ? Tu as déjà vu pointer aux Beaux-Arts ?

Elle mordilla le sein de Benoît, puis l'autre et tous deux retournèrent au plaisir.

— J'étudie l'urbanisme, dit-elle en ramenant sur eux la couverture. Tout est à faire dans ce domaine.

— Moi, je m'occupe des oiseaux, dit Benoît.

— C'est sale et ça fait du bruit, dit Claudie dans une grimace.

— Je suis né dedans, dit-il, mais c'est vrai, je n'arrive pas à les aimer.

— Parce que ça ne pense qu'à bouffer, conclut-elle. Tu t'imagines une langouste tous les jours, du soir au matin ?

— Oui, dit innocemment Benoît. Demain, je t'apporte un nouveau perroquet.

Ils se levèrent en fin d'après-midi et Claudie quitta sa proie en lui faisant un petit geste d'adieu, les doigts claquant la paume de la main. A l'oisellerie, Benoît narra sa journée fatigante, sur un banc d'école, à écouter des orateurs qui citaient des chiffres et des maximes traduites de toutes les langues. Intéressant.

— On m'a volé un ara, dit le père. Il y avait foule. Tu nous as manqué. Es-tu certain que tu ne ferais pas plus de bien à la société en restant ici ? Tu m'apparais bien volage, soudain.

Mais, le jour suivant, Benoît prépara un carton dans le couloir, y fourra une merveille du Brésil, bariolée, au fouet rouge, qui disait « coco t'aime » en inclinant la tête, et s'enfuit avec le volatile. Il entra dans la cour des Beaux-Arts à la recherche de Claudie, tombant sur des filles et des garçons qui lui ressemblaient, avec leurs belles chevelures, leurs pelisses, le tintement des colliers.

— Oui, Claudie, répétait-il, son carton sous le bras, elle fait de l'urbanisme.

On le dirigea de doigts mous vers différents escaliers et il allait perdre courage, soupçonnant que la belle lui avait menti et qu'elle n'avait jamais fréquenté ces lieux quand il la vit descendre au milieu d'un groupe de fumeurs aux multiples gilets bariolés.

— Claudie ! cria-t-il et il ouvrit la boîte.

Le bel oiseau se percha sur le doigt qu'il lui tendit et grogna : « Coco t'aime. »

— Fantastique ! dit Claudie sans un regard à Benoît. Rodolphe tu vas pouvoir partir en Suède. Tends le doigt. Allez !

Elle prit la main d'un gaillard à longue barbe qui roulait des yeux pâles sur des lunettes en demi-lune. Le doigt de Rodolphe toucha celui de Benoît et l'oiseau se dandina jusqu'à venir s'y poser.

— Te te plantes au quai aux Fleurs, dit Claudie à Rodolphe et tu le vends dans le quart d'heure.

Rodolphe baisa la bouche de Claudie et s'enfuit avec l'oiseau. Les autres garçons soulevèrent la blonde fille rieuse et la portèrent en triomphe. Benoît suivait le groupe avec son carton vide. Il traversa la rue à leur suite et les vit s'engouffrer dans un restaurant. Il n'y avait pas de place pour tous et Benoît dut ressortir avec d'autres garçons. Claudie présidait la table et le fils de l'oiselier resta un moment à la regarder par-dessus les rideaux de la vitrine. Elle ne détournait pas la tête et laissait ses bras sur les épaules de ses voisins.

— Une chouette fille, dit l'un des étudiants. Il y a longtemps que tu la connais ?

— Elle a parlé de moi ? demanda anxieusement Favard.

— Tu défilais avec elle ? Tu donnes dans les oiseaux ?

— Oui, dit Benoît.

— Tiens !

Le barbu tendit un paquet de tracts à Benoît.

— Pour tes clients. On redescend samedi dans la rue. Tu es des nôtres.

Il n'attendit pas la réponse et envoya par jeu un coup de poing dans le carton que Benoît tenait toujours sous le bras, mais au second défilé Benoît chercha vainement Claudie sous la banderole des Beaux-Arts. Le barbu lui apprit qu'elle était sur la route de Suède, probablement.

— C'est un oiseau, dit-il, il faut qu'elle batte de l'aile.

D'autres filles se donnaient la main sur la largeur du cortège et Benoît se trouva pris, les doigts dans d'autres doigts serrés en crochets. Sa voisine lui demanda pourquoi ses yeux s'embuaient, tous les cent mètres, l'émotion populaire, sans doute, mais on s'y fait.

LE CHEMIN DU HONDURAS

Prolongée vers les champs par un immense potager ceint de murs, la ferme d'Ovide Havrincourt rassemblait ses bâtiments au carré sur une cour pavée où pleurait au centre l'abreuvoir, semblable aux villas romaines dont on peut encore voir le tracé dans la terre picarde. Ovide y vivait avec sa femme, ses deux fils, ses brus, ses machines et deux chevaux de trait. Betteraves et blé alternaient. Ovide fournissait la sucrerie voisine et l'entreprise du maire de Royère, sous-préfecture à deux heures de marche où l'on admirait les bâtiments de M. Quimpré « grains, issues, tourteaux, fourrages », ancien couvent au cloître bourré de paille. Ovide Havrincourt avait plaisir à livrer lui-même les charretées, menant l'attelage comme en l'ancien temps, hors de la route nationale, par des chemins de traverse et l'unique raidillon du pays plat. Il passait devant l'église en brique, deux calvaires, la niche de saint Omer, la Vierge dans un bouquet d'ormes et les croix d'un cimetière militaire. Quel que fût le temps, Ovide les saluait d'un coup de sa casquette plate et il lui arrivait de rêver à l'au-delà, malgré les secousses du chariot. Il aimait le temps de ces livraisons et il se sentait libre, lui qui n'avait aucune difficulté de famille et que tous vénéraient.

Dans la grande salle de la ferme où battait au ralenti le cœur d'une pendule peinte les seules autres couleurs dans l'ensemble brun, des dalles aux poutres, s'éteignaient au mur qui faisait face à l'âtre, sur une carte du monde encore piquée d'épingles qui se rouillaient et marquaient un moment du mouvement des armées dans le dernier conflit de la terre. Chacun respectait les séances d'Ovide devant le rectangle de papier qu'avaient attaqué les fumées et les vapeurs de la cuisine. Des traînées sombres de condensation mettaient en cage l'Europe et l'Afrique, laissant les autres continents dans des roses et des verts passés mais encore purs. Nul n'aurait su dire le fond de sa contemplation, souvenir d'invasion, reconquête ou la simple admiration que la terre pût se mettre à plat devant les songes, avec les noms qui font rêver. En général, Ovide regardait la carte après le pousse-café, sans dire, mais il lui arrivait de retirer une épingle de l'ancien front russe et de la planter dans son pays, un moment.

— Nous sommes ici, à peu de chose près.

Et il remettait l'épingle à la place du corps d'armée qu'elle représentait.

Sa femme et ses enfants ne prêtaient plus guère attention à sa manie et à des phrases qui parfois sortaient à l'improviste et auraient dû les inquiéter, comme celle-ci :

— Nous sommes sur une terre de César, si loin de

chez lui, il n'était pourtant qu'à pied et à cheval, et celle-là :

— Heureux les oiseaux !

*

Ovide avait la tête carrée, où deux traits fins marquaient à peine le nez et la bouche. Ses fils lui ressemblaient. Lucienne sa femme, plus forte qu'eux tous, et les brus hommasses ne souriaient guère, si bien que les repas ressemblaient à une assemblée de sénateurs au fort d'une grave décision. On mangeait solidement, dans un silence à peine troué de mots nécessaires : pain, sel, cruche, vétérinaire, ou évidents : ça menace, encore trois ares, vingt-huit degrés.

Thadeus, le Polonais qui leur prêtait main-forte depuis l'armistice s'asseyait en bout de table et ressemblait sous ses cheveux frisés et sa veste militaire au prisonnier que le droit romain donnait au soldat vainqueur. Ovide le regardait souvent à la dérobée, il ne savait pourquoi, n'ayant jamais eu qu'à se louer de son courage. Une volaille parfois rentrait en folle dans la salle et s'éloignait orgueilleuse, à pas comptés, vexée du peu d'attention que même les chiens lui portaient, des molosses qui ne reprenaient vie qu'avec le soir et couraient d'un portail à l'autre. Ovide repliait son couteau pour indiquer la fin du repas et se levait pour servir à tous un fond de genièvre qu'on vidait debout heurtant la table avec les verres pour lui souhaiter aussi la santé.

*

Ovide passe sous le porche de M. Quimpré. La cour est encombrée de charrettes, des camions de blé sont à quai et des gamins surveillent la vis sans fin où les grains se séparent de leurs balles dans un doux bruit de vent dans les feuilles. Le contremaître au pied bot apaise une querelle entre les rouges charretiers et « ceux du bureau », tout gris derrière leurs vitres sales. Une grand-mère sous un auvent répare les sacs qu'elle glisse dans sa machine à coudre. La paille, l'essence, la poussière, la terre battue, les charpentes goudronnées, le crottin, les toiles de jute et les empilements de tourteau composent un élixir dont on peut voir les spirales dans l'air bousculé. Des hommes poussent des diables dans les granges et des coqs banderillent le long corps luisant des toits. De la porcherie file, entre de gros reniflements de son, l'odeur aigre du plaisir. Un rat s'échappe d'un silo sous l'œil d'une troupe de chats boiteux, sans oreilles et sans queue. M. Quimpré, pour qu'on ne les lui vole plus, les mutile ainsi dès qu'ils naissent. Ovide regarde les monstres du haut de son siège et pendant un instant le pays dérive, se peuple de créatures inconnues, d'odeurs nouvelles. Ovide entend des mots qui n'ont plus de sens, cependant que le réveille l'appel du contremaître qui n'a pas de temps à perdre et veut peser la livraison. Il crie :

— Havrincourt, passez en bascule.

Ovide en automate fait avancer sa voiture sur la longue pièce de bois tremblante.

*

   On passe le dimanche chez l'oncle Claudius, le vétérinaire, dont le salon est un musée de squelettes. On prend le café entre les charpentes délicates en épingle sur des socles. Ovide d'un seul coup rentre dans la préhistoire et laisse les autres parler de la pluie et du beau temps, des mariages et des morts. Lucienne est habituée à ses absences et l'oncle Claudius la séduit, qui est la vie même au milieu de tous ces os. Les vitraux 1900 des fenêtres ajoutent au funéraire de la pièce où l'on regrette que la lumière électrique soit sans tremblement. Aux dernières courses hippiques l'oncle Claudius a abattu Ramsès VIII, devant les tribunes, un bai de cinq ans, grand favori. On entend les aboiements des chiens qu'il garde en pension dans un appentis de la cour. L'heure sonne à l'étage. L'après-midi passe aussi lentement que le café, mais s'il n'y a aucun appel téléphonique pour l'oncle, chacun sait qu'à cinq heures, lorsque l'estomac s'allège enfin, les femmes et les hommes se mesureront au billard, dans la pièce voisine. Il est connu que l'oncle Claudius va jouer à peu près seul, tirant des séries de deux cents points. Les autres iront se servir des alcools, en attendant. Lucienne secouera Ovide endormi dans un fauteuil, la queue, dont il n'a pas usé, en traverse sur les accoudoirs.

— Ovide, dira Claudius, où étais-tu ?
— Chez toi, répondra Ovide, avec innocence. Je ne m'endors que parce que je suis bien.

*

    Thadeus gardait la ferme en l'absence des patrons et travaillait encore plus que de coutume, heureux de son rendement, offrant le plus singulier démenti à l'affirmation que la besogne est la malédiction de l'homme. Il ne se lavait jamais et la sueur l'avait recouvert d'un second cuir. Les chiens ne le flairaient pas, tant il offrait peu de prise au rêve et s'il regardait le planisphère dans la grande salle ce n'était pas pour s'émouvoir au souvenir des plaines d'un vert de porcelaine où sont peintes en rose féminin les forteresses des chevaliers teutoniques, ni pour aucune image de Pologne, mais pour repiquer une épingle qui menaçait de tomber, car il alliait à la force les mouvements d'un sensible. Suivi des molosses à qui il parlait russe, par mépris, il arpentait la cour et les bâtiments, tordait le cou à quelque pigeon englué par ses attrapes et qu'il mangeait à la dérobée, seul, son régal, après l'avoir fait bouillir dans une casserolée de vin. Il habitait au-dessus de l'écurie avec un losange de bois grand comme la main pour fenêtre, mais il avait préféré cela à la loggia qui domine le portail. L'odeur des chevaux restait la racine de ses rêves et il aimait s'agenouiller avant la nuit pour prier à sa façon, l'œil à la petite ouverture du chien assis, examinant comme d'autres les progrès et les fautes de la journée, la cour déserte, les portes closes, le tablier gelé ou la fine robe de l'abreuvoir, selon l'époque, et le maître, M. Ovide, qui sortait un jour sur deux sur le pas de sa chambre pour regarder un long temps le ciel avec un télescope d'enfant.

*

Dans un lit sans traversin, Lucienne Havrincourt dormait comme la justice, raide et sur le dos, les mains aussi larges que des plateaux de balance. Ovide se logeait à sa droite ou à sa gauche, selon la place qu'elle lui laissait et il arrivait que sa femme ne le trouvât plus dans le lit. Elle l'appelait et il revenait de satisfaire un besoin, corporel ou d'esprit, mais depuis quelque temps Ovide s'absentait plus que de raison. Elle le questionna, mais il se sentait bien. Il ne l'étonna qu'une fois lorsque en rentrant de la cour il lui assura qu'il avait tant pissé qu'il avait cru un moment que les étoiles sortaient de lui, ricochaient, retombaient en pluie. Il n'avait pas à l'ordinaire de parler aussi mythologique et Lucienne attendit qu'il retrouvât le sommeil pour l'observer, et devant tant de calme elle-même se rendormit. C'est dans le mois qui suivit qu'elle eut un second choc. Après le repas du soir, quand il eut tendu la main à Thadeus qui regagnait son quartier, elle le vit rester devant l'âtre, la profonde cheminée sans feu du mois de mai, seulement égayée d'une brassée de lilas. Il avait déposé ses chaussures au pied de la cruche en grès où s'embrasaient d'un feu tendre les fleurs et il les regardait de son petit œil à peine fendu. Le visage d'Ovide ressemblait alors aux galets dont les enfants font une tête en y traçant quatre petits traits. Lucienne le surveilla longtemps et Ovide ne bougeait pas, comme s'il était là depuis le commencement du monde.

*

Des bottines comme il y en a tant, pleines d'usage et de raison, rides et acquiescement. Les tiges jadis fauves ont pris la tristesse des rongeurs et elles bougent sur place, imperceptiblement. Les quartiers se sont creusés, l'empeigne gonflée. Le soufflet laisse tomber une langue de noyé, le tirant n'est plus qu'une oreille de mauvais écolier, et pourtant qu'ont-elles vu ? Les mêmes pavés, chaumes et sillons, l'unique chemin de Royère, le dallage en petites briques de la maison, les marches en bois des greniers, la boue d'un hiver étroit, les braises de hêtres et de chênes sur la pierre du foyer. Qu'ont-elles appris sinon l'évidence qu'on ne peut être ce qu'on a été, que l'on ne connaîtra qu'un bout de la route éternelle ? Et pourtant les pieds qu'elles ont chaussés sont tremblants de courir encore. Il y a quelque part des herbes jamais foulées, des sables. Ovide tire sur l'une de ses chaussettes pour en masquer le trou du gros orteil. Elles ont connu les planches à peine cirées sous le lit bas, la râpe des molosses, et il existe des tapis, la soie des bichons. Ovide soudain se voit dans la semelle qui rebique, dans le talon qui s'écule de travers. Sa vie tangue, insatisfaite. De tous les objets qui sont là, crucifix, pendule, ce raffinement des instruments de torture, coquillage rapporté d'une mer si vieille qu'il ne chante plus, la paire de souliers est le plus désolé, le plus traître. Ainsi l'ami sur lequel on a compté, avec qui l'on a vieilli et qui vous lâche, au milieu du chemin de la vie, en vous tendant le miroir qui n'a pas d'avenir. Lucienne surprit son homme qui se levait et d'un coup de pied qu'elle ne pouvait comprendre expédiait les chaussures à l'autre bout de la salle.

★

Ce fut le temps où Ovide Havrincourt se mit à surveiller ses fils. De bien beaux gars, certes, et durs à l'ouvrage, mais bornés comme s'ils s'acharnaient à mains nues du matin au soir contre un mur, mais ils avaient l'air heureux, sans donner d'enfants à leurs femmes et cependant Ovide les surprenait en galanterie, tels qu'aux premiers jours de leur union, dans le potager ou les granges. Lui seul, Ovide, n'était donc pas comme les autres. Si Lucienne lui prenait la main tel soir, il y avait évidemment un instant de chaleur, mais cela tenait d'un emballement de machine et retombait inerte, aussi monstrueux qu'un engin de moisson dans la remise. A table où l'on a le temps de se découvrir il ouvrait chacun d'un mot et n'y trouvait rien, simplement une petite armoire vide.

— Comment ça va ?
— Ça va.

En effet, pas un n'avait à dire plus, et le visage et les lèvres qui sont là pour mentir et faire croire à des richesses restaient l'honnêteté même. Un vertige prenait Ovide de s'éprouver différent et de ne savoir l'exprimer, même à lui-même. Seulement des bouffées l'aspiraient et le déposaient loin de la ferme, aussi léger qu'un fétu. Lucienne lui paraissait soudain lointaine et elle lui demandait ce qu'elle avait de changé, de nouveau, puisqu'il la regardait de cet air de gros bout de lorgnette.

— Je ne comprends pas? interrogeait Ovide, et la tablée échangeait des coups d'œil, tandis que Thadeus, se substituant au maître défaillant signait le pain, qu'il tranchait comme on égorge.

★

Ovide vivait de plus en plus les départs foudroyants des médiums dont l'apparence est de se résorber sur place, mais le déchirement qu'il éprouvait et que la famille commençait à soupçonner le marquait d'une sorte de gangrène. Sa face habituellement glabre se marbrait. M. Quimpré lui-même qu'aucune fable ne pouvait atteindre se posait des questions quand il voyait arriver sur son attelage son fidèle fournisseur. Le changement d'Ovide était aussi visible, bien que silencieux, que le passage de la vierge à l'orgiaque chez une personne du sexe. Les désirs d'Ovide que personne jusqu'alors ne cernait et qui échappaient à sa propre connaissance, préparaient l'explosion fabuleuse et, dans le raidillon qu'empruntait le cultivateur et qui l'obligeait à descendre de la charrette, certaine joie le saisissait à voir au bout du chemin de terre, au-dessus des herbes balancées, un ciel lavé de pluies tièdes, passé au fenugrec et balayant de ses palmes des villes chaudes, remplies de fleurs charnues, au parfum d'aisselles et de lourdes toisons. La joie subite qui tirait le sang d'Ovide le laissait un moment sans force, à tournoyer autour de lui-même, tel un prêtre qui encense son idole pour qu'elle lui soit favorable et lui explique le mystère de l'autre côté de la vie courante. Que cède la porte qui m'en sépare ! Ovide achevait ces grandes cérémonies de solitude par un arrêt au point dominant du pays. La terre où il était né ne s'ouvrait plus à l'infini mais tenait dans son poing, et il la jetait toute, d'un geste las, dans la fosse du ciel.

*

A quelque temps de là, sur l'avis de leurs hommes et de Lucienne, les brus se rendirent à Royère, à l'insu d'Ovide, pour l'épier. Sans doute y avait-il quelque femme dans le dessous de sa tristesse, bien qu'au potager où tous s'étaient réunis ils en doutassent, affligés de leur bas soupçon et n'ayant jamais autant aimé et respecté le chef du domaine. Les filles se séparèrent et se postèrent aux deux sorties du couvent des fourrages. L'animation ne les troubla guère, mais l'immobilité d'Ovide perché sur sa charrette puis planté au milieu de la cour pendant qu'on la déchargeait. Il regardait les pigeons sur l'arête des toits. Les femmes relâchèrent leur guet, l'une et l'autre, séduites par les couples de volatiles qui se donnaient des baisers, et ramenées par ce spectacle à la conjecture qui les avait poussées à des manœuvres de police. Ovide se dirigea vers son attelage, le fit reculer dans un hangar, détela les chevaux et sortit vers le centre de la ville. Les brus se retrouvèrent ensemble à le suivre, gênées jusqu'au silence et elles le virent entrer au café du Singe Vert qui sur l'enseigne vidait un mazagran qu'il tenait par la queue. Ovide sur la banquette qui courait le long des murs où des miroirs se faisaient face se trouva multiplié à l'infini, mais ses belles-filles ne l'apercevaient au travers des vitres que solitaire et immobile, buvant à petits coups de langue la chope de bière qu'il avait commandée. Comme il restait ainsi, les coudes sur le marbre, elles se demandèrent ce que les gens allaient penser d'elles qui pouvaient les surprendre, guettant à tour de rôle, et combien de temps il leur faudrait subir les regards des hommes qui entraient et sortaient sous le Singe Vert. Certain, Ovide attendait quelqu'un, mais il ne tirait pas la montre de son gilet et paraissait rêver. Il fut là une bonne heure et s'en retourna chercher ses bêtes. Les brus reprirent leurs bicyclettes à la cure et, prenant la Nationale, arrivèrent avant lui pour annoncer qu'elles n'avaient rien surpris. La lumière du ciel sur la ferme durcissait.

*

Ovide s'arrêta au sommet du raidillon. Les nuages prêtaient leur escalier à la descente d'un soleil vieilli. Le pays plat offrait un léger creux de drap fripé perpendiculaire à la ligne d'arbres de la Nationale qui devenait le montant d'un lit de cyclope. La vie s'était endormie là, tandis qu'à l'Ouest une barre d'or clair annonçait l'entassement d'un trésor, fable et promesse. Ovide caressa ses chevaux de la bouche à la croupe.

Pareil à un empereur du Bas Empire que ses légions ont abandonné il fit un tour complet sur lui-même pour donner l'adieu à un monde épuisé, qui n'a pas su garder confiance, qui ne veut plus bouger, et soudain il y eut une nouvelle force dans le soleil, un sursaut de mourant. Ce fut une épiphanie. La vie se trouvait ailleurs. Ovide ramassa un caillou à ses pieds, un étroit silex comme ceux dont il usait dans son enfance pour faire jaillir des étincelles en le battant de son couteau fermé. Il l'empocha et se remit sur son siège. Le chemin vers la ferme d'Havrincourt s'enfonçait dans le passé et les chevaux allaient au pas du souvenir, tirant une charrette vide. Aucun des jours anciens ne la chargeait d'un épi, pas même le plus coloré de l'existence d'Ovide, celui de son mariage, d'où ne surgissaient que des visages de buveurs basculés dans des musiques qui rappelaient l'effarouchement des volailles enfuies de la cour où trente tables martelées par les poings des convives laissèrent rouler leur tonnerre jusqu'au seuil d'une nuit où Lucienne et lui, main dans la main, s'éloignèrent des granges encombrées de rieuses et de farceurs pour se retrouver dans une seule chair grave au fond du jardin.

*

Les jours cependant se succédèrent sans histoire pendant plusieurs saisons si bien que l'on oublia les façons d'Ovide, ses arrêts, ses songes debout, les ciels qu'il regardait en joignant les mains. Il partit livrer le dernier fourrage à la fin d'un été sans vigueur, par le chemin qui allait devenir célèbre et que personne ne pourrait prendre désormais sans songer à lui, sans croire aux taquineries tragiques de l'âme, à l'inconnu qui dévore les paisibles. Lucienne ne le voyant pas revenir pour le repas du soir téléphona à M. Quimpré qui ne l'avait pas vu. Les fils et les brus attendirent toute la nuit, buvant force cafés. Thadeus enfourcha un vélo, prit le chemin, le raidillon, la descente insensible vers Royère et fit le tour des auberges dans la ville étcinte. Il réveilla les garagistes, les tenanciers de tabac et se fit injurier, car on le croyait ivre, mais personne n'avait aperçu le maître. Par respect de soi la famille n'osa se rendre au poste de police, il serait toujours temps de mettre la Loi sur les traces du fugitif. S'il lui était arrivé malheur, on le saurait déjà. Lucienne, contre son propre bon sens, fit toutefois le tour des hôpitaux et sonna chez les médecins dont personne chez elle n'avait jamais usé, confiant malaise ou blessure aux cataplasmes d'herbes et aux alcools ferrés. Ovide, sa charrette et ses chevaux semblaient s'être volatilisés dans le paysage qui n'en gardait nulle trace. Jamais les jours ne s'étaient surpassés en douceur, en lumineuse frivolité. Il y avait une semaine qu'Havrincourt avait disparu lorsque arriva une carte postale de Rouen. Elle représentait un pont et sortait d'un vieux lot jaunâtre de bouquiniste. Lucienne et ses enfants avaient beau chercher un message sur le rectangle où de l'eau passait sous des pierres, la signature d'Ovide Havrincourt écrite en lettres d'écolier appliqué, éclatait seule au dos.

— Il vit, dit Lucienne.

Et cela suffisait. Thadeus demanda le timbre de la carte et Lucienne le lui décolla dans la vapeur de la soupe du soir.

*

Les traits d'une peinture vue de près sont des taches informes, des coulées de brosse rebutantes qui dès que l'on s'éloigne s'installent dans une évidence harmonieuse. Avec le recul, paraissait le vrai visage d'Ovide, sensible et douloureux. Il était allé sans doute cacher son mal comme font les chiens, et il reviendrait bientôt, le masque impassible, les quatre traits fins dans la longue tête carrée. M. Quimpré, le directeur de la sucrerie, le garde champêtre, le curé, les fournisseurs de Royère, les hommes de police vinrent tour à tour à la ferme, mais Lucienne ne pouvait rien leur annoncer, ni ses fils. On avait simplement glissé le pont de Rouen sous le crucifix qui dominait l'âtre. De Rouen même on n'avait rien appris et les jours de la ferme ressemblaient à ceux d'avant la disparition. Chacun travaillait un peu plus et ne parlait presque jamais du maître. Les molosses avaient eu les premières nuits difficiles, car Ovide avant d'aller se coucher leur servait lui-même la pâtée, mais chacun s'était fait à l'absence, s'il ne songeait pas au disparu comme à un mort. Son couvert était toujours mis, au cas du retour, mais un an passa. Lucienne ôta l'assiette et le gros verre, et ce fut comme si Ovide était rentré pour de vrai au royaume des ombres. Il en prit des qualités inattendues. On se rappelait un bon mot, un geste, et sa façon, c'était pourtant incroyable de ne pas y avoir prêté attention, de rapporter les fleurs du jardin et de les disposer dans les chambres. On avait toujours pensé qu'il se permettait par là d'entrer chez ses brus, de surveiller leur intérieur. L'oncle Claudius affirmait qu'Ovide lui avait toujours paru bizarre et qu'il le revoyait devant ses coffrets de verre enfermant le squelette délicat des oiseaux. Ovide les caressait à la dérobée. Il avait même dit un jour : « La nuit des temps est si proche. » Claudius en répétait la phrase avec plaisir, comme s'il en était le père. Il ajoutait : « Et ses tirades contre l'argent ! Je pensais qu'il me visait par jalousie. » Oui, Ovide était parti sans argent. Lucienne l'avait tout de suite contrôlé, dans l'armoire de leur mariage et à la banque. Le dimanche, en revenant de chez le vétérinaire, Lucienne et ses enfants s'arrêtaient au bas du raidillon et regardaient le chemin stérile par où la force et la bonté s'étaient enfuies.

*

Ce qui avait manqué le plus dans les débuts, ç'avait été les chevaux, mais Lucienne, au lieu de les remplacer, acheta un tracteur et une plate-forme après la deuxième année. La nouvelle ère d'Havrincourt partait de ce jeudi flamboyant qui avait salué l'envol d'Ovide. Par pudeur on parlait quelquefois d'Ombrelle et de Faraud, l'attelage évanoui, mais c'est le nom d'Ovide que l'on percevait. Il était à la fois brillant et intouchable, fixe et tremblant, semblable à une étoile, et l'on construisait les nuits autour de sa lumière. Cependant, le temps joueur le masquait de nuages et des semaines se passaient sans que personne s'imaginât le disparu. Même sa silhouette qui trois fois par jour menait les bêtes à l'abreuvoir s'effaçait de la cour, et l'on ne se demandait plus dans quel pays elle avait pu renaître, retrouver sa chair massive, ses gestes lents, son crâne qu'adoucissait un duvet, le guichet secret des regards, le fil des lèvres. La sympathie faisait sentir qu'elle n'avait pu choisir qu'une terre exubérante, un chaos de soleil et d'eaux vives, le contraire de ce qu'elle avait connu ici, mais tout aussitôt femme et fils se refusaient à entendre la suite : une vie en gilet à fleurs, des parfums, le parler d'oiseau de femmes succulentes, les yeux d'où ne sort jamais la vérité, les plus aimés. Le demi-dieu romain avait laissé la toge et le trône pour les bijoux et le palanquin d'un Barbare. Qu'il ne revienne jamais ! Qu'il ne me dise rien ! Ces prières dissimulaient un amour grandissant, mais il y aurait bientôt sept ans qu'Ovide avait fui, sept ans, le temps de se faire et de perdre une peau.

*

Lucienne n'avait jamais eu l'idée de porter le deuil. Elle restait en noir comme elle avait toujours été. Il était né deux garçons et une fille chez les brus. Thadeus marchait avec un pilon depuis qu'une de ses jambes était restée dans la mâchoire d'une lieuse, et il buvait. La ferme paraissait éternelle, plus que le ciel qu'elle fournissait en pigeons. On avait créé un colombier en souvenir de l'amour d'Ovide pour les oiseaux, et l'on se demandait pourquoi il n'en avait jamais eu l'idée. Avec le temps son souvenir s'était allégé et l'on se rappelait un homme jovial, lui qui avait si peu ri, et l'on racontait aux petits les hauts faits de ce corpulent sensible qui marchait sur la pointe des pieds. Il avait dressé des chats à faire la ronde, debout sur leurs pattes arrière, forgé la girouette au-dessus du portail qui est un ange sonnant de la trompette, remplacé au pied levé un enfant de chœur et l'on apprit là qu'il connaissait tous les répons en latin, dompté la mule dans un cirque de passage à Royère et pour ses noces d'argent bourré la poule au pot, que Lucienne allait découper, de colliers et de bagues. On n'en finissait plus de le faire admirer et cela touchait à la dévotion d'un saint, si Lucienne et les fils n'avaient jamais pu mettre son nom dans la prière des morts que l'on récitait à l'office du dimanche. Le curé d'ailleurs était passé plusieurs fois pour demander s'il n'était pas chrétien de célébrer enfin une messe en son souvenir, mais il avait toujours été poliment éconduit. Lucienne n'avait jamais eu la foi vive, ne croyait guère à l'au-delà et se reprochait parfois de ne pas ressembler à Ovide, malgré les efforts qu'elle s'imposait. Non. S'il existait quelqu'un quelque part et que l'on pût se figurer Dieu, ce serait un sosie d'Ovide et le frémissement intérieur s'arrêtait là. Les soirs de fin d'été, à l'anniversaire de sa disparition, la beauté de la terre devenait insoutenable et Lucienne s'enfermait dans la maison, de peur de voir surgir dans la féerie du crépuscule le fantôme aimé.

*

On allait fêter Noël. Lucienne et les brus enguirlandaient le sapin dans la grande salle. Les hommes essayaient les jouets, à l'insu des enfants, au fond de l'écurie restée vide et nettoyée comme une salle de musée. Dans la cour, la fontaine et l'abreuvoir gelés formaient un bloc tombé d'une autre planète d'où montait le froid de la nuit transparente. Dans quelques heures, on s'entasserait à plaisir dans la voiture de l'aîné pour se rendre à la messe de minuit et l'on ramènerait les petits vers les chaussures qu'ils déposaient à grands cris entre l'arbre et la cheminée, toutes celles qu'ils pouvaient dénicher, savates, sabots et jusqu'aux bottines d'Ovide que grand-mère laissait en évidence dans sa chambre. Thadeus jetait de nouvelles bûches qu'il surveillerait, sa jambe de bois sur une chaise, un carafon de genièvre à portée de main. Il ne quitterait son poste que pour aller chercher la brouette de cadeaux dans l'écurie et les déposer comme on le lui avait dit, au milieu d'un parterre d'oranges.

Un bruit sec de caillou sur la vitre de la porte fit détourner les têtes. On ne vit d'abord qu'un silex et qu'une main dans le verre blême, comme si le visiteur se tenait à distance, puis le corps fantastique, enfin le visage d'Ovide qui se collait au carreau et disparaissait aussitôt dans la buée de son souffle. L'une des brus put faire un pas et ouvrir.

— C'est moi, dit Ovide.

Et comme Lucienne se jetait à genoux, il la releva.

— Ovide ? murmura-t-elle, épouvantée par les chaussures d'un jaune de citron qu'il portait.

Et il dit :

— Je reviens du Honduras.

— Je ne te demande rien, reprit Lucienne.

— Un beau pays, dit Ovide en saisissant ses vieilles bottines au milieu des souliers. Elles m'ont manqué, celles-là.

Puis tous s'embrassèrent et Thadeus baisa la main du maître, qui ressemblait à ce qu'il avait toujours été, mais des cernes sous les yeux et un gilet blanc à boutons roses. Son entrée à l'église aurait éclipsé la présence de Dieu et le village choisit de raccompagner les Havrincourt jusqu'à leur portail. Ovide tenait les petits par la main et la dernière sur ses épaules.

La vie reprit comme si rien ne s'était passé, silencieuse et pleine, mais désormais Ovide pour se rendre à Royère emprunta la grand-route. Le chemin du Honduras se laissa gagner par les herbes.

LE PAYSAGE BLANC

Au bas du tableau d'infimes taches de rouille et havane, vers le haut des clartés d'aigue-marine rehaussaient la blancheur du paysage accroché dans le bureau de Camille Récasse, tribun du parti de l'Avenir, historiographe des Grandes Voix de la Révolution, admirateur de Barnave, et homme à bonnes fortunes qui menait de front, à l'insu l'un des autres, plusieurs ménages. Il ne s'accordait entre ses travaux d'Assemblée, ses dépenses de chair, son goût de récrire l'Histoire qu'un peu de tranquillité par semaine. Il avait choisi le lundi, et la terre pouvait s'ouvrir ce jour-là, s'éparpiller dans le vide, le fier Camille n'y aurait vu que du feu. Son âme d'ailleurs était sans fond, ne reposait sur rien, ressemblait à l'un des tuyaux féeriques que certains peintres ont placés dans l'air, dont la perspective où jouent des vapeurs et des ailes s'éloigne vers une sorte de zéro, l'infini du ciel. Il profitait de ce jour-là pour jeûner, remettre au calme son sang trop riche, une substance malmenée par tant d'efforts, et si l'on avait pu le surprendre qui se serait douté qu'il ne réfléchissait pas à sa dernière adresse au peuple, à ses difficultés avec les femmes, à ce cinglement constant de mille branches épineuses dans le taillis des jalousies, des doutes, des reproches de ne pas le voir assez. Quel secret, quel mal pouvait subitement le jeter dans la tristesse et le vague ?

Ses dames qui voulaient un enfant de lui, et qu'il leur refusait, vivaient comme il l'exigeait une existence de cloîtrées. Il ne les sortait jamais et se rendait chez toutes dans l'incognito du premier jour. Elles étaient trois, aux quatre coins de la capitale. Certes, elles connaissaient l'appartement de leur homme, mais elles n'y venaient que rarement et à l'improviste, sur un emballement de Camille, et toujours de nuit. Son bureau leur restait interdit, par superstition et parce que l'on veut se garder un coin à la divine, que ne fréquente que soi, de même qu'écrire à la divine veut dire à la seule première personne du singulier. Camille était donc là entre une bouteille d'eau et des pommes à contempler le paysage blanc. Il s'y fondait, s'endormait, se réveillait dans la toile qui représentait tout autre chose qu'à l'entrée du sommeil. En effet, le tableau battait les cartes : meules sur la neige, chemin, eau morte dans un parc à l'anglaise, voire même portrait d'un cavalier dont le peintre aurait coupé les jambes du cheval, champ où mourut le Téméraire, sublimation de l'hiver, peut-être aussi groupe de colombes serrées par le froid. En tout cas, l'œuvre était d'autant plus d'avant-garde qu'il l'avait héritée de son père sans en avoir jamais su l'origine. Un fou peut-être, mais comme il était heureux qu'on pût à chaque regard l'inventer, sans qu'elle maléficiât la journée ! Camille ressortait lavé de sa contemplation, reposé de son voyage, n'énervant rien de sa force pour prendre le départ. Il suffisait qu'il s'assît devant la toile et la fugue commençait, par un happement très doux. Camille Récasse dont la mémoire était proverbiale, citant les auteurs qu'il avait traduits au collège, rétablissant les phrases de ses adversaires qui citaient mal des passages de leurs anciens discours, ne se rappelait rien de ses fuites dans le paysage blanc. Il n'aurait su dire qu'hier il avait longé dans les rayures à peine relevées d'un filet mauve une rivière que l'hiver écrasait et la balade d'aujourd'hui resterait inédite et sans trace. Son plaisir toujours neuf s'accroissait d'être vierge et sans descendance et cela ressemblait à autant de vies, et l'on sait que la vie ne se refait pas. Or, pour tous Récasse le Gueuloir était ce qu'il faisait : un monument de bruit. Il ne resterait de lui pour signer son passage ici-bas que l'écho d'un bavardage charriant les pépites trouvées par d'autres, c'est-à-dire rien, dès qu'il aurait quitté la mémoire de ses maîtresses. C'était pourtant autre chose et moi, son valet de chambre, je puis en témoigner. Il n'a jamais cherché à m'embobeliner et il m'a traité de haut, comme c'était son rôle, mais en charmeur, essayant sur moi des tournures d'apostrophe, des anathèmes, des appels au bon vouloir, toutes les simagrées que la foule prenait pour argent comptant. Or, je connaissais son cœur et j'éprouvais aussi devant le tableau qui le ravissait de singuliers transports.

— Voyez-vous, Joseph, me dit-il un jour, ce que représente cette toile ?

— Non, monsieur.

— Moi non plus, ajouta-t-il, et pourtant elle me plaît. Disons-le franchement, l'achèteriez-vous si elle était à vendre ? Car il n'y a pas de preuve d'amour plus forte que celle d'acheter l'objet du désir.

— Je l'achèterais, dis-je sincèrement.

— Rassurez-vous, je ne veux pas la vendre. Sentez-vous que vous pourriez vous y perdre et que ce n'est pas un petit mystère que de s'enfoncer à l'infini dans une surface plate ?

Il se lança alors dans un discours sur la peinture dont je n'ai pas entendu d'équivalent, je veux parler du discours en soi, un chef-d'œuvre. Je ne me rappelle rien de particulier, mais le tout sonnait bien et j'entrais en vibration. Pour finir, il me montra du doigt la peinture.

— J'y passe un jour par semaine, et c'est mon jour le moins long. Je ne sais comment font les autres pour s'échapper de la nasse où tout grouille et reprendre un peu d'air pur. Moi, j'ai cela. En ce moment, vous n'y voyez donc rien ?

La toile restait muette parce que je pensais au nettoyage qui me restait à faire, au linge que je devais aller chercher à la laverie, au détour par la maison de la repasseuse, car M. Récasse refusait à chacune de ses femmes de s'occuper de son entretien. Elles n'étaient là que pour le plaisir, et recevoir des cadeaux. Il ne souffrait aussi qu'un domestique mâle et je l'ai servi de mon mieux, telle son ombre, ravi quand il me parlait.

— Je ne vois rien qu'un amalgame, dis-je.

— Moi aussi, reprit-il, pour le moment. On peut

discuter de tout, c'est mon personnage, et sans savoir un traître mot des ressorts de la machine que l'on expose, mais la peinture, mon ami, il n'y a que le silence pour la déguster. L'œil est notre seul outil silencieux. Vous pouvez disposer.

En m'éloignant à petits coups de plumeau je le vis s'installer devant le cadre où il me parut voir deux bonshommes sur un chemin de halage, courbés sous une rafale de neige. Je pensais à mon maître et à moi : nous formions aussi une belle paire dans le trouble crépuscule qui noyait les fenêtres. Il n'y avait de blanc que le paysage au mur, mais un blanc fait de minces stries sombres. C'était peut-être la pluie devant des squelettes d'arbres que le peintre avait voulu rendre, mais M. Récasse se retourna vers moi, avec impatience, et je refermai la porte du bureau.

— Tout cela ne me dit pas, ajouta le commissaire, pourquoi votre patron a été trouvé au pied de cette toile, avec une balle dans la tête. Je sais que vous n'y êtes pour rien. Camille Récasse a laissé un papier très clair : il s'est tué. Je voudrais simplement savoir la raison de ce suicide. Vous êtes la dernière personne à l'avoir approché. Les femmes qu'il entretenait sont aujourd'hui dans un triste état. J'ai dû les convoquer, puisqu'il me parlait d'elles. Savez-vous qu'elles se ressemblent, à croire des sosies ?

— Non, dis-je, je ne les ai jamais vues.

— Un homme qui vit à trois dimensions en général choisit des compagnes différentes et qui n'ont aucun point commun. Je connaissais comme tout le monde l'homme public. C'était apparemment une image d'Épinal.

— Monsieur le Commissaire, dis-je, nous en sommes tous là. Par exemple, je suis valet de chambre, mais j'ai fait des études. Ma mère voulait que je sois prêtre. La foi m'a quitté au sous-diaconat, mais mon plaisir reste de relire Quinte-Curce et Thomas d'Aquin.

Le policier me regarda en levant un œil et j'étais prêt à croire que je venais de mentir. Je répétai combien j'aimais le latin.

— Il ne s'agit pas de vous, coupa-t-il. J'ai fait photographier le fameux paysage blanc.

— Alors ? m'écriai-je. Qu'est-ce qu'il représente ?

— Il m'a semblé le pont d'un chalutier pris dans les glaces, mais mes adjoints croient y surprendre un champ de courses en décembre, un troupeau de cygnes, une lessive en pleine campagne, je ne sais quoi encore. Je l'ai fait radiographier par mes services.

— Alors ? lançai-je de plus belle.

— La toile a été trois fois repeinte et l'on y décèle trois fois plus de possibilités. Personnellement j'y verrais un aquarium où frétillent des bancs de minuscules poissons éclatants, à moins que nous ayons à compter sur un rêve de maniaque perdu dans des cristaux. Nous tenons peut-être là la clé de la mort de votre maître. Il se croyait très fort, en tout, partout, et devant cette toile impossible qui lui résistait il a rendu les armes.

— Je ne pense pas, dis-je, puisqu'il ne trouvait qu'en elle le repos.

— Voilà ! s'écria le commissaire. Et il l'a totalement trouvé. Il suffisait d'un coup de pouce.

L'humour du policier me faisait mal, mais je sais bien que chacun cherche à briller, jusque dans les pires occasions.

— Je ne puis vous rendre d'autres services ? demandai-je.

— Connaissiez-vous une affection chez Récasse ? Je veux dire un mal, une gêne ?

— Monsieur se portait comme un charme, dis-je, et rien ne pouvait me laisser prévoir sa fin. Sans doute était-il malheureux, simplement.

— Ça se soigne, dit le commissaire.

— Ça s'efface aussi, dis-je impatienté. Je suis au service de deux autres maisons où rien ne semble aller, mais tout brinquebalera vaille que vaille jusqu'au bout. Chez M. Récasse à qui j'accordais trois après-midi la vie était si égale...

Je ne pus retenir une larme et l'autre leva le même œil d'espion.

— Vous ne pensez tout de même pas, dit-il, qu'on puisse mourir pour un rectangle de toile où l'on a barbouillé Dieu sait quoi ? Merci.

Il m'indiquait la sortie, d'un doigt qu'on employait jadis pour les domestiques inférieurs, mais tout m'était égal. L'enterrement de Camille Récasse fut un prétexte à discours et les orateurs se plurent à l'imiter. Il y avait beaucoup moins de monde que je n'avais prévu, mais je remarquai dans la foule des femmes plus nombreuses que les hommes, à trois reprises et loin l'une de l'autre, trois pleureuses qui se ressemblaient à se damner, de visage et de taille, portant même capeline, colliers et talons hauts. Dans le mois qui suivit fut vendu en deux vacations le mobilier de l'appartement. J'allais à l'hôtel Drouot pour acquérir un souvenir de mon patron et ma peine redoubla en apercevant les trois femmes qui paraissaient ne pas s'être remarquées. Le paysage blanc accroché entre les tapis de M. Récasse ne fut mis aux enchères qu'en dernier. J'avais été preneur d'une boîte à pastilles qui ne quittait pas l'orateur, mais les maîtresses assistèrent à la vente sans lever le doigt pour emporter quoi que ce fût. Il m'a semblé qu'elles étaient là pour aggraver leur chagrin, pareilles en cela aux enfants qui grattent par mauvaiseté la plaie qu'une chute leur a causée. Les tapis s'enlevèrent à des prix si bas que je mis en doute mon goût et celui de M. Récasse, mais une tempête s'éleva dès que le commissionnaire décrocha le paysage blanc et le fit passer devant l'assistance. Il semblait que tous le voulussent, à n'importe quel prix. Cela m'aurait amusé en d'autres circonstances, mais j'en restais étourdi. La toile me parut sale subitement, sous la lumière poussiéreuse de la salle, dans cette odeur de plancher et de tentures jamais battues. Des marchands s'interpellaient d'un coin à l'autre et le commissaire-priseur demanda le calme. Les millions jonglaient au-dessus des têtes, pas plus consistants que poignées de confettis, et quand le marteau tomba pour accorder la prise à un petit homme en sueur, une voix s'éleva et fit jouer le droit de préemption des Musées nationaux. Le paysage blanc fut remisé sous la chaire et le public s'égailla. Les trois femmes m'échappèrent et je n'en ai plus entendu parler. De tout un pan de ma vie il ne reste que le tableau exposé depuis peu dans les nouvelles acquisitions. Je vais le voir de temps en temps et le calme m'envahit dès le premier coup d'œil. Je remarque qu'il y a toujours des visiteurs qui paraissent s'endormir en sa présence. Par bonheur, une banquette assez confortable lui fait face. Pour tout dire, une sorte de fraîcheur sort en spirale de la toile, vous enveloppe et vous ramène en elle. Une fois, au moment d'en sortir, je me suis heurté à un mur et j'ai dû porter la main à mon front. La toile était faite de pierres mal appariées et je lui trouvai l'air d'une prison avec de légères moisissures et deux feuilles de myosotis qui en rachetaient la sévérité. Ma patronne de l'avenue Foch m'a demandé la cause de cette bosse qui avait tourné au violet et je lui répondis que je m'étais cogné dans un meuble, moi qui ne mens jamais car le mensonge complique tout, et j'en fus puni sans attendre, lorsque je m'accordai une nouvelle récréation au Musée. Le paysage blanc n'était plus qu'un ciel où je dérivais avec douceur, dans les différentes températures de nuages quand je tombai sur M. Récasse qui haranguait l'inconnu, un filet de sang à la commissure des lèvres. C'était très beau ce qu'il disait, mais sans vouloir rien signifier, telle une architecture de musique. Je dus admettre que c'était à moi qu'il s'adressait, à moi qui prenais soudain l'importance d'une foule, qui devenais un grand corps inconnu où les mots passent en flots de sang. Je l'ai revu encore la semaine dernière, mais je n'étais plus seul à l'intérieur du ciel. Ses trois femmes l'écoutaient à distance et ressemblaient aux Parques. Vivait-il donc encore et de nouvelles morts l'attendaient-elles ? J'étais outré et parce que je m'étais mis à crier, à le mettre en garde, des personnes sont venues autour de moi, m'ont fait lever de la banquette, oh bien gentiment ! et me voilà devant vous, docteur. Mon histoire est pourtant simple.

— Comme le paysage blanc, dit l'homme de l'art.

Et il se mit à observer Joseph qui avait des traits précis, une carte d'identité, le tic de se pincer l'oreille en fin de phrase, mais qui ressemblait à quelqu'un d'autre subitement, comme si des peaux lui tombaient, et le psychiatre voyait sortir de l'homme terne assis devant lui une foule d'individus. Il se tourna vers le miroir incliné derrière son bureau, de la taille du paysage blanc et vit le reflet du patient se fondre avec le sien.

Fouette, cocher !	9
Le jardin d'Aurore	18
La plainte	28
Le Grand Ferré	34
La signature	66
L'ami	77
Victorine Parroquin	98
Déposition	106
Un dur réveil	111
Le matin des noces	121
Jalousies	125
La lecture	138
Un rose de montagne à l'aurore	143
Le panier fleuri	154
Cheyenne Valley	161
Le présent	174
Musiques	181
Lumière réservée	185
Marthe	197
Avec qui ?	218
Service dangereux	223

Avec leur soif du pouvoir !	246
La boule de verre	258
Les bonnes œuvres	263
L'émotion populaire	271
Le chemin du Honduras	279
Le paysage blanc	299

DU MÊME AUTEUR

Aux Éditions Gallimard

Romans

L'AUTRE RIVE.
MIROIR D'ICI (L'Ombre).
LE GOUVERNEUR POLYGAME.
LA PORTE NOIRE (Collection Folio).
LE TÉMÉRAIRE (Collection Folio).
LA ROSE ET LE REFLET (L'Imaginaire).
JULES BOUC.

Récits

LA DAME DE CŒUR.
CONNAISSEZ-VOUS MARONNE?

Nouvelles

MÉMOIRES DE LA VILLE.
VESSIES ET LANTERNES (prix de l'Académie française 1971).
LA BARQUE AMIRALE.
FOUETTE COCHER (Goncourt de la nouvelle 1974).
LES PRINCES DU QUARTIER BAS.
L'ENFANT DE BOHÊME.
UN ARBRE DANS BABYLONE (grand prix de Monaco 1979).
LE VENT DU LARGE.

LE CHANT DU COQ.
TABLE D'HÔTE (Collection Folio).
LES JEUX DU TOUR DE VILLE.
LES NOCES DU MERLE.
L'ÉTÉ DES FEMMES.

Poésie

RETOUCHES (prix Max Jacob 1970).
TCHADIENNES.
LES DESSOUS DU CIEL.
TIRELIRE.
LA POULE A TROUVÉ UN CLAIRON.
ŒILLADES.
LE CHAT M'A DIT SON HISTOIRE.
VOLIÈRE.
HÔTEL DE L'IMAGE.
DRAGEOIR.
LUCARNES.
INTAILLES.
À LA MARELLE.
CARILLON.

Théâtre

C'EST À QUEL SUJET ? suivi de LE ROI FANNY.
À LA BELLE ÉTOILE — À VOTRE SERVICE — LE BEAU VOYAGE.

COUP DE LUNE — LA PARTIE DE CARTES — LE VOYAGE DE NOCES.
LA TOISON D'OR — LE PARADIS.

Aux Éditions de La Table Ronde

Romans

LA RUE FROIDE.
LE TÉMÉRAIRE.
LA PORTE NOIRE.

Aux Éditions Robert Laffont

Romans

LA MER À CHEVAL.
LES PORTES.
LA NACELLE.
LA ROSE ET LE REFLET.
LE CHEMIN DES CARACOLES.

Nouvelles

LE JARDIN D'ARMIDE.

Aux Éditions Casterman

Nouvelles

LE CHANT DES MATELOTS.
LES GRANDS.

*Impression Bussière à Saint-Amand (Cher),
le 24 octobre 1988.
Dépôt légal : octobre 1988.
1er dépôt légal dans la collection : décembre 1979.
Numéro d'imprimeur : 6406.*
ISBN 2-07-037160-3./Imprimé en France.

44922